U0089154

古典文學研究輯刊

十三編

曾永義 主編

第6冊

明代四大奇書之續書文化敘事研究（下）

林景隆 著

國家圖書館出版品預行編目資料

明代四大奇書之續書文化敘事研究（下）／林景隆 著 — 初版
— 新北市：花木蘭文化出版社，2016〔民 105〕
目 4+178 面；19×26 公分
（古典文學研究輯刊　十三編；第 6 冊）
ISBN 978-986-404-582-2（精裝）
1. 明代文學 2. 敘事文學 3. 文學評論
820.8　　105002162

ISBN-978-986-404-582-2

古典文學研究輯刊
十三編　第 六 冊　　ISBN：978-986-404-582-2

明代四大奇書之續書文化敘事研究（下）

作　　者　林景隆
主　　編　曾永義
總 編 輯　杜潔祥
副總編輯　楊嘉樂
編　　輯　許郁翎
出　　版　花木蘭文化出版社
社　　長　高小娟
聯絡地址　235 新北市中和區中安街七二號十三樓
　　　　　電話：02-2923-1455／傳真：02-2923-1452
網　　址　http://www.huamulan.tw 信箱 hml 810518@gmail.com
印　　刷　普羅文化出版廣告事業
初　　版　2016 年 3 月
全書字數　329207 字
定　　價　十三編 20 冊（精裝）新台幣 38,000 元　

明代四大奇書之續書文化敘事研究（下）

林景隆　著

目次

上冊

下　冊

第五章　經世致用：四大奇書之續書的政治圖景

以「重寫」的角度考察明代四大奇書之續書對原書既有的題材框架與主題寓意的改寫，在在都顯現出特殊的歷史意識及政治思維，從中也可分析原書人物在續書編創過程中，對於四大奇書寫定者，在小說文本中所建構的「世變」的歷史背景，當中人物在考驗、誘惑、抉擇等敘事過程中，針對特定現實的敘事命題，是如何產生「鑑往知來」的經驗法則，而續書在吸取這些敘事法則的過程中，是如何在個人、家庭乃至國家中尋求一平衡點，並對四大奇書所蘊含的「經世致用」思想做出文學／歷史的回應，是本章所力求釐清的重點所在。

明代四大奇書之續書的作者，在原書出版所帶來龐大商業利益的驅使下，依傍史傳的敘事傳統及原書書寫筆法的承襲，都對續書編創發揮了極大的影響力，做爲文學經典的異質重現，如何「翻新出奇」成爲續書編創的首要課題，「但是，就有意識的商業策劃而言，經典重現毫無疑問意味著對經典意義的轉換、再生和稀釋，它在消費社會時代同經典的名言挪用、意境挪用一道，構成了一種商業擴張的大趨勢。」〔註1〕而續書除了顧及商業娛樂的現實考量外，在敘事動機方面承襲四大奇書「道德教化」的意識形態，並且較

〔註1〕吳興明：〈從消費關係座架看文學經典的商業擴張〉，收入童慶炳、陶東風主編：《文學經典的建構、解構和重構》，（北京：北京大學出版社，2007年11月第1版），頁230。

奇書文體更進一步面向世俗讀者進行經典的通俗闡釋，而道德教化的意識形態，則是建立在宋元說話伎藝中「講史」的基礎上，講史活動強調講史者本身參考《資治通鑑》或《通鑑綱目》等史料文獻進行演史的事實，而面向世俗百姓爲講史者的營生之道，講史做爲一種民間敘事藝術，一方面除了「采諸史傳，另一方面則是以民間傳說爲基礎，其思想意趣也和民間傳說保持一致，只有這樣才能被廣大聽眾所認可。」〔註2〕到了《三國志通俗演義》的出版之後，寫定者採取「七實三虛」的敘事筆法，關於歷史與虛構的問題才逐漸被評論家所注意。

在「演義」的話語實踐中，續書作者較之四大奇書的寫定者，在虛實互滲的話語構成中，採用更加貼近讀者大眾的通俗敘事模式，傳達特定的歷史意識，體現出中國傳統「儒家倫理」爲本位的敘事動機，卻也在宗教敘事面向上呈現多元的框架，四大奇書之續書在思維模式及接受反應的文學／文化交流過程中，彼此存在內在系譜上的共相聯繫，透過第一回所建置的預敘性敘事框架，傳達作者轉化、再生、稀釋經典意義的敘事意圖，表現出續書作者個人特殊的思想型態，在「講史」的基礎上，四大奇書之續書與孔子作《春秋》所奠定的史學精神與政治理念，在敘事脈絡上有著一脈相承的聯繫關係，並且朝向更加通俗易懂的教化層次邁進。

續書中的通俗敘事常用因果報應、天人感應的敘事框架，傳達作者對現實不滿的創作心理，同樣承襲自明代四大奇書的勸懲教化的敘事觀念，其中「最突出的典型自然是做爲誨淫之代表的《金瓶梅》和做爲強盜教科書的《水滸傳》。然而這種反道德問題並沒有給敘述人造成困擾，就是因爲在誨淫誨盜的故事內容背後存在著深層敘事結構的道德指向：無論多麼壞的事，發展的最終結果都將是符合道德的。」〔註3〕而考察《水滸傳》、《金瓶梅》等續書在原書道德命題的討論所呈現的多元樣貌也是本章節欲著力的重點之一，如《水滸後傳》中的燕青可謂智勇雙全，作者陳忱對他青睞有加，在其〈水滸後傳論略〉曾論曰：

> 燕青忠其主，敏於事，絕其技，全於害，似有大學問、大經濟。

〔註2〕樓含松：《從「講史」到「演義」——中國古代通俗小說的歷史敘事》，（北京：商務印書館，2008年7月第1版），頁162。

〔註3〕高小康：《中國古代敘事觀念與意識形態》，（北京：北京大學出版社，2005年9月第1版），頁33～34。

> 堪作救時宰相，非梁山泊人物可以比擬也。其過人處，在勸主歸隱，黃柑面聖，竭力救盧二安人母子，木夾解關勝之患難，微言啓李俊之施恩，遇豔色而不動心，辭榮祿而甘隱遁，的是偉男子！〔註4〕

陳忱在《水滸後傳》對燕青的性格形象有很大程度的補充及發揮，聚焦在此人物身上，也顯現作者陳忱在續書中有關「經世致用」的心理投射，除了小說人物形象寄寓的思想，亦有從佛教因果觀念統攝全書的《續金瓶梅》，西湖釣叟以爲與原書《金瓶梅》同樣歸於「勸世」的主題思想，故而欲提升小說位階至「宗經翼聖」的文學地位，「烏知夫稗官野史足以翼聖宗經者，正如《雲門》、《韶》、《濩》，不遺夫擊壤鼓缶也。夫得道之精者，糟粕已具神理；得道之粗者，金石亦等瓦礫；顧人之眼力深淺耳。」〔註5〕也同樣是文人「經世」思想的反映。

四大奇書之續書在「經世致用」的意識作用下，呈現史筆文心的寫作樣貌，筆者擬由政治寓言的創造與個人抉擇、儒家政治理想的通俗闡釋、歷史與道德的統一等諸多觀察面向，並藉由沃爾夫岡·伊瑟爾（Wolfgang Iser）的「文本與讀者的反應」觀念審視四大奇書之續書敘事創造的意識形態內涵及其話語表現，四大奇書及其續書形成一種文學交流的結構，正是由於兩者不對稱的交流特點大大激發了續書建構的能動性，以沃爾夫岡·伊瑟爾（Wolfgang Iser）的話來說明：

> 否定與空白做爲交流的基本組成部分因此成爲能使結構（referential realities），促使決定過程得以實施，這個過程只有讀者才能具體實施。這使文本的意義蒙上了主觀色彩。然而由於文本不僅僅具有一個特定的意義，因而，表面看起來是缺陷的因素實際上是生產母體，它使文本能夠在各種隨歷史而變化的情境中具有意義。〔註6〕

透過文本與讀者的交流結構，續書群以明代四大奇書爲參照，在否定與空白的衍生結構中，不斷擴充、複製儒家「經世致用」的生產性意義。

〔註4〕〔明〕樵餘：〈水滸後傳論略〉，見高玉海：《古代小說續書序跋釋論》，（北京：中國社會科學出版社，2007年5月第1版），頁39。

〔註5〕〔清〕西湖釣叟：〈續金瓶梅集序〉，見高玉海：《古代小說續書序跋釋論》，頁128。

〔註6〕〔德〕沃爾夫岡·伊瑟爾（Wolfgang Iser）著，朱剛、谷婷婷、潘玉莎譯：《怎樣做理論》，（南京：南京大學出版社，2008年10月第1版），頁79。

第一節　政治寓言的創造與個人抉擇

不論我們視明代四大奇書爲歷史敘事還是文學敘事，都應該了解一個事實：即「進行這種話語活動的目的都不僅是傳達一個事件，而是要通過對一個或一系列事件的敘述和闡釋而表達某種意義。」〔註 7〕基於這樣的歷史認知，其後的續書在敘事創造的「世變」情境中，往往加入政治寓言的話語指涉，對文學經典生產性意義的發揮產生不容忽視的影響，從明代《三國演義》出版後，象徵歷史演義的敘事範式已然成立，其後的歷史演義蔚爲風潮，無不旁搜正史記載，結合知識娛樂與道德勸誡的雙重目的，試圖在「演義」的創作觀念下，發揮《春秋》等史書的「經世」理念，庸愚子在〈三國志通俗演義序〉對《春秋》道德垂訓的史家撰述意識有如下之體認：

> 夫史，非獨紀歷代之事，蓋欲昭往昔之盛衰，鑒君臣之善惡，載政事之得失，觀人才之吉凶，知邦家之休戚，以至寒暑災祥、褒貶予奪，無一而不筆之者，有義存焉。吾夫子因獲麟而作《春秋》。《春秋》，魯史也，孔子修之，至一字予者，褒之，否者，貶之。然一字之中，以見當時君臣父子之道，垂鑒後世，俾識某之善，某之惡，欲其勸懲警懼，不致有前車之覆。〔註 8〕

如上所述，四大奇書敘事話語創造本身，即受到《春秋》一書「經世致用」思想的制約與影響，而四大奇書之續書，是否承襲《春秋》以來的史家撰述意識？以〈評刻水滸後傳敘〉爲例說明：

> 顧言之：所貴者，上之則輔翼經傳，而聖道以明；次之則宣布王猷，而國家以治。彰善癉惡，寓勸懲於紀載褒貶之中，使後人有所勸而樂於爲善，有所懲而不敢爲惡，務有裨於世道人心，非可苟焉而已也。〔註 9〕

而天隱道人的〈續金瓶梅序〉也可爲例證：即「作者曰：『予生平詩文，襲彩炫世，未有可以見閻羅老子。吾借小說作《感應篇》注，執贄於菩提王焉。知我者，其惟《春秋》乎？』」〔註 10〕可見四大奇書之續書承襲《春秋》以降

〔註 7〕高小康：《中國古代敘事觀念與意識形態》，頁 17。

〔註 8〕庸愚子：〈三國志通俗演義序〉，見黃霖、韓同文選注：《中國歷代小說論著選》（上），（南昌：江西人民出版社，2000 年 9 月第 3 版），頁 108。

〔註 9〕〔清〕蔡元放：〈評刻水滸後傳敘〉，見高玉海：《古代小說續書序跋釋論》，頁 48。

〔註 10〕〔清〕天隱道人：〈續金瓶梅序〉，見高玉海：《古代小說續書序跋釋論》，頁

的史家「勸懲教化」的撰作意識，普遍上都具有「野史」的編創意識。

一、戰爭敘事下的忠佞之辨

在《三國演義》第一則〈祭天地桃園結義〉做爲小說敘事的開端，寫定者即著重強調漢末政局紛亂情景，乃起於「後漢桓帝崩，靈帝即位，時年十二歲」,「中涓自此得權」，而在《續編三國志後傳》第一回〈後主降英雄避亂〉，作者酉陽野史敘述蜀主劉禪因寵用宦官黃皓，此人「深恨姜維常欲除己」，故誤導後主錯估情勢，不增兵援助姜維，「又引巫師詐誕，以聾帝聽，以是帝遂不爲設備，罷其預守之議」，而群臣也就不知姜維上表請兵之故，在魏軍長驅直入進逼之際，姜維與廖化、張翼共同扼守劍閣以拒鍾會所領之魏軍，透過戰爭敘事首先傳達出「亂自上作」的政治思維：

> 鍾會引兵攻打，被維出奇兵斷會糧道，前後身自挑戰凡數十合，互有勝敗。會亦慮糧運險遠，急未能得志，隨退兵安營相守。忽探得姜維有襲糧之兵出矣，會心甚懼，即欲退回長安，再圖後舉。鄧艾得知，以書抵會曰：「竊窺蜀國無能爲也。蓋由宦官專權，忠良解體，縱一姜維之智，亦不能驅眾遠出，不過虛爲聲勢以分我軍，彼得以逸待勞耳。……」（頁 3）

同樣的居上位者，《三國演義》的靈帝與《續編三國志後傳》的蜀後主劉禪，都選擇了無所作爲的政治決定，而禍亂之由皆起於君側之權臣，而在鄧艾引兵進入綿竹之後，後主大驚失措，「慌議出師，群臣無敢應諾者」更凸顯蜀國國勢將頹之敗象，諸葛瞻的諫言點出問題癥結：

> 諸葛瞻急入，大慟曰：「國家養兵育士，正在今日之用，何無一人應命？皆由陛下寵用黃皓，以至於此。今事已危急，臣雖不才，願拼微軀，上報陛下，下慰父心。」（頁 6）

作者酉陽野史欲藉由國勢衰頹不振，國主用人不當，群臣尸位素餐，彰顯諸葛瞻的「忠君事主」，而「天不佑漢人，其如何？」之悲憤可謂溢於言表，正當後主「計無所出」,「眾議紛紛不定」之際，受太史令譙周的建言所惑，後主竟有出降之意：

> 太史令譙周曰：「大將軍拒鍾會，其兵不可抽，抽則兩失。東吳非好相識，且艾兵已近郊，若知陛下出，縱輕騎追之，亦恐不能脫，皆

130。

非善策耳。臣觀乾象，見國數已衰，賊氣方盛，客星犯闕，主星韜光，戰則無益，不如出降。上可救全城百姓之命，下可以保全九族，乃應天順時之舉，非臣不忠，敢陷陛下爲屈膝事也。」後主惑其言，乃議出降。（頁 6～7）

藉由天象之示警，來說明國勢將頹的局勢，有識之士深感「帝意不可轉，國事不可支」，「爲今之計，唯有逃避遐方，審機諒勢，或圖興復，此爲上也。」蜀主劉禪既不可託，「明哲保身」的個人抉擇就成了時勢所趨，作者酉陽野史透過楊龍之口，傳達出臣子面對時世變化時，對政治秩序及道德天命的重整所抱持的熱切寄託：

乃曰：「龍本不識時務之人，因思先父曾言諸葛丞相臨終，惟先父在側，囑以後事。言劉氏此復中衰，越三十年後，當有英主再出，復興漢業，重定中原。臣父對臣言之，謹記不忘，將謂國家尚有一統之日，不意事勢若此。主上惑於譙周之說，必不可移矣。臣觀七殿下相貌不凡，神異種種，將來主大器者，必殿下也。夫智者見於未萌，豈待已著乎？申生止而待死，重耳逃而復伯。此已往之明鑑也。吾輩願從殿下周游，萬死而不辭。」（頁 7）

臣子面對世亂巨變之際，該如何自處？該如何抉擇？作者酉陽野史在審視小說敘事的世變情境時，往往流露出「感時憂國」的歷史意識，也呈現儒家正統思想的政治情結，而這都是在中國傳統史學觀念影響下的書寫傳統，魯曉鵬認爲：

首先，中國的歷史闡釋關注於文本的社會——歷史語境。它試圖展開歷史中特定人類活動的背景、起源及其背後的原因。它指向具體、特定、眞實的歷史。儘管在歷史敘事中，人物和事件有時被讀作寓言或用一種用來表達某種更高眞理的初級文本，但它們依然還是對歷史事件和人物眞實可信的記錄。〔註 11〕

作者酉陽野史的立場可說是近官方的意識形態，並透過歷史敘事的闡釋，體現爲一種帝王更迭與朝代變遷的「合法性」。第三回〈晉武帝興兵伐吳〉開頭敘述司馬炎如何即位稱帝的過程：

司馬炎竊父餘勢，專權擅政。見鄧艾、鍾會、姜維皆喪，遂有無君

〔註 11〕〔美〕魯曉鵬著，王瑋譯，馮雪峰校：《從史實性到虛構性：中國敘事詩學》，（北京：北京大學出版社，2012 年 12 月第 1 版），頁 87。

> 之心。朝廷士大夫半皆其黨，魏主備位而已。賈充、衛瓘乃晉王心腹，日夕於帝前稱頌晉王功德，宜法堯禪舜，以協眾望。魏主見朝臣附司馬氏者多，威權又盛，恐遭所弒，乃於十二月禪位與晉王。（頁20）

藉由晉武帝逐步併吞三國，並進而顯現其政治野心，首先凸顯晉武帝「無君」之心，接著描寫吳主孫皓「刑爛法酷，朝野不安，上下離心」，結尾詩也埋下亡國伏筆，即：「吳氣將終晉氣驕，艨艟飛渡大江濤。眼前亡國多遺恨，迄此潮生怨未消。」第四回〈王渾王濬大爭功〉敘述晉武帝賜吳主皓爲歸命侯，側寫當時吳國降將、晉驃騎將軍孫秀「因大悔向南流涕」的心理轉折：

> 其子孫會問之，秀曰：「昔信陵不歸故國，薛公笑之，乃趨駕還魏以破秦兵，千載之下，人皆仰其芳名。今吾避禍至此，羈身寄蹟，心實未忘本國。不意一朝吳國見亡，我心如割，不忍本宗淪沒，是以悲耳！雖然不能復取，俟其有隙，吾必陰以圖報司馬氏也。」（頁32）

在《續編三國志後傳》的歷史闡釋中，透過晉國併吞三國的戰爭敘事，作者酉陽野史要讓世俗讀者了解，在三國解體的亂世時局中，知識份子的個人抉擇是如何扮演舉足輕重的角色，以及在整個歷史格局中如何發揮個人影響力，並藉由如亡國之臣諸葛靚逃避出仕的氣節，即：「亡國之臣既不能以身殉國，又不能匡救其主，反欲爲偷生之計以求榮，此誠禽獸之幸耳，吾何爲哉！」第五回〈郴嶺吳將敗晉兵〉，又以吳將陸晏、王毅的對話，傳達「忠臣不事二主」的政治理念：

> 次日，各來參謝陸晏，其佐二者上言曰：「倘吾吳國被破，晉軍以詔書來招，主帥等其將何以處之？」陸晏曰：「我等世食吳祿，主上雖涉過虐，未有大罪，世守江東，奉祀宗社。今晉無故興兵侵奪，心實恥之，縱雖國破，安肯受彼招安也？」王毅曰：「廣州公忠肝誠可貫天日矣。今國君降首，爲臣子者叨受祿秩，豈可苟圖富貴，附仇以求榮乎？」陸晏又曰：「晉恃強必以兵馬來此威嚇，我等惟有戰耳！此易於處者。恐假吳主單騎持詔來此，則又難處矣。各宜整兵伺候。」（頁37）

面對國破家亡的歷史殘局，吳國將領選擇抵禦對抗，拒絕招安，《續編三國志後傳》中的戰爭敘事呈現的人心世態可謂立場鮮明，第四十回〈劉漢接位復漢仇〉對晉室八王之亂所引發的種種災異，在前一回末多所鋪陳，到了四十回作者藉劉聰再次強化晉國氣數將盡的諸多災異，即：「洛陽宮中鬼哭徹夜，金墉城內殺聲到曉，黃河水涸見底，銅駝夜走出城，太白當晝經天，中台興轉如南極之分，城中土陷出鵝飛去天外，此皆晉數將脫之兆。」

《續編三國志後傳》以正史《晉書》與《資治通鑑》爲基礎，吸取野史逸聞中合乎主題的材料予以加工，全書以蜀漢後裔劉淵、劉曜諸人出逃北地，聚兵興漢滅晉爲敘事主軸，以西晉興國與東晉立國歷史爲敘事時間貫穿而成，而劉淵欲得中州之地，方許從眾建位，右賢王劉宣曰：

> 「自我漢亡之後，地無尺寸可居，王侯降同編户。今吾雖衰，眾猶不減數萬，奈何斂手受役，奄過百年乎？今元海英武超群，豐姿樣貌大類先主，劉玄明亦有天日之表、龍鳳之姿，天苟不欲興吾漢業，必不虛生此人也！況諸公悉皆卓犖之才、棟梁之器。今司馬氏骨肉相殘，庫藏空乏，邊方各據，藩鎮自全，復吾漢家基業，正在此時，不可錯過。」（頁 304）

而在小說第九十四回〈漢破洛陽擄懷帝〉，敘述劉淵擄得懷帝，「自此以爲得報仇恨，心滿意足，荒於酒色，淫戲無度，因而成病，日加沈重。」到了一百九回〈關姜罷靳准專權〉，敘述諸葛宣於進諫漢主劉聰，預告中原將成戰場之歷史變局：

> 宣於曰：「陛下問臣，臣才敢道。竊見太弟死而東宮壞，諫臣殺而延明瓦解，大將軍喪而西明門倒，太陰星殞而劉后兆妖身死，內史女化爲男，是陰氣衰而陽氣長也。吾皇漢雖然包括二京，龍飛九五，但肇基山右，北朔陰氣之方，太陰現而氣衰，其應將在漢耳。今陛下日與後宮宴樂，將國家大政悉委於太子、靳准，太子雖素聰敏，迷惑於王沉等小人之流，泥於奸宄而傷殘骨肉忠正之士，使勳舊棄去，任信靳准。靳准兄弟豈是純良之臣？恃晏安而忽備御，殆不可也。且石勒鴟視趙魏，不聽宣召，有自霸之心；曹嶷狼顧全齊，不服調遣，懷不臣之意，又豈得爲我漢之兵而自驕乎？臣逆慮哲人委棄，勢與晉侔，恐漢綱之不振矣！……」（頁 841）

作者酉陽野史在此總結十六國時期劉漢政權覆滅的原因，乃是在於在上位者的荒淫暴虐，並藉由諸葛宣於之口進行深刻的披露，顯見作者對劉漢政權所代表的「正統性」與「合法性」並不認同，與原著嘉靖本《三國志通俗演義》

宣揚的「仁德」思想若合符節。第一百二十回〈靳准滅漢亂平陽〉漢主劉燦因靳准謀亂被殺，死前對靳后月華說出「汝父子忘恩負義，意圖作歹，譖害二王，今又如此，朕命豈能保乎？朕雖遭於賊手，漢之臣宰肯又輕放賊也？」而靳后對曰：「逆子污吾名節，無父母君臣之禮，死罪難逭，尚敢責吾！兵士可速擒下！」最後「靳明乃令將諸后妃盡皆捉出，一併殺之。劉聰並妃嬪大小皆被誅戮，殆無遺類。」諸葛宣於得知氣死，靳准自稱大漢天王，並挖掘漢陵，此時災異之象頻仍，「鬼哭之聲聞於深巷，遠近皆同，妖火達旦不滅，大煌千里，穀麥食之幾盡。」第一百二十一回〈劉曜石勒滅靳准〉，當群臣建議劉曜「繼承舊業，先建號而後討罪」，「劉曜從之，擇日即皇帝位於赤壁壘，議改年號」曰：

> 有從事司馬翟楷、魯憑上言曰：「近聞靳准謀滅劉氏，稱爲統漢將軍，止留陛下與劉太常二人以存宗祀。若又稱漢，則是被其所統矣。且先日讖語有曰：『代漢之興，有兆堪徵。』兆即趙也。漢將亂生，而先帝以趙王封陛下，此非兆之堪徵也？今宜改爲大趙天王，以應符讖而諱其統滅二字也。」劉曜聽言大喜，曰：「大丈夫建立，當以超出於眾，何肯爲所統也？」下旨改漢爲趙。（頁 934）

而劉曜手下將領亦言：「陛下英雄過於列祖，豪傑自立規模，何必區區循於舊轍？」作者酉陽野史雖然對書中劉漢政權的合法性表達支持，但對荒淫暴虐的治民之道同樣表達厭棄之意，而在冗長的戰爭敘事中傳達對「仁德之治」的政治期待。

《西遊補》第九回〈秦檜百身難自贖　大聖一心歸穆王〉，藉由孫行者代理閻王審判奸臣秦檜，兩人的對話，凸顯作者董說（1620 年～1686 年）對忠／奸之辨的政治思考：

> 行者道：「宋皇帝也是眞話，到了這個時節，布衣山谷，今日聞羽書，明日見廟報，那個不有青肝碧血之心？你的三公爵、萬石侯是誰的？五花綬、六柳門是誰的？千文院、百銷錦是誰的？不想上報國恩，一味伏奸包毒，使九重天子不能保一尺棟梁，還是忠呢，還是奸？」秦檜道：「臣雖愚劣，原有安保君王、宴寧天室之意。『南人歸南，北人歸北』，此是一時戲話，爺爺，不作准也罷了。」（頁 2376）

作者董說以一種遊戲的筆調，對奸臣秦檜予以嘲諷，也寓含明末遺民的悲憤意識，形成文本與歷史的「互文性」對話，敘述宋金和議之事，秦檜請宋高宗更思三日，而這三日秦檜仍不得閒：

> 秦檜道：「犯鬼三日也沒得閒。吾入朝時，見宋陛下和議已決，甜蜜蜜的事體做得成了，出得朝門，隨即擺上家宴，在銅烏樓中爲滅宋、扶金、興秦立業之賀，大醉一日。次日，家中大宴，心性秦的官兒，當日，伴奏著金人樂，弄個『飛花刀兒舞』，並不用宋家半件東西，說宋家半個字眼，又大醉一日。第三日，獨坐掃忠書室，大笑一日，到晚又醉。」（頁 2378）

《西遊補》與《後水滸傳》、《續金瓶梅》都對秦檜形象著墨頗多，三書對宋金和議投以關注，《後水滸傳》中的秦檜以宋金和議爲脅，要求高宗出兵剿滅楊么，《西遊補》中的秦檜則是「挾金人以自重」，在地府審判中各種加諸秦檜之身的刑罰更添作者歷史批判視野與諷刺戲謔之餘韻，而《續金瓶梅》則對秦檜通敵陷害岳飛，與高宗偏安江南的心態多所刻畫，充滿善惡果報的天理思想。

《金瓶梅詞話》的寫定者有意以西門慶與妻妾間的生活瑣事做爲敘事核心，欲藉由人物之間的情欲糾葛與偷情事件，隱喻人性貪婪、社會陰暗所衍生而來的種種「德色」問題，以「家國同構」的敘事框架投射出朝綱不振、貪官橫行的政治現實層面，其後的續書《續金瓶梅》則是採取轉世框架，開展對財色命題的延續討論，首先融合宗教話語進入小說敘事當中。在西湖釣叟的〈續金瓶梅集序〉即對小說勸善主題予以闡述：

> 《續金瓶梅》者，懲述者不達作者之意，遵今上聖明頒行《太上感應篇》，以《金瓶梅》爲之注腳，本陰陽鬼神以爲經，取聲色貨利以爲緯，大而君臣家國，細而閨壺婢僕，兵火之離合，桑海之變遷，生死起滅，幻入風雲，因果禪宗，寓言褻昵，於是乎諧言而非蔓，理言而非腐，而其旨一歸之勸世。〔註 12〕

值得一提的地方，作者丁耀亢（1599 年～1669 年）較側重戰亂背景的書寫。如第二回〈欺主奴謀劫寡婦財　枉法贓貽累孤兒禍〉，敘述月娘因投寺躲避兵禍，遇普淨禪師拯救，兵退還家，進城後一片殘破景觀：

> 城門燒毀，垛口堆平。一堆堆白骨露屍骸，幾處處朱門成灰燼。三街六巷，不見親戚故舊往來；十室九空，那有雞犬人煙燈火！庭堂

〔註 12〕〔清〕西湖釣叟：〈續金瓶梅集序〉，見高玉海：《古代小說續書序跋釋論》，頁 128。

> 倒，圍屏何在？寢房燒，床榻無存。後園花下見人頭，廚屋灶前堆馬糞。（頁 8）

第十三回〈陷中原徽欽北狩　屠清河子母流離〉，敘述靖康之禍金人攻陷汴京，俘擄徽、欽二帝北去，清河縣當然也難逃金人屠戮，家園殘破之景歷歷在目：

> 東門火起，先燒了張二官人蓋的新樓；西巷煙生，連焚到西門千户賣的舊舍。焰騰騰，火烈星飛，搶金帛的你爭我奪，到底不曾留一物；亂荒荒，刀林劍樹，尋子女的倒街臥巷，忽然沒處覓全家。應花子油嘴巧舌，哄不過潼關；蔣竹山賣藥搖鈴，那裡尋活路？湯裡來水裡去，依然瓮走瓢飛；小處偷大處散，還是空手赤拳。餓鬼暗中尋餓鬼，良民劫外自良民。（頁 89）

《續金瓶梅》使用《太上感應篇》的宗教敘事話語，論述因果報應、輪迴轉世的諸多事件與道理，另一方面又加入許多戰亂背景的鋪陳，如果與原書《金瓶梅》相較的話，「它世情摹畫的比例必然受到壓縮」，〔註 13〕人物活動範圍從家庭生活出走，在戰場、禪寺、山寨、郊野均可見其足跡，作者丁耀亢著重在描寫戰亂給人們帶來的顛沛流離的逃亡生活。正如第十三回寫金兵入侵中原，徽、欽二帝被俘，作者丁耀亢回首詩所言：「千古興亡憑造物，逝波終日去滔滔。漢王廢苑生秋草，吳主荒宮入夜濤。滿屋黃金機不息，一頭白髮氣猶高。總因人事繁華盡，往業多從劫裡消。」將靖康之禍這樣的戰亂發生解釋爲因果報應觀念中的「劫數」，自然與《太上感應篇》思想相關。第五十八回〈遼陽洪皓哭徽宗　天津秦檜別撻懶〉回首詩所言：「才說奸諛透劍寒，豈無忠佞可平觀。報恩不必扳龍髯，誤國應慚廁狗冠。一代讒冤魂影暗，數行血淚史書丹。宋朝不有秦長腳，安得中原盡可汗！」舉洪皓教授遼東十三年，還以聖教行於蠻貊，可見其出處有道，患難不移的忠臣氣節，詩云：「草木風霜運入冬，歲寒猶自有孤松。微陽碩果存多少，留得綱常砥柱功。」也舉奸臣秦檜爲例，金主與秦檜夫婦達成協議，秦檜遊說高宗達成宋金和議，而高宗也無意北伐金人迎回二帝，「這是秦檜大奸似忠，高宗迷而不悟處」，回末詩云：

> 格天閣在人何在，偃月堂深恨亦深。

〔註 13〕胡衍南：《金瓶梅到紅樓夢——明清長篇世情小說研究》，（臺北：里仁書局，2009 年 2 月初版），頁 183。

曾共鑾輿銜白璧，空於郿塢貯黃金。

和戎計遂興羅織，誤國謀成有照臨。

堪恨神奸終正寢，故教誅擊到如今。（頁 447）

《續金瓶梅》承《金瓶梅詞話》中「妾婦索家，小人亂國」之餘緒，通過揭露個人欲望和貪念如何成爲敗亂朝綱的歷史事實，凸顯作者丁耀亢將因果報應觀念通俗化的創作意圖。岳飛最終成爲宋金和議下的犧牲品，以「莫須有」罪名被害於獄中，高宗因和議達成，金人送還二帝靈柩，秦檜加封爲魏國公，對岳飛一介忠臣落得悲慘下場，後人嘆曰：

曾挽天戈北斗回，朱仙戰勝大旗開。

軍聲已振黃龍府，敵愾先催玄菟台。

父老中原十日哭，廷尉三字萬年哀。

松枝傍墓猶南向，似恨神奸怨未灰。（頁 446）

作者丁耀亢對於秦檜和戎誤國的歷史事實，可說是充滿憤恨之情，在五十八回末交代秦檜受報應而死的經過。第六十二回〈活閻羅判盡前身　死神仙算盡來世〉，又將秦檜一案以一整回的篇幅，解釋其因果報應之天理：

每一案中，分注死難諸臣在下，俱有本人前身冤債，或應自縊、自刎、被殺等案。只有岳飛，在南宋嗣立一案：查得金粘罕系趙太祖托生，金兀朮系德昭托生，報柱斧之仇；金主亶系柴世宗托生，取徽、欽北去，報陳橋奪位；高宗系錢鏐王托生，一傳絕嗣，應立德昭之後，以報太祖公賺金縢之約；秦檜系周世宗死節忠臣韓通一轉，因報太祖僞奪周禪，故來亂宋天下；岳飛父子、張憲、牛皋等，俱系當日陳橋兵變捧戴太祖以黃袍加身眾將，因此與秦檜原系夙冤，以致殺身相償。總因大劫在宋，上帝命偏安江南，續趙太祖之後，不許恢復一統。岳飛雖系忠臣，卻是逆天的君子；秦檜雖系奸相，卻是順天的小人。忠臣反在劫中，小人反在劫外。（頁 476）

丁耀亢將秦檜一案以因果報應之理加以銓解，同時也將《太上感應篇》的勸善懲惡之旨發揮得淋漓盡致，但因此付出了破壞小說敘事流暢的代價，所以胡衍南認爲「詞話本《金瓶梅》的思想意識是善惡果報，《續金瓶梅》的思想意識也是善惡果報，所不同者只在於《續金瓶梅》更爲直接、提供更多宗教材料而已」〔註 14〕。筆者認同這樣的看法，只是在因果報應的思想外衣下，

〔註 14〕胡衍南：《金瓶梅到紅樓夢——明清長篇世情小說研究》，頁 206。

作者丁耀亢對秦檜和戎誤國的因果闡釋也算是發揮到極致了。

二、亂世情境下的英雄想像

在《忠義水滸傳》中，〈引首〉首揭大宋太祖開朝之事，其中寓含「明君賢臣」創造太平盛世的政治期望，可謂溢於言表。青蓮室主人的《後水滸傳》，從水滸綠林接受招安，奉旨征服大遼，剿平河北田虎、淮西王慶、江南方臘，受蔡京、童貫、高俅、楊戩陷害的結尾續寫而起，惟留燕青全身遠害，而被奸臣所害的宋江、盧俊義托生爲楊么、王摩，在第三十四回〈柳壞村應風水奔楊么　眾兄弟驗天時齊合伙〉，因三十三回末賀太尉將楊么父母囚禁獄中，其父母受不得折磨雙雙病死，而此時「金兵打破汴京，將徽、欽二帝送入沙漠，大軍殺入南來。康王脫逃南奔，各處將士勤王，群臣迎接康王在建業爲帝。」值此戰亂頻仍之際，接著三十四回的柳壞村民來歸：

> 眾人齊聲說道：「我等被相公不分皂白，逼迫得沒處存身。今聽見大郎肯念故鄉情分，故此特來投托。」遂將向日寄的包裹並護身槍送上。楊么大喜，即吩咐備席，與村農老叟媼婦兒童環繞列坐，一齊吃酒。楊么與父老說一回父母遭傷，莫不下淚；眾鄉人述一番有故舊含冤在獄，無不切齒。楊么道：「我今正要爲你們除害，誅此貪殘忍刻之夫，明日準行。」（頁 383）

作者青蓮室主人在此，凸顯亂世眾人仰望英雄救世的政治期待，而楊么的英雄形象的確不同於原書中的宋江，第三十八回〈夏剝皮因名償實罪　楊義勇感夢見前身〉，敘述孫本假詔誘擒夏不求，當地許多居民前來指認其虐民行蹟：

> 「我等百姓俱是被『夏剝皮』詐騙傾家，佔去妻女，向來沒處伸訴。不期今日天使來拿他進京，我等俱有苦情，乞天使帶去與官家，方曉得這『夏剝皮』在此虐民、地方受苦，不致被他營謀脫罪。」楊么聽了大喜，忙問道：「你們怎叫他是『夏剝皮』？」眾人道：「我們受害氣苦，只得在背地裡咒罵他，日後必要被人剝他的皮，我們才得快活，故此只叫他是『夏剝皮』。」（頁 423）

作者塑造楊么的英雄形象可謂不遺餘力，深獲民心愛戴，在金人攻破汴京，擄去徽、欽二帝之際，楊么先後對賀太尉、夏剝皮近乎酷刑的懲罰方式，與原書《水滸傳》綠林好漢的酷虐敘事實有異曲同工之妙。

《水滸後傳》第二十四回〈獻青子草野全忠　贖難人石交仗義〉，燕青扮做通事，與楊林進入金兵屯駐之地，面見道君皇帝獻上青子百枚，黃柑十顆，取苦盡甘來之佳讖，而燕青說出當時到李師師家，「卻好御駕到來，我趁機唱曲，乞了這道恩詔，實是感激聖德。」道君皇帝被俘之後竟還奢想回朝，燕青感慨萬分：

> 燕青道：「從來亡國之君多是極伶俐的，只爲高居九重，朝歡暮樂，那知民間疾苦；又被奸臣弄權，說道四海升平，萬方寧靜，一概的水旱飢荒，盜賊生發，皆不上聞；或有忠臣諫諍，反說他毀謗朝廷，誅流貶責；一朝變起，再無忠梗之臣與他分憂出力。所以土崩瓦解，不可挽回！」（頁 190）

面對徽、欽二帝被俘，孤臣無力可回天的窘境，作者陳忱（1615 年～1670 年）藉由主角燕青的自我陳述，充滿感時憂國的歷史喟嘆，對於「上報國家，下安黎庶」的政治期望，有著無比沈重的使命感。第二十七回〈渡黃河叛臣顯戮　贈鴆酒奸黨凶終〉蔡京、蔡攸、童貫、高俅四人責貶儋州，買通押差官，隱匿鄉村，又打算投順金朝做官，燕青得知機不可失，遂同楊林、樊瑞、蔡慶、杜興到押差官寓所，樊瑞說出「這四個奸賊，不要說把我一百單八個兄弟弄得五星四散，你只看那錦繡般江山都被他弄壞。遍天豺虎，滿地屍骸。二百年相傳的大宋，瓦敗冰消成什麼世界！」李應擺設香案，齊聲道：「臣李應等爲國除奸，上報聖祖列宗，下消天下臣民積憤！」最後將四人灌下鴆酒，蔡京等四人七竅流血，死於地下，有詩爲證：「誤國元凶骨化塵，英雄積悶始能伸。平生不作皺眉事，世上應無切齒人。」作者陳忱設計將蔡京等人落入燕青等綠林好漢之手，這是《水滸傳》續書當中很特別的情節安排，也是陳忱抒發亡國之痛與故國之思的「洩憤之書」，如蔡元放在〈評刻水滸後傳敘〉所言：

> 太上立德，其次立功，其次立言。斯三者，皆亙古而不朽者也。夫立德者，聖賢之事也；立功者，英雄豪傑之事也，其爲難能而所貴固無量矣。至於立言，則不過文人學士之事。〔註 15〕

英雄豪傑立功於當世，顯揚忠義精神，但加諸在作者陳忱身上的遺民意識，更凸顯「由亂返治」的政治期望，而文人撰述之主旨在於勸善懲惡，無法與英雄豪傑一樣「立功」於當世，唯有著述以「立言」方能成就不朽之偉業。

〔註 15〕〔清〕蔡元放：〈評刻水滸後傳敘〉，見高玉海：《古代小說續書序跋釋論》，頁 47。

此如〈評刻水滸後傳敘〉所言：

> 彼載道佐治之言，姑勿具論，即文人學士偶有撰述，欲其行今而傳後，亦必期其有當於聖賢彰成勸懲之旨，而後可成一家之言。故以太史公之才，爲史家之祖，而爲游俠、貨殖立傳，後之人猶且訾之，獨奈何而取綠林暴客御人奪貨之行而之耶！如《水滸前傳》之述宋江等一百八人之事，已不可，則今茲之《水滸後傳》，獨奈何又取其殘剩諸人而鋪張揚厲之，不亦效尤而罪又甚焉者乎？而抑知其殊不然也。善讀書者，必有以深窺乎作者之用心，而後不負乎其立言之本趣。〔註 16〕

在第二十八回〈橫衝營良馬歸故主　鄆城店小盜識新英〉敘述宋安平、呼延鈺、徐晟同遊梁山泊後，結拜爲異性兄弟，回到宋家村路上閒聊，可見其「經世致用」思想：

> 宋安平道：「天下大亂，我雖僥倖成了進士，也不思量做官了，只守著村莊，養贍父母，娛情書史，達天知命罷。兩位賢弟這般英才，自然大用於世，他日名成功就，再圖歡聚。」呼延鈺道：「我們如今且隨大隊暫且安身，遇著機會，幹些功業。若時不可爲，也就罷了，那裡去插標賣首！……」（頁 227）

三人因知遇而聚義結盟，呈現了作者陳忱在面對自我生存的現實困境，所難以迴避的士不遇情結，最終仍期盼能受到朝廷有識文士的認同。

正如此回宋公明所騎乘的良駒「照夜玉獅子」及呼延灼征梁山泊御賜的「踢雪烏騅馬」遇見宋安平、呼延鈺時咆嘶不已，「原來好馬與人的壽數一般，精力強健，有幾十年本事。這兩匹馬正在壯盛之時，良馬比德君子，見了宋安平、呼延鈺，似有故主之情，一時咆嘶不已。」宋安平爲宋公明姪兒，而呼延鈺爲呼延灼之子，良馬需要有識之士的「知遇」之情，在此借千里馬與伯樂之喻寄寓了深刻的政治籲求，第三十七回〈金鰲島仙客題詩　牡蠣灘忠臣救駕〉敘述高宗皇帝任用黃潛善、汪伯彥、湯思退等無謀宰相，專主和議，並斥退李綱、張所、傅量等忠臣，被金兵攻獻臨安，追至牡蠣灘被李俊等人救駕：

> 李俊道：「臣李俊等是梁山泊宋江門下。蒙道君太上皇帝三次招安，

〔註 16〕〔清〕蔡元放：〈評刻水滸後傳敘〉，見高玉海：《古代小說續書序跋釋論》，頁 48。

欽差征服遼國，剿滅方臘，恩授官職，蔡京、高俅、童貫等，嫉功妒能，假傳聖旨，頒賜藥酒，鴆死宋江、盧俊義，又陷害臣等，故投海外暹羅國。那國王馬賽眞被奸臣共濤篡弑，國內無主，軍民擁戴臣權勾當暹羅國事。聞得陛下爲阿黑麻所圍，臣等奮不顧身，特來救駕。」（頁 297）

梁山泊好漢以其江湖倫理，期待重建天下政治秩序的意圖昭然若揭，以海外事業寄託遺民對國族政體的政治想像，所以立足於暹羅國的金鰲島不應只是隱喻鄭成功反清復明的基地，李俊等人的「征東」之舉，更呈現作者陳忱在戰爭敘事下，關於文化與權力思維的政治想像，高桂惠認爲：

在以「征東」成軍的梁山餘軍中，其征戰的隱喻就政治版圖的角度來看，一方面指向國內被異族征服的困境以及面向國外從血統和權力的擴張試圖達到緩和的精神壓力；一方面就自己本身異質力量呈現對社會、歷史、文化的矛盾衝突所具備的調節性功能，展現出向傳統的詩文以及權力象徵秩序的臣服，但是無形中也利用收編的假象躲避檢查，保持異端（流寇）的特質，立足於「海洋中國」與異族統治的「大陸中國」形成分庭抗禮的想像。〔註 17〕

而在第三十八回〈武行者僧房敘舊　宿太尉海國封王〉敘述高宗皇帝在牡蠣灘被李俊等人救駕，選文武官員護送御駕還朝，小說人物主角之一柴進的慨嘆，可說細膩傳達了作者陳忱對家國興亡教訓的歷史思考：

柴進回頭向北道：「可惜錦繡江山，只剩得東南半壁！家鄉何處，祖宗墳墓，遠隔風煙，如今看起來，趙家的宗室比柴家的子孫也差不多了！對此茫茫，只多得今日一番嘆息！」燕青道：「譬如沒有這東南半壁，傷心更當何如？」傷今弔古一番，到淨慈寺裡宿了。（頁 303）

《蕩寇志》接續《水滸傳》貫華堂本七十回之後，從第八十二回〈宋江焚掠安樂村　劉廣敗走龍門廠〉，敘述劉慧娘望得赤屍之氣，「這氣罩國國滅，罩軍軍敗，罩城城破，所置之處，其下不出七日，刀兵大起，生靈滅絕，俱變血光。」藉此異象暗示戰禍將起之徵兆，劉廣母親並不聽勸趕緊逃走，最後陳希眞氣急敗壞飛奔報訊，說道：「青雲山賊兵遮天蓋地價殺來也，景陽鎮

〔註 17〕高桂惠：《追蹤躡跡——中國小說的文化闡釋》，（臺北：大安出版社，2005 年 9 月），頁 50。

官兵都起。我來時臥牛莊已都沈沒，賊兵已在桃花堰，就要到此處，我們飛速快走。」第八十三回〈雲天彪大破青雲兵　陳希眞夜奔猿臂寨〉，在兵荒馬亂的戰事中，陳希眞聽聞孔厚家的莊客說出劉母、劉麒被高封所俘的經過：

> 莊客道：「雲總管見了高封，替老爺再三分剖，爭奈高封全不容情。雲總管發怒，與高封爭執，要與高封到都省質對。高封也怒，立意要先害老太太、大衙內，與白勝一齊斬首。阮其祥說斬了白勝一幹人，恐老爺到案沒把柄，因此才都放了，仍舊監下。這都是孔老爺對小人說的。孔老爺又說，此廟內切不可再存留，高封正猜疑此地，要親來稽查，請老爺速避到別處，再做計較。城裡實是盤詰得緊，小人進去吃查問了多次。」（頁 151）

在《蕩寇志》的戰爭敘事中，主角陳希眞內心與行動的轉折在第八十三回終於明朗，爲了拯救劉廣母親，在忠孝不能兩全的情況下投奔猿臂寨，忠與義的辯證在之後的小說敘事中逐漸推展，半月老人在〈續刻蕩寇志序〉對《蕩寇志》有極高的文學評價：

> 耐庵、貫中之前後《水滸傳》，貽害匪淺；仲華先生之《蕩寇志》，救害匪淺，俱已見之於實事矣。昔子輿氏當戰國時，息邪說，詎詖行，放淫詞，韓文公以爲功不在禹下。而吾謂《蕩寇志》一書，其功亦差堪彷佛耳。〔註 18〕

到第一百一回〈猿臂寨報國興師　蒙陰縣合兵大戰〉陳希眞收到雲天彪書信，「務即會合天兵，匡扶王室。兼且高公舊誼，從此修盟。既輸力於天家，復用情於舊好。」故盜匪與官兵合兵大戰蒙陰縣，而與林沖對戰也說出：「林將軍且慢，希眞有實言奉告。希眞爲想受招安，不得不傷動眾位好漢。爲我回報宋公明：如此方是受招安的眞正法門。」

《蕩寇志》在面對《水滸傳》招安議題的處理上，採取一種諧謔的態度，《水滸傳》的「招安」，所代表回歸國族體制的意義上來說，是由綠林英雄轉化爲「忠義英雄」的必經歷程，也是忠君倫理的具體實踐，「期待／接受朝廷招安做爲一種理想政治型態的想像性話語表現，乃是梁山泊好漢在權與勢的矛盾情境中所做的價值選擇」〔註 19〕，而到了俞萬春的《蕩寇志》第九十二

〔註 18〕〔清〕半月老人：〈續刻蕩寇志序〉，見高玉海：《古代小說續書序跋釋論》，頁 92。

〔註 19〕李志宏：《「演義」——明代四大奇書敘事研究》，（台北：大安出版社，2011

回〈梁山泊書諷道子　雲陽驛盜殺侯蒙〉，敘述萊州府知府侯發上忠義堂面見宋江，說其胞兄侯蒙奏請天子對宋江等進行招安之舉：

> 去年十二月初一早朝，因浙江妖人方臘造反，賊勢猖獗，官兵屢敗，邊報十分緊急，官家嘆無將才可選。爾時家兄侯蒙，素知頭領忠義，不忘朝廷，日日指望招安。當即面奏天子，保稱頭領有蓋世之才，必能剿滅方臘，求降一道招安旨意，啓請頭領建功報效。天子起先不允，家兄叩頭出血，願將全家性命保舉頭領，蔡太師亦出力奏請，官家方才准了。（頁 263）

陳希眞此時未受朝臣舉薦招安，而作者俞萬春則是將刺殺侯蒙的情節轉爲嫁禍江東的計謀，關鍵在將宋江塑造成工於心計的小人，引出「武妓」殺「侯蒙」的懸疑劇情，究竟扮演殺害招安大使侯蒙兇手的「武妓」是陳麗卿？還是梁山泊集團的郭盛？到後來才揭曉是宋江的詭計，讓讀者大眾了解宋江原是包藏禍心的猾賊，這段情節也等於解構原書宋江所代表的忠義精神，取而代之的陳希眞所代表的蕩寇之師。第一百二回〈金成英議復曹府　韋揚隱力破董平〉，因陳希眞與雲天彪合攻蒙陰剿賊，其女陳麗卿力擒郭盛，並斬獲賊首，朝廷下旨：

> 救援蒙陰案內，雲天彪、雲龍、風會、李成、胡瓊，均加一級，陳希眞、劉廣等，准其贖罪，賞給忠義勇士名號，如再能斬盜立功，定予重賞，召忻著給防禦職銜。收復曹州案內，張繼知人善用，賀太平薦賢有功，均從優加三級。

由此回開始陳希眞剿賊具有合法性的地位，在一百三回〈高平山叔夜訪賢　天王殿騰蛟誅逆〉，敘述張叔夜意欲剷除梁山泊盜匪，作者俞萬春更是將主角張叔夜予以神格化的「降凡」色彩：

> 父母生他時，曾夢見張道陵天師，送一粉團玉鐲的嬰孩到家，吩咐道：「此乃雷聲普化天座下大弟子神威蕩魔眞君。吾於玉帝前哀求，請他下凡，爲吾耳孫。日後統領雷部上將，掃蕩世上妖魔，大昌吾宗。汝等不可輕視。」父母領諾。醒來，便生下叔夜，滿室異香，經日不散。長大來，八尺身材，貌若天神，博覽群書，深通兵法，猿臂善射。（頁 378）

從一百四回開始，陳希眞與宋江兩集團的戰事展開，宋江也顯露野心，步步

年 8 月），頁 367～368。

進逼，雙方人馬戰事綿延更迭，互有消長，而陳希眞與雲天彪兩股勢力匯流合攻宋江，戰事呈現拉拒之勢，到第一百三十二回〈徐虎林捐軀報國　張叔夜奉詔興師〉，在張叔夜奉旨征討方臘，有太學生上諫疏道：

> 今日之事，蔡京壞於前，梁師成陰賊於內，李彥結怨於西北，朱勔聚怨於東南，王黼、童貫結怨於遼、金，敗祖宗之盟，失中國之信，惟此六賊，罪惡貫盈。今蔡京、童貫既已伏誅，而梁師成等四人猶在，願陛下明昭睿斷，速正典刑。（頁 712）

作者俞萬春透過高宗悔悟自新、大開言路之舉，企圖由一百四回到一百三十二回具有神魔鬥法色彩的戰爭敘事中，建構「天下有道」的理想政治型態，將梁山泊好漢徹底「妖魔化」，而宣誓「忠義報國」、「替天行道」的價值選擇，則反是落到陳希眞這一方，張叔夜奉高宗旨意征討宋江，天上慶雲結成「天下太平」四字也就預示了宋江日後的敗亡，到第一百三十八回〈獻俘馘君臣宴太平　溯降生雷霆彰神化〉，張叔夜押解宋江等三十六賊奏凱還朝：

> 天子開言道：「今春朕命張叔夜征討梁山，爾時卿曾奏稱：『此番命將，皆上天敕令降生之雷部神將，出師必然大捷。』今妖氛殄滅，海宇升平，卿言果驗。仰見昊天覆育之人，祖宗積累之厚，朕涼德藐躬，獲受天貺，敢不祇懼。所有雷部神將，諒卿必深曉來歷，可一一具奏，以昭天恩，以彰聖化。」（頁 770）

在此作者俞萬春企圖以三十六雷部神將來鎮壓以宋江爲代表「謫凡」的天罡地煞，如此便解構了原書《水滸傳》的內在敘事邏輯。

三、神魔鬥法中的救世寓言

《西遊記》取經師徒一路上竭盡心力護送唐僧通過種種魔考，全書演義了一則心性修煉的救世寓言，八十一難所引發的種種衝突，通常與自我認知和個人欲望緊密聯繫，在在顯示了心性修持的重要性，唐僧師徒歷經十四年完成取經任務，第九十八回末引詩「見性明心參佛祖，功完行滿即飛升」更是點出取經之路重在「明心見性」的悟道過程，救世之義可謂盡在寓言之中，陳元之〈《西遊記》序〉曰：

> 太史公曰：「天道恢恢，豈不大哉！譚言微中，亦可以解紛。」莊子曰：「道在屎溺」。善乎立言！是故「道惡乎往而不存，言惡乎存而不可」。若必以莊雅之言求之，則幾乎遺《西遊》一書，不知其何人

所爲。……此其書直寓言者哉！……委蛇不可以爲教也，故微言以中道理。道之言不可以入俗也，故浪謔笑虐以恣肆。笑謔不可以見世也，故流連比類以明意。於是其言始參差而俶詭可觀；謬悠荒唐，無端涯涘，而譚言微中，有作者之心傲世之意。夫不可沒也。〔註20〕

《續西遊記》第二回〈如來試法優婆塞　徒眾誇能說姓名〉，敘述孫悟空護送唐僧至西天取經的豐功偉業：

「說我名兒四海揚，曾居花果做猴王。熬盡乾坤多歲月，經過三臘九秋霜。十方三界都游遍，地獄天堂任我行。只爲皈依三寶地，跟隨長老到西方。路經十萬八千里，到處降魔果異常。觀音院滅黃風怪，波月曾降木奎狼。火雲洞服紅孩兒，黑水河將鼉怪傷。滅法國裡施神術，朱紫朝中撿藥囊。玄英洞把三妖掃，寶華山收百腳亡。捉怪功能說不盡，斛斗神通任路長。一打乾坤無剩處，變化多般果是強。道眞若問吾姓名，齊天大聖是吾當。」（頁1168）

在總結前文本《西遊記》敘事的基礎上，孫悟空固然有著某種程度的反抗性格與自由意志，大致上仍是維持本性之善，但《續西遊記》卻在第三回〈唐三藏禮佛求經　孫行者機心生怪〉，直指孫悟空在心性修持上的缺失，「只恐孫行者那些降妖滅怪的雄心未化。方才誇逞神通，又未免動了一種怪誕。如來曾說不淨根因，便是此等。」《續西遊記》作者即是體認到孫悟空「斷魔歸本」、「護僧除魔」的心性修煉仍有不淨根因，故在第一回即提出取經心態之不淨根因，形成了小說的預敘性框架，意欲藉由護經回東土之舉，端正本心，進而完成「普濟眾生，永固國社」之任務。第一百回〈保皇圖萬年永固　祝帝道億載遐昌〉，敘述唐僧護經回東土之功德：

聖僧努力取經篇，往來辛勤念八年。

去日道途遭怪欺，回時經擔受魔難。

妖魔總是機心惹，功德還從種福田。

三藏經文多利益，傳流無量永無邊。（頁1877）

最後三藏師徒到靈山受封成佛，《續西遊記》作者在總結護經回東土的心性修煉意義上，回末有詩爲證：

萬卷眞經一字心，莫教自壞被魔侵。

〔註20〕〔明〕陳元之：〈《西遊記》序〉，見朱一玄、劉毓忱編：《《西遊記》資料彙編》，（天津：南開大學出版社，2002年12月第1版），頁225。

何勞萬里勤勞取，不必千方設計侵。

報我四恩端正念，任他六欲不能淫。

甚深微妙能開悟，自證菩提大覺林！（頁 1878）

在救世寓言的敘事創造中，《續西遊記》「端正本心」的護經目的，除了心性修煉的意義，其實還具有「皇圖永固，帝道遐昌」的政治功利思維，此與原書《西遊記》可謂大同小異。

《後西遊記》的嫡派取經故事架構，與《西遊記》取經五聖有著性格與命運相聯繫的因果關係，第一回〈花果山心源流後派　水簾洞小聖悟前因〉，即點出小石猴孫履眞與老大聖孫悟空，借石成胎蘊化相似之處：

形分火嘴之靈，體奪水參之秀。金其睛而火其眼，原爲有種之胚胎；尖其嘴而縮其腮，不是無根之骨血。稟靈台方寸之精華，受斜月三星之長養。雖裸露皮毛，而行止呈一派天機；倘沐襲衣冠，必舉動備十分人相。墮落去爲妖爲鬼，修到時成佛成仙。（頁 1889）

《後西遊記》作者採取嫡派框架就呈現了先天／後天的敘事意識，與前文本《西遊記》主要人物在出身、個性方面具有「互文性」，孫悟空對小聖孫履眞叮囑偈言四句，即：「頑力有阻，慧勇無邊。不修正果，終屬野仙。」也凸顯傳承使命及心性修持的致力方向。第五回〈唐三藏悲世墮邪魔　如來佛欲人得眞解〉因唐三藏往年求取之眞經成爲狡僧騙詐之具，如來遂有眞解度世之意：

如來道：「東土人心多疑少信，易於沈淪，難於開導。若將眞解輕輕送去，他必薄爲不眞，反不能解了。必須仍如求經故事，訪一善信，叫他欽奏帝旨，苦歷千山，勞經萬水，復到我處求取眞解，永傳東土，以解眞經，使邪魔歪道一歸於正。這個福緣應高於山，這個善果直深於海矣！昔年求經，虧觀世音菩薩尋取你來。今你既有心要求眞解度世，也須到東土尋個求解善信，方可完成勝事。」（頁 1932）

《後西遊記》作者藉取眞解故事「演義」一則救世寓言的用意極爲顯著，但天下蒼生在求解之後是否大徹大悟，作者在最後給出了懷疑甚至否定的答案，第六回〈匡君失賢臣遭貶　明佛教高僧出山〉回首詩云：

治世爲君要聖明，聖明原賴道相成，

賢愚莫辨招災亂，邪正無分失太平。

佞佛但知希保命，求仙也只望長生，

長生保佑何曾見，但見君亡與國傾。（頁 1934）

這裡也引出大顛和尚唐半偈在第七回上書給憲宗皇帝，說明「我佛之教，蓋以清淨爲本，度世爲宗」之旨，顯見作者不認同當時佛教「施財焚頌」之陋習，以及佞佛所附帶而來的名利爭逐，因而唐三藏及孫悟空奉佛旨封經，因緣際會之下，大顛和尚奉君命往靈山求眞解。第四十回〈開經重講　得解證盟〉，敘述大顛和尚師徒往西天取得眞解後，奉佛旨開經：

「我佛如來自無始以來，憫念南贍部洲人心貪詐，是個口舌凶場，是非苦海，萬劫沈淪，不能度脫，故造此三藏眞經，一藏談天，一藏說地，一藏度鬼，要流傳中國，超度群生。喜得大唐太宗皇帝一心好道，於貞觀十三年遣陳玄奘佛師求請歸來，信心流傳。不易流傳日久，漸入邪魔，陳玄奘恐違心禍世，復請佛旨封經，又幸憲宗皇帝一心好道，於元和十四年復遣臣僧大顛遠詣靈山，拜求眞解，以解眞經。又蒙我佛慈悲，慨頒眞解。又敕臣僧大顛開經重講。又蒙當今聖上皇帝一心好道，樂行善事，擇日開經。今正當開經之日，臣僧大顛不敢怠緩，謹命弟子孫履眞現身，將大唐國各寺封經一時開了，揭回封皮赴靈山繳旨。」（頁 2315～2316）

由此可見，唐半偈師徒歷經五年完成求眞解之任務，求來眞解共三十五部，「雖起於玄奘憫世悲心，也虧了大顛師徒遠來志力」，在此大顛和尚原係凡胎而成高僧，更迥異於如來二徒弟金蟬子謫世的唐三藏，第三十九回〈到靈山有無見佛　得眞解來去隨心〉如來稱取眞解之妙用無窮，寓含救世之義：

世尊說道：「我這眞解熱似洪爐，冷如冰雪，靈明中略參一點，便可起永劫沈淪；機鋒上少識些兒，亦可開多生迷錮。誠失路金丹，回頭妙藥也！此去雖東天孽重，無福能消，但你堅意西來，其功不淺，且去完此因緣，歸來受職。」（頁 2309）

往靈山取眞解強調個人的自我救贖，而祈保江山永固已不可得，在第四十回談到敬宗即位後，有不肖僧人附和烏漆禪師「高揚宗教，敗壞言詮」，也間接顯現作者已不期待眞解能發揮《西遊記》所說「法輪常轉，皇圖永固」的政治功利思維，這也是《後西遊記》作者與原書《西遊記》在神魔鬥法的敘事範式下的差異。

第二節　儒家政治理想的通俗闡釋

明代四大奇書在歷史演義、英雄傳奇、神魔幻怪、人情寫實的類型創作上，實具有源遠流長的的敘事範式，而四大奇書之後的續書，則開始故事類型上產生交互影響的敘事現象，所顯示的創作思維，大致以儒家倫理為本位的意識形態，在中國史學傳統的影響下，明代四大奇書的經世思想，便深切反映對王道政治理想的追求，正如《禮記・大學》所言：

> 大學之道，在明明德，在親民，在止於至善。……古之欲明明德於天下，先治其國；欲治其國者，先齊其家；欲齊其家者，先脩其身；欲脩其身者，先正其心；欲正其心者，先誠其意；欲誠其意者，先致其知；致知在格物。物格而后知至，知至而后意誠，意誠而后心正，心正而后身脩，身脩而后家齊，家齊而后國治，國治而后天下平。自天子以至於庶人，壹是皆以脩身為本。其本亂而末治者否矣。〔註21〕

故而有學者依據大學之道，認為「《三國志通俗演義》關注於『平天下』，《忠義水滸傳》關注於『治國』。之後，《西遊記》和《金瓶梅詞話》的寫定者似乎有意在情節建構和故事類型創造上與之進行創作題材方面的區隔，因此促成《西遊記》關注於『修身』，《金瓶梅詞話》則關注於『齊家』。」〔註22〕而四大奇書之後的續書，是否依循原著在「修、齊、治、平」的「互文性」聯繫意義，在儒家政治理想的願望實踐上構成一種歷時性的對話關係，就必須回歸到文本的討論方能證成。

一、平天下

《三國演義》的續書《續編三國志後傳》以正史《晉書》與《資治通鑑》為基礎，吸收野史逸聞中合乎主題的材料予以藝術加工，故段春旭認為《續編三國志後傳》的創作特色就是一種「歷史大背景下的文學虛構」，〔註23〕在卷一的回首詩呈現面對漢家王朝興廢治亂的喟嘆：

> 漢家二十四皇帝，明聖相承天下治。

〔註21〕〔漢〕鄭玄注，〔唐〕孔穎達疏：《禮記》，〔清〕阮元校勘：《十三經注疏》5（臺北：藝文印書館，1985年），頁983上。

〔註22〕李志宏：《「演義」——明代四大奇書敘事研究》，頁219～220。

〔註23〕段春旭：《中國古代長篇小說續書研究》，（上海：上海三聯書店，2009年1月第1版），頁147。

桓靈微弱質昏庸，不信忠良信常侍。
刑餘閹宦把朝權，文武官員如狗彘。
陳蕃竇武被謀誅，李膺杜固遭屏棄。
紛紛黨錮半天下，賢良君子遭囚系。
英雄豪傑盡不平，智士仁人皆憤氣。（頁 1）

從「平天下」的政治觀點來說，《續編三國志後傳》的作者酉陽野史在國勢衰微、朝綱不振、諸侯割據的世變書寫中，對賢良君子、英雄豪傑形象的塑造可見其殷切求治的政治期待，第二回〈二賢合計誅鄧艾〉，敘述故將張飛後嗣張賓在鄧艾入寇，後主劉禪聽從譙周之言投降，張賓友人勸其隱居避難：

賓曰：「吾嘗著卜累矣，國家運數尚未殞絕，敵之將帥必自敗亡。即不然而萬一有所不韙，吾獨不能爲張子房一錐之擊於博浪沙乎？安忍即忘韓而去楚哉？」於是閉門不出，日守窮廬。豈料後主見艾兵蜂至，度勢不可支，遂從譙周之議，作表請降於艾之營。艾即整兵入城，留兵守衛，號令諸軍毋得恣意剽掠，妄行殺戮，違者立斬。入城出示曉諭諸臣民，招安諸勳舊，意氣揚揚，居然自爲己功。於是一民尺土悉屬其版圖，而漢家數百載之餘緒與先主幾十年之經營，一旦付於賊手，傷哉！（頁 14）

從「天理」角度觀之，治亂循環固然取決於天命、天數，但在國勢衰微的世變書寫中，賢良君子、英雄豪傑如何弭平戰亂，平定天下，則是有志之士必須嚴肅思考的課題，而個人「出處」之間的抉擇，更可見「忠君」倫理的顯揚。如第二回敘述姜維、鍾會合力誅滅鄧艾，在亂世中試圖力挽狂瀾的努力：

此時鄧氏既收，而鍾會之勢遂孤，計皆出於張賓而會未之知也。於是姜維深幸得計，以書密啓於後主曰：「先帝創業垂統，幾數十年。而遭時不偶，大臣元將相繼而殞，於是朝無柱石，國無棟梁。賊國窺叛而竊發，今日伐我西鄙，明年割我右壤，祖宗社稷一日爲墟，此皆臣等不致死力，以陷陛下於此地耳。今維與故將張飛之孫張賓，乘鄧艾、鍾會之有隙，授一詭計，則鄧艾已除，鍾會勢孤，行將揭日月於復明，辟乾坤於再造云云。」（頁 17）

面對國勢危急存亡之秋，群臣在聖聰遭受蒙蔽之際，作者酉陽野史仍寄託平天下的政治期待，希望透過「演義」之作，對於一蹶不振的國家情勢和社會動盪，進行歷史闡釋，在晉武帝平定吳蜀之後，訪求江南遺臣，諸葛靚以一介亡國之臣婉拒出仕，「終身不游晉市，席亦不向晉而坐，偃仰甘貧」，後人詩贊曰：「智比殷微清比夷，一繩難挽預知機。廁前拒帝求歸野，蹟並嚴陵架足齊。」仁德之君已不復見，惟見有賢之士的氣節，蘊含濃厚的道德色彩。第五回〈郴嶺吳將敗晉兵〉，敘述吳主歸命侯孫皓勸降昔日部將的書信，呈現改朝易代之際，孤臣無力可回天的悲憤：

> 向因寡君不德，皇天弗佑，勢時俱失，兵力兩疲，以故歸命大朝。邇聞眾卿嬰城固守，能攄委質之誠，甚啓喪元之愧。奈何傷殺頗多，生命塗地，在將軍故爲盡忠，於皓身則爲加罪。且皓不肖，今已捐國，卿欲爲誰守哉？爭且無名，戰爲拒逆。西蜀、全吳尚不能抗，區區欲以廣、建之地與巨國爭衡，豈不昧乎？書至之日，將軍可捲甲來洛，愈見忠心。庶得以保全赤子，蘇豁黔黎，又將軍之慈惠也。
>
> 太康元年八月　日故吳主歸命侯皓書（頁43）

作者酉陽野史對於無德之君、賢能之臣的形象塑造著意在形成對比之態勢，以傳達世變書寫下對天道運行的幻滅感。第六回〈晉武帝大封宗室〉，敘述晉武帝封藩諸王，並可自擇文武官吏：

> 有識者見其兵馬之盛，皆背地沈吟嘆息曰：「晉室亂階，其在此舉中起矣。即欲封建藩室，何當使其自揀將佐，選擇兵衛，以握外權乎？雖然不致爲亂而諸侯自相謀奪，所在不免者也。枝葉一僱，根本亦難獨立，豈不危歟？奈何不聽劉頌之諫，惜哉言也！」（頁47）

接著在第七回〈陶璜郭欽諫撤兵〉，敘述晉武帝「意欲偃武修文，斂戢幹戈，以樂清平」，不聽朝臣勸諫，一意孤行，「竟遣使命將文詔頒行各處徵鎮，著令撤去守兵，不許蠹費錢糧」，詔曰：

> 昔者漢末宦寺專政，朝臣權弱，各州刺史皆內親民事，外領兵馬，以後世此侵凌貪奪，爭戰不休，致使四海分崩，萬民困苦。今天下大定，江山鞏固，何復用兵？宜當蹈戢幹戈。刺史分職，皆遵昔時前漢故事，少留防衛，其餘之兵，悉罷歸農，省其煩役，俾蘇民瘼。大郡只許置兵力百人，小郡止許五十人，限即發回故籍，毋得結聚，以蹈罪愆。詔行之日，欽此欽聞。（頁49）

晉武帝大封宗室、盡罷州郡之兵，埋下日後五胡亂華的變數，而因罷數十萬之兵，邊方省費，又遇五穀豐登，海宇升平，武帝遂怠忽政事，左司馬傅咸有心廉介，見世情澆薄，必誤蒼生，乃上疏諫帝，俾崇節儉，箋曰：

古先哲王之治天下也，衣服宮室，必有常制，無過分越度之變，以垂訓千古，著之方策，使知崇尚也。故大禹菲飲食，聖稱無間；舜造漆器，諫者十人，非惜費也，杜奢侈也。蓋以奢侈之費，甚於天災。人當敬天之命，畏天之威，節省儉約，以膺天眷可也。觀於有鑒之商紂，可例見矣。由象箸以至玉杯，因酒池以及肉林，鹿台未實，卒焚其身，是非譖侈之甚，以斡上天之怒，何響應如此之速也？臣請以時事言之。古者人稠而地窄，儲蓄有似於盈餘；邇今土廣而人稀，日用反患於不足者，何也？抑由官司濫費用，方物重科斂，賦煩而民窮耳！夫民爲國之本，民既不足，國家又何能足乎？今陛下聰明協天，博涉百王，宜下兆司部，考核其奢侈之弊，崇示其節儉之方，則天下之民方能帖席，得免逾牆之苦矣。若此弊不除，轉相高尚，處處成風，臣恐天地之生財雖化化不息，而吾人之糜濫恆旦旦不已，睹其民自益窮，財且益竭，天下將不勝其擾矣。（頁 57）

從治世或救世的政治寓言觀點而言，作者酉陽野史對於仁德之君的形塑，可說不遺餘力，深切寄託「平天下」的政治理想，可以說十分清楚歷史的興亡治亂之理，欲藉由朝臣上表勸諫的政治行動，傳達作者對天下太平的政治期待。

二、治國

《水滸傳》的續書《後水滸傳》作者青蓮室主人，延續《水滸傳》「亂自上作」的政治命題，在第一回〈燕小乙訪舊事暗傷心　羅眞人指新魔重出世〉，以「劫數」觀念解釋水滸綠林好漢遭奸臣屠戮，實屬天道循環，並透過轉世托生框架以完納因果報應之天理。第二回〈寄遠鄉百姓被金兵　柳壞村楊么夢神女〉，敘述金兵劫掠西北，徽宗欲得長治久安之方，童貫進言：

「國家患財不足，須求大綱大本，則財自裕。昔日太祖定鼎汴京，馳張西北；太宗繼武，削減東南；眞宗北伐，直逼契丹，不意爲王欽若忌功罷兵，許契丹請盟，定主和議，約爲弟兄，遂解兵歸；仁宗仁柔有餘，契丹悔盟，遂議婚納幣；英宗好儒，只圖苟安；神宗誤信安石；哲宗追貶正人，以致契丹日強，自稱大遼，累年征索，歲歲納輸四十萬，致使家國空乏：實起於眞宗，相沿至今。臣言大綱大本，莫若平遼。平遼，則得我國之金銀，仍歸我國。年無輸納，

則不富而自富，財不充而自充矣。不知陛下以為何如？」（頁 72）

當時有朝散郎宋昭力諫：「遼不可伐，女眞不可結。異日女眞必敗盟，爲國家之患。」但不爲徽宗採信，透過童貫征遼之舉，呈現「權奸誤國」，致使忠良隱退，國家陷入空前動盪的政治危機。第四十一回〈楊么入宮諫天子　高宗因義釋楊么〉，以高宗病徵隱喻「朝廷不明，天下大亂」的政治現實，「蓋因日處深宮，遊幸中暑。諸醫誤認受寒，又懸擬酒後縱欲，將燥熱之藥妄投，以致邪火上炎，頭昏目眩，燒爍四肢。」楊么偕賽盧醫郭凡進宮診治，郭凡一番言論，頗具「良醫醫國」之政治期待：

郭凡遂乘機奏道：「陛下只因醫臣無燮理之才，不審輕重，不究病源，妄用君臣，以致毒火流行，身心向背，內外欠調。今幸粗安，急需固本。據臣愚見，乞陛下移居外宮，靜養調攝，目無愛好。臣昔得異傳，採尋百草，名爲導引袪壬丹，服之可以固元護本。乞賜臣出去採尋，按方處置，以願陛下早痊，不識可否？」（頁 456）

不同於《水滸傳》寫定者將北宋國祚衰敗與「瘟疫」之流行做爲結合，作者青蓮室主人將南宋偏安江南，金人在北方虎視眈眈的政治情勢，與高宗病灶做爲結合，更藉由楊么「痛陳君非」的一番言論，對此偏安心態提出針砭：

楊么道：「進諫君父。拜而後諫，禮也。」便撲地拜完，起身說道：「陛下不必驚恐，率土之下，莫非王臣。臣非別人，臣乃湖廣洞庭湖楊么。楊么出身微賤，賦性忠良，蹇遭宋運之末，奸臣用事，屢被折挫，驅入湖中，只得招納賢豪，聚眾自固，誅奸戮佞，蓋有餘年。近見宋室瓜分，金人北據，么得全楚，眾人無不擁立以成鼎足。誠恐天命有在，不敢草率自尊，遺譏後世。……」（頁 458）

作者青蓮室主人透過楊么直諫高宗的情節建置，凸顯「遠讒去佞，近賢用能」的治國理念，敘事姿態更較《水滸傳》更爲憤慨激烈，此爲《後水滸傳》在政治意識上較爲特殊之處，而小說最終秦檜未曾伏誅，而高宗應允去除佞臣亦未履行承諾，也間接造成悲劇性的結局。

《水滸後傳》同樣延續《水滸傳》「亂自上作」的政治命題，與《後水滸傳》的開頭一樣交代梁山泊好漢受到招安後，受奸臣所害的悲劇下場，並抒發一己的憤懣情緒，第六回〈飲馬川李應重興　虎峪寨魔王鬥法〉，敘述李良嗣、郭京進京拜見童貫，獻上聯金滅遼，取燕雲十六州之計策：

李良嗣道：「大金國主雄踞東方，兵已滿萬，天下無敵。何不遣一介使臣，從登萊泛海渡鴨綠江，深加結納，兩面夾攻？滅遼國之後，燕雲十六州仍歸中國，那時議加歲幣，一如納遼故事，金主必然喜允。那遼國平州守將張珏，涿州留守郭藥師，與卑末爲同盟契友。待掉三寸不爛之舌，說他來歸，則遼之樊籬已撤，首尾不能救應，豈不立時殄滅！」童貫聽了，以手加額道：「天祚大宋，生此良士。一聞金石之論，頓開茅塞矣！」（頁 48）

《後水滸傳》及《水滸後傳》作者不約而同，著意運用聯金滅遼的史實加以發揮，而陳良嗣因童貫推薦進策，被徽宗賜姓趙氏，參知政事呂大防反對，第七回曰：

呂大防正色道：「遼國與本朝爲兄弟之國，和好已及百年，一旦撤其藩籬，而近虎狼之金，他日難免侵凌。趙良嗣草莽之人，不識朝廷大體。事宜速寢。若貪一時之利，他日悔之晚矣。」（頁 53）

其後趙良嗣、蔡京連番進言，最後徽宗叱退呂大防，不得再議：

趙良嗣道：「遼已敗盟，今遣十萬大軍侵犯北界，猶然守株待兔，加納歲幣，所謂齎寇糧而資盜兵也。莫若以納遼之幣歸之於金，坐復燕雲故土，正合遠交近攻之計。事機一失，時不再來，唯望宸斷。」蔡京道：「琴瑟不調，則起而更張之。滅遼之後，與金交好，安有後悔！」（頁 53）

作者陳忱在聯金滅遼的情節建置上特別著墨，深化水滸綠林好漢找尋海外事業的動機。第十五回〈大征戰耶律奔潰　小割裂企弓獻詩〉，敘述童貫遣趙良嗣持書至金，其略云：

遠承信介，宣布函書，致罰契丹，逖聞爲慰。雅示同心之好，共圖問罪之師。誠意不渝，當如來約。已遣樞密使童貫勒兵相應，彼此兵不過關，歲幣之數同於遼。（頁 117～118）

而在金主大破遼兵，遼主擬與宋重修舊好，以緩宋師，方好拒敵金兵，遼主修書送至童貫帥府，書云：「金之叛本朝，亦南朝之所甚惡也。今射一時之利，棄百年之好，親強暴之鄰，啓他日之禍，謂爲得計，可乎！救災恤鄰，古今通義，唯大國圖之！」而金主以宋朝出兵失期，燕雲十六州是金國所攻下，對當時的初議反悔，「遣趙良嗣、郭藥師回朝定議，劃定疆界，置榷場交易，每歲舊輸四十萬之外，外加代稅銀一百萬，遣使賀正旦生辰。」深刻傳達朝廷昏暗、奸黨專權的政治環境。第二十二回〈破滄州義友重逢　圍汴京奸臣遠竄〉，首先敘述奸臣王黼、楊戩、梁師成最終伏法，回末詩云：「開國承家遠小人，殃民陷主亦亡身。千年遺臭污青史，玉帶緋袍化野磷。」第二十七回〈渡黃河叛臣顯戮　贈鴆酒奸黨凶終〉接著敘述奸臣蔡京、高俅、童貫、蔡攸爲梁山泊眾好漢所擒，因宋江、盧俊義被奸臣以藥酒鴆死，四人最後也被鴆酒灌下，七竅流血而死，這樣的結局安排可說是「誤國元凶骨化塵，英雄積悶始能伸」的洩憤之舉，也傳達作者陳忱意欲建構一則救世寓言以實現治國的政治期望，藉由亂世塑造如李俊一般的英雄豪傑，建立金鰲島的海外基業，更在牡蠣灘救駕高宗，寄託政治烏托邦的理想圖景，正如第四十回〈薦故觀燈同宴樂　賦詩演戲大團圓〉回末詩所云：

> 儒者空談禮樂深，宋朝氣運屬純陰。
> 不因奸佞污青史，那得雄姿起綠林？
> 報國一身都是膽，交情千載只論心。
> 無端又續英雄譜，醉墨淋漓不自禁。（頁 327）

梁山泊英雄雖起於綠林，但都以反朝廷貪官污吏爲聚義的訴求，而受到奸臣迫害的綠林英雄，尋求海外乾坤以成基業的基礎上，體現作者陳忱建構政治寓言以治國的深切渴望。

《蕩寇志》則是從官方立場著手，從七十一回〈猛督監興師剿寇　宋天子訓武觀兵〉即可知作者俞萬春將水滸英雄視爲「盜寇」，第七十八回〈蔡京私和宋公明　天彪大破呼延灼〉，敘述程門四先生之稱的楊龜山（楊時）受蔡京之邀，爲攻取梁山獻計：

> 楊時有一門人隨在身邊，當時問道：「先生常說蔡京是奸臣，爲避著他，隱在岩谷，今日卻爲何就他的聘？」楊龜山嘆道：「你不知道，老死岩谷，原非我的本心。蔡京雖是個奸臣，今日卻難得他這般謙下，天下沒有勸不轉的人。或者我的機緣，在此人身上，也未可定。蔡京不諳兵法，門下多是諂佞之輩，決非宋江、吳用的敵手。我若執意不去，那二十萬大軍性命不知何如。且去走遭，看他待我何如，合則留，不合則去，主意是我的，有什麼去不得。」（頁 94～95）

從「救世」的政治觀點來看，《水滸傳》所強調的忠奸二元對立並非不可改變，《蕩寇志》採取「事有經權」的概念面對「人命關天」的軍事行動，更顯通權達變的處世智慧。第一百十一回〈陳義士獻馘歸誠　宋天子誅奸斥佞〉，敘述蔡京私通梁山、鬻賣官爵、私通關節之事終究形跡敗露，也凸顯作者俞萬春情節編排之用心：

> 原來希眞與鳴珂商議，料定此案詳上，必被捺住，希眞便就他捺住上生計。那日張鳴珂回署，傳上時遷，一通刑嚇誘騙，時遷竟一老一實將蔡京私通梁山的細底，供個明明白白。鳴珂竟照案發了通詳。那些上司大半是蔡京的黨羽，但見了這一角詳文，如何識得暗藏玄妙，竟照老例隱瞞，反怪這知縣不通時務。卻不防希眞將這條線，遞與種師道，直達天子面前。（頁 473）

第一百二十三回〈東京城賀太平誅佞　青州府畢應元薦賢〉，敘述童貫奏請征剿梁山之師，改征方臘，於是張叔夜奉旨征討方臘：

> 張叔夜明知童貫中有詭詐，只因方臘勢力猖獗，征討亦不容緩，今日已奉簡命，不能不去。當日受命謝恩，回府沈思道：「童貫奸賊，默右梁山，其意叵測。我今奉旨遠征，獨留此種奸佞在朝秉政，將來爲害不淺，如何是好。」又想了一回道：「有了，古人有薦賢自代之法，今山東賀安撫，其人深能辨別賢奸，外貌雖委蛇隨俗，而內卻深藏風力。若使此人在朝，必能調護諸賢，潛銷奸黨，我明日便在官家前，力保此人內用罷了。」（頁 605）

童貫最終因府中之人洩漏私通梁山的書信，而被賀太平查知，天子傳旨將童貫綁赴市曹正法，士民無不稱快，第一百三十二回〈徐虎林捐軀報國　張叔夜奉詔興師〉，因奸臣蔡京、童貫已伏誅，梁師成、李彥、朱勔、王黼四人猶在，天子傳張叔夜、賀太平進宮詢問：

> 張、賀二人極言陳東所言甚是，因共陳六人劣跡。天子嘆道：「朕爲此輩欺蒙久矣。」便傳旨將梁師成、李彥、朱勔、王黼盡行正法。叔夜因奏：「朝中尚有一賊，望陛下去惡務盡。」天子問是何人，叔夜便將高俅劣跡一一陳說。天子道：「縱此入於朝端，皆朕之不明所致，今日豈可尚逭典刑。」便立將高俅拿下，將家私盡行抄沒，不日將高俅發配滄州去了。（頁 712）

《蕩寇志》的作者俞萬春也在小說敘事中，將趙宋天子塑造成反躬自省、遠讒去佞的明君形象，如下所云：

> 天子謂群臣道：「朕涼德藐躬，撫馭失道，以致盜賊蜂起，生靈塗炭，此皆朕之罪也。今幸賴祖宗積累之厚，皇天保佑之深，浙江巨寇，竟已撲滅，山東殘賊，亦將蕩平。朕承玆天貺，敢不祇懼，可降罪

己之詔，使中外臣庶，咸知朕悔悟自新之意。」群臣咸稱聖明。（頁711）

由《水滸傳》對「聖君賢相」政治圖景的籲求，到續書《蕩寇志》落實小說人物形象的轉換，逐步改寫《水滸傳》「天下大亂，天子昏昧，奸臣弄權」的世變書寫，到續書《蕩寇志》讉除奸臣而大快人心的結局，可以見出作者意欲建構政治寓言的理想性格，《蕩寇志》從負面形象出發，竭力書寫梁山泊「群盜」的道德立場，可謂官方意識形態的投射。半月老人在〈續刻蕩寇志序〉中針對作者俞萬春創作《蕩寇志》，視梁山泊好漢爲盜匪，有其時代背景的創作需求：

> 近世以來，盜賊蜂起，朝廷征討不息，草野奔走流離，其由來已非一日。非由於拜堂結盟之徒，托諸《水滸傳》一百單八人，以釀成之耶？俞君吉甫次兄仲華先生，……著《蕩寇志》一書，由七十一回起，直接《水滸》，名之曰《結水滸傳》，以著《水滸》中之一百單八英雄，到結束處，無一能逃斧鉞。俾世人之敢於跳梁，籍《水滸》爲詞者，知忠義之不可僞托，而盜賊之終不可爲，其有功於世道人心爲不小也。邇甭賴聖天子威靈，兩宮太后厚福。凡跳梁小丑，無不俯伏授首，宇內漸次蕩平。〔註24〕

《蕩寇志》爲「皇化」文本的政治立場，在小說情節編排及回目設置上是極爲顯著的，而藉由醜化梁山泊好漢，而達成世道人心的教化作用，可以說是與俞萬春藉小說而行「經世致用」的「治國」之業息息相關。如一百三十六回〈宛子城副賊就擒　忠義堂經略堪盜〉，特意改寫《水滸傳》第七十一回〈忠義堂石碣受天文　梁山泊英雄排座次〉，稱天降石碣爲「妖事」，經拷問蕭讓、金大堅終得水落石出：

> 蕭讓熬刑不過，只得從實供道：「這石碣上字是小人寫的，因楷書恐人識得破綻，所以改寫古篆。又特訪得那道士何元通善識蝌蚪，所以特寫蝌蚪古篆，又特邀他設醮，以便認識。至於那年天上認眞開眼，認眞有火光翻落，萬目共睹，卻不解其何故。」金大堅也將怎樣密鐫石碣的話説了，又道：「這是宋江想與盧俊義爭位，故與吳用、公孫勝議得此法，特將盧俊義名字鐫在第二。此碣自盧俊義一到山

〔註24〕〔清〕半月老人：〈續刻蕩寇志序〉，見高玉海：《古代小說續書序跋釋論》，頁91～92。

> 泊之後，就已鐫定。……」（頁 750）

歷來評論《蕩寇志》多由世道人心的教化作用著手，而小說刻意醜化扭曲梁山泊好漢忠義敘事的正當性，其實可視爲作者俞萬春的敘事策略。錢湘的〈續刻蕩寇志序〉可爲佐證：

> 然而世之懷才不遇者，往往托之稗官野史，以吐其抑塞磊落之氣，兼以寓其委屈不盡之意。於是人自爲說，家自爲書，而書之流弊起焉。蓋不離乎奸、盜、詐、僞數大端，而奸也、詐也、僞也，害及其身；盜則天下治亂系之，尤以四端之宜杜絕而不容緩者，此《蕩寇志》之所由作也。〔註 25〕

從「救世」的政治期望來看，《蕩寇志》視梁山泊好漢爲亂世之「盜賊」，更是居於天下治亂之關鍵，也就是除了在朝奸臣之外，在野憑恃武力爲禍的亂賊在《蕩寇志》被形塑成兼具奸、詐、僞特質的「小人」，對國家治亂產生巨大的影響，以張叔夜爲首的三十六雷部神將，掃蕩以宋江爲首的三十六天罡及七十二地煞，進行「蕩妖滅寇」的治國任務。

三、修身

《西遊記》的續書《續西遊記》接續唐僧師徒西天取經後，因如來檢驗眾人本何心來求經，亦即質疑眾人取經動機正當性的「修心」命題爲預敘性框架，唐僧秉持至誠之心，孫行者秉持機變之心，豬八戒秉持老實之心，而沙僧則是秉持恭敬之心。第三回〈唐三藏禮佛求經　孫行者機心生怪〉，唐三藏以七言詩道出大乘功行的心性修煉過程：

> 大乘功行豈難明，掃盡塵凡百慮清。
> 晝夜綿綿無間斷，工夫寂寂不聞聲。
> 任他魔孽眸中現，保我元陽坎內精。
> 煉就常清常淨體，明心見性永長生。（頁 1171）

而第五回〈動吟詠聖僧兆怪　和詩句蠹孽興妖〉，則是對起心動念是否純正進行一種通俗性的闡釋：

> 世間何事作妖邪？只爲人心意念差。
> 行見白雲變蒼狗，忽然修豕作長蛇。
> 些微方寸千般態，幾許靈根百樣花。

〔註 25〕〔清〕錢湘：〈續刻蕩寇志序〉，見高玉海：《古代小說續書序跋釋論》，頁 84。

動念若端魔自遠，靈山何必問僧家？（頁 1185）

孫行者、豬八戒、沙僧三人的兵器爲大力神王收繳貯庫，如來又暗中派遣靈虛子及到彼僧保護眞經，孫行者三次盜取金箍棒未果，更是《續西遊記》作者在情節編排上強化「機變心生，妖魔怪起」敘事理念的結果。第二十一回〈狐妖計識眞三昧　三藏慈悲誦五龍〉回首詩云：

天地既二分，陰陽豈能一？
有正必有邪，邪正每相匹。
旁門鈎樣彎，大道氣立直。
佛法固多塞，野狐不無識。
了悟大光明，著迷暗如漆。
意馬不能馳，心猿安可失？
得意笑欣欣，失路苦滴滴。
三藐三菩提，不惹波羅密。（頁 1301）

《續西遊記》透過護送眞經回東土的歷程傳達心性修煉的宗教意義，失去懲妖除魔兵器的孫行者、豬八戒、沙僧三人，如何抵抗沿途眾妖奪取經擔的行動？透過護送眞經過程，孫行者如何滅了機變之心？第二十四回「八戒再哭九尺鈀　行者兩盜金箍棒」回首詩云：

人各有機心，何須巧弄幻。
我欲計愚人，誰無謀暗算。
微哉方寸間，能經幾合戰。
邪惡終必消，善良自無患。
寬厚此惟微，小射含沙箭。
此既發慈悲，彼豈無方便。
莫云人可欺，神目眞如電。（頁 1323）

在《續西遊記》長達百回的敘事篇幅中，作者往往透過回首詩的闡釋，將護經過程視爲一場「修心」寓言，作者企圖透過冗長的敘事過程，逐步轉化孫行者機變之心爲至誠之心。在第二十九回〈七情六欲作強梁　三藏一誠傳弟子〉回首詩云：

七情六欲聽三尸，使令生人貪與痴。
喜怒哀樂愛惡欲，眼耳鼻舌附鬚眉。
伐人性命傷人斧，送客窩巢奪客居。

識得常人牢把著，靈明一點誤邪思。（頁 1358）

孫行者認爲妖魔詭詐惡毒，便不得不以詭詐惡毒滅之，唐三藏則以爲應以實應虛，其文曰：

我嘆世人不從實，暗騙明瞞多虛飾。

那知忠信格豚魚，須識至誠貫金石。

使魔用心反自傷，欺人欺己徒無益。

識得玄機通一誠，鬼神上下都孚契。（頁 1361）

《續西遊記》作者在取經心態著意甚深，強調以至誠之心護送眞經回東土，方爲初衷本心。如第四十五回〈禁葷腥警戒神馬　借狐妖復轉毫毛〉曰：

檢點身心早夜時，無窮變幻費神思。

毫釐差處邪魔入，俄頃疏防孽怪欺。

世法牽纏誰割斷，人情曖昧更難醫。

貪嗔破處眞空現，莫把靈明誤入痴！（頁 1472）

第六十三回〈變鼈魚梆子通靈　降妖魔經僧現異〉也同樣闡發明心見性之理：

人須要識此眞心，實不虛心正不淫。

但願寸衷歸大覺，何須此外覓知音。

誰交屋漏欺明鏡，卻把生平愧影衾。

不負上天臨鑒汝，又何孽怪敢相侵。（頁 1603）

《續西遊記》企圖將護送眞經回東土的歷劫過程與秉持至誠之心的心性意義劃上等號，除了藉由回首詩予以闡釋之外，也不避繁瑣的在情節編排上，透過神魔幻怪的敘事模式告知讀者。如第七十回〈長老推測施妙算　行者開封識怪情〉回首詩曰：

萬事於心要至誠，至誠眞可對神明。

豚魚有覺猶能格，金石無情亦可傾。

恭敬須知爲進步，虛張定是失眞情。

人能舉動定天理，變怪妖魔永不生！（頁 1654）

透過沿途妖魔考驗心性是否眞誠，孫行者不得不以機變滅之，但孫行者也逐漸體悟因機變之心招致群魔奪經，造成護經過程的種種災難的因果循環，最終在一百回作者敘述取經功德：「上報國恩，保皇圖億年永固，祝帝道萬載遐昌。」與《西遊記》寫定者同樣有其傳統儒學的政治思維，在護經東土的修心之旅中，其實有著面向世俗的政治期望。

《後西遊記》以嫡派框架開展求取眞解的敘事過程，取眞解主角換成大顛和尚唐半偈、孫履眞、豬守拙、沙致和等，大顛和尚上表勸憲宗信佛以「清淨爲本，度世爲宗」，第八回〈大顛僧承恩求解　唐祖師傳咒收心〉昔日的孫悟空奉旨封經，憲宗招求眞解之人，大顛和尚慨然允之，第十八回〈唐長老心散著魔　小行者分身伏怪〉回首詩云：

不生不死只虛空，色相煙雲聲氣風，

日月往來磨莫破，古今推測渺難窮，

一元醞釀渾無意，萬化氤氳卻有功；

若覓如來眞佛性，清清淨淨在其中。（頁 2042）

《後西遊記》繼承《西遊記》「心生，種種魔生；心滅，種種魔滅」之思想命題，試圖以嫡派求取眞解的敘事框架，前往西天的取經歷程遭遇種種魔考，從救世的觀點來說，除了明心見性的修心意義之外，並具有度世救人的目的，第二十二回〈唐長老逢迂儒絕糧　小行者假韋馱獻供〉，途遇弦歌村的讀書人，唐半偈師徒欲化齋而未果，村人吟詠之詩有貶抑佛教僧人之意：

唐虞孝弟是眞傳，周道之興在力田。

一自金人闌入夢，異端貽害已千年，

焉能掃盡諸天佛，安得焚完三藏篇。

幸喜文明逢聖主，重扶堯日到中天。（頁 2099）

另一家也有人在內吟詩見志道：

不耕而食是賊民，不織而衣是盜人。

眼前君父既不認，陌路相逢誰肯親？

滿口前言都是假，一心貪妄卻爲眞。

幸然痛掃妖魔盡，快睹山河大地新。（頁 2099～2100）

從弦歌村文人毀僧謗佛的思想立場來看，儒、釋兩派的衝突可視爲一種思辨方式的延伸，亦即宗教信仰的純正與否端賴人心良窳。正如第二十三回〈文筆壓人　金錢捉將〉開頭詩所說「儒釋從來各一家」的說法，正呈現作者三教之間宜和諧平等的宗教思維，而文明天王手中的春秋筆卻是大有來歷，如第二十回曰：

天聾、地啞又去查來，說道：「這枝筆是列國時大聖人孔仲尼著春秋之筆，著到魯昭公十四年西狩時，忽生出一個麒麟來，以爲孔仲尼著書之瑞，不期樵夫不識，以爲怪物竟打死了。孔仲尼看見，大哭了一場，知道生不遇時，遂將這著春秋之筆，止寫了『西狩獲麟』一句，就投在地上不著了，故至今傳以爲孔子春秋之絕筆。不料這麒麟死後，陰魂不散，就托生爲文明天王。這枝春秋筆，因孔子投在地上無人收拾，他就竊取了，在西方玉架山大興文明之教。……」（頁 2123）

《後西遊記》在《西遊記》修心寓言的深刻性氛圍中，希望透過文明天王傳達何種敘事理念？的確是一個值得深思的問題，回到第二十四回〈走漏出無心　收回因有主〉來觀察，文明天王命人將唐長老鬆綁，忙將文筆直豎在他頂上，「唐長老雖是和尚，幼年間卻讀過幾本儒書，今又參觀經典，故頂著那隻文筆上不十分覺重，轉動得以自如。」石、黑二將看見忙秉文明天王，文明天王又將金碇加在頂上，更顯象徵意義：

因走下殿來，將文筆拿起，先把自己頭上金碇取下來，放在唐長老頭頂當中，再用文筆壓在金碇之上，就像砌寶塔的一般，唐長老一時便覺轉動煩難。文明天王看了方鼓掌大笑道：「似這等處置，便是活佛亦不能逃矣！」（頁 2118）

大顛和尚受文筆及錢財所壓，「一個不識字的窮和尚，如何當得起？」而文明天王與宮娥間的對話，便解釋了文筆與錢財如何壓人的道理：

文明天王道：「文人越有名，越是假的，怎拿得動？」宮娥道：「以天下之大，難道就無一個眞正文人？」文明天王道：「就有，也是孤寒之士，必非富家。我所以又得一個金碇壓著，他就拿得動文筆，也拿不動金碇。」宮娥道：「我聞他佛家有三藏眞經，難道就算不得文章？」文明天王道：「佛家經典雖說奧妙，文詞卻夯而且拙，又雷同，又艱澀，只好代宣他的異語，怎算得文章？」宮娥道：「這等說起來，這枝文筆，除了大王再無人拿了？」文明天王道：「若要拿此筆，除非天上星辰，若在人間去求，除了我，就走遍萬國九州也不能夠。」（頁 2121）

藉由儒釋「分道爲治」〔註 26〕的思想，作者以凸顯儒、釋兩派的負面書寫爲出發點，透過嘲佛諷儒的敘事手法，讓讀者閱讀時產生一種質疑詰問的檢視方向，究竟自己所信仰的宗教是否爲《後西遊記》所敘述之弊端，稟性至誠如大顛和尚都受到春秋文筆及金碇所制，芸芸眾生亦是如此，在前文本《西

〔註 26〕高桂惠：《追蹤躡跡——中國小說的文化闡釋》，頁 142。

遊記》修心寓言的命題中，《後西遊記》提出信仰的「我執」議題，也就是如果過於執著自己的一套信仰時，可能會去壓迫到其他派門的宗教信仰，如此的宗教就已經產生質變而不純粹，故而降服心中之魔比外在的妖魔挑戰更大。由此觀之，心存清淨實乃作者在此強調之意，如第二十五回〈莽和尚受風流罪過　俏佳人弄花月機關〉回首詩曰：

> 慢言才與色知音，還是情痴道不深。
> 清酒止能迷醉漢，黃金也只動貪心。
> 塵埃野馬休持我，古廟香爐誰誨淫？
> 不信請從空裡看，不沾不染到而今。（頁 2127）

闡揚佛教清淨之旨，袪除情欲的羈絆，由原著取眞經到續書取眞解，也有深化「修心」立意之處，在第二十六回〈歸併一心　掃除十惡〉，大顛和尚師徒途經十惡山，小行者叫喚土地問訊，反怪土地未曾遠接，土地之回答，正可證明作者強調心性「清淨」之敘事命題：

> 土地道：「此非小神之罪。聞知唐聖僧居心清淨，不喜役神。值日功曹與丁甲諸神並不曾差遣，故一路來山神、土地恐驚動聖僧，不敢迎接，惟在暗中保護，有事呼喚，方敢現形。處處如此，小聖爲何獨責小神？」（頁 2141）

第二十七回〈唐長老眞屈眞消　野狐精假遭假騙〉，敘述上善國王爲人至孝，而皇太后好佛，在後宮造了一座佛樓，叫做待度樓，受九尾狐狸精幻化而成的古佛所惑，被擄至山洞中，小行者最後救出皇太后，豬一戒打死妖狐：

> 太后深悔好佛之非，請唐長老到待度樓上去懺悔。唐長老道：「好佛不須懺悔，要懺悔只須懺悔此待度之心。佛即是心，心即是佛，要待誰度？一待度，先失本來，而野狐竄入矣！這待度樓貧僧與你改做自度樓，便立地成佛矣！」（頁 2166）

透過當下體悟心即是佛、佛即是心，從而獲得覺悟，達到成佛解脫的境界，這也是禪宗思想在小說中的通俗闡釋與實踐。而第三十二回〈小行者金箍棒聞名　豬一戒欲火鉗被夾〉，則是一則關於情欲試煉的寓言，在〈讀西遊補雜記〉中「《後西遊》瀟灑飄逸，不老婆婆一段，借外丹點化，生動異常」〔註 27〕的評論之語，所指就是此回的情節。第三十三回〈冷雪方能洗欲火　情絲繫不住心猿〉，論起兩人對戰，其形容有如男女交媾的情色書寫：

〔註 27〕〔清〕佚名：〈讀西遊補雜記〉，見高玉海：《古代小說續書序跋釋論》，頁 113。

舉起鐵棒攥緊了凝一凝，先點心窩，次鑽骨髓，直撥得那老婆婆意亂心迷，提著條欲火鉗如狂蜂覓蕊，浪蝶尋花，直隨著鐵棒上下高低亂滾。小行者初時用鐵棒還恐怕落入玉鉗套中被他夾住，但遠遠侵掠。使到後來，情生意發，偏弄精神，越逞本事，將一條鐵棒就如蜻蜓點水，燕子穿簾一般，專在他玉鉗口邊忽起忽落，乍來乍去，引得玉鉗不敢不吞，不能不吐。（頁 2226）

從修心的角度來看，小行者孫履眞展現出與祖大聖孫悟空在情欲書寫方面的差異，作者透過不老婆婆玉火鉗諧音雙關的修辭效果，傳達「道中還有情，情外不無情」之理。正如第三十四回〈惡妖精口中設城府　莽和尚腹內動干戈〉所述不老婆婆情絲繫住小行者乃是權宜之計，小行者取出金箍棒照頭打來，不老婆婆急用玉火鉗招架，所繫情絲早寸寸俱斷：

……自古有情不如無情，多欲不如無欲，悭悭抱恨，不如漠漠無知。若使孤生不樂，要此長顏何用？不老何爲？莫若將此靈明仍還了天地，倒得個乾淨。」大叫一聲，提起玉火鉗照著山石上打得粉碎道：「玉火，玉火！我不老婆婆爲你累了一生，今日銷除了也。罷罷罷！天地間萬無剝而不復之理，拼我不老婆婆塡還了理數吧。（頁 2236～2237）

《後西遊記》在此處傳達貪欲薰心，迷而不悟，最後導致亡身的道德勸誡意義，而摔碎的玉火鉗被眾女子竊往四方，正如小說引詩曰：「世情偏不悟，佛眼甚分明。不到身成佛，焉知世溺情。」小說對於情欲是抱持節制的態度，修心過程中的情欲考驗是成佛的關鍵之處，情絲（情）與玉火鉗（欲）正是考驗過程的象徵。第三十五回〈唐長老清淨無掛礙　豬一戒貪嗔有牽纏〉，敘述如來以中分嶺隔絕東西孽氣，嶺上「猛醒庵」其意爲檢點身心善惡，庵內的大辯才菩薩爲考驗眾人取眞解之意志，設下「掛礙關」，正如回末詩曰：

寺前寺後同一寺，關無關有總非關。

眞修不掛何曾礙？慧性常明可恕頑。

獨有野心貪狡甚，故出荊棘道途難。

須教湔洗從前意，一體靈山拜佛顏。（頁 2260）

唐半偈入關接受考驗，一心思量前進，不問險阻傾圮，小行者、沙彌亦隨之，惟豬一戒見道路歪斜，樹木叢雜，其敘事視角聚焦在豬一戒的內心活動：

心下懊悔道：「起初上嶺來何曾見有關門？依我徑走，也不知走到哪

> 裡！老師父假至誠，信人胡言亂語，偏要等菩薩照驗起來。照驗得好，如今卻照驗出一座關來。就是有關，依菩薩說關外轉去，平平路兒何等不好？老和尚強要關內走，那賊猴子又呵卵胞附和著要過關，這沙彌蠢貨大不知世事，一哄過關來，你看關門外這等沙塵、雪霰，劈頭劈臉吹來，地下又高低不平，樹枝又抓手抓腳，叫人怎生行走？」（頁 2259）

《後西遊記》作者編排「掛礙關」一節，意欲呈現「魔障坦平路，牽纏清淨心」之思想內涵，到了第三十六回〈蓮化村思食得食　從東寺避魔逢魔〉回首詩也同樣傳達佛教清淨之旨：

> 佛佛佛，非異物，原是人心人性出。
> 弗同人處是慈悲，人弗同他因汩沒。
> 慧根靈性雖本來，清淨無爲實道法。
> 大千世界只此中，莫認靈山在西域。
> 自成自度須自修，莫望慈航與寶筏。
> 嫡親骨肉本分明，一體看承休鶻突。
> 若教走得路兒差，差之毫釐千里失。（頁 2262）

「自成自度須自修」與第二十七回強調修行當以「自度」爲要之旨可謂前後呼應，《後西遊記》在三十六回情節設置上採取一種對比的敘事張力，從回目安排上即可見作者用心所在，蓮化東鄉思食得食，蓮化西鄉因來了個冥報和尚，自立東教，謂佛法莊嚴富麗，當以東土爲正。冥報和尚與大顛和尚辨明佛法眞義無果，冥報和尚以爲立教者必具神通，而大顛和尚則強調一心清淨，最後小行者破冥報和尚妖法，唐半偈以道法導正冥報和尚從東之謬，在《後西遊記》中，「修身」的政治期望，在於強調清淨修心的籲求之上。

《西遊補》的孫悟空受鯖魚精迷惑，在青青世界、未來世界、古人世界均無用武之地，失去降妖伏魔的對象，作者董說力求塑造與原書《西遊記》形象迥異的孫悟空，進入鯖魚精腹中的孫悟空，也等於受到「情欲」的影響，個性變得多愁善感，全然不似《西遊記》中的孫悟空一般勇猛精進，端看第一回〈牡丹紅鯖魚吐氣　送冤文大聖流連〉孫悟空打殺牡丹樹下一班男女，做起一篇「送冤」文字，「行者登時拾石爲研，折梅爲筆，造泥爲墨，削竹爲簡，寫成『送冤』文字；扯了一個『秀才袖式』，搖搖擺擺，高足闊步，朗聲誦念。」可見《西遊補》對孫悟空形象的重構在一開始就有明顯的定位，如

第二回〈西方路幻出新唐　綠玉殿風華天子〉，則是更進一步描寫孫悟空身陷鯖魚夢境，無計可施的窘境：

> 行者此時眞所謂疑團未破，思議空勞。他便按落雲端，念動眞言，要喚本方土地問個消息。念了十遍，土地只是不來。行者暗想：「平時略略念動便抱頭鼠伏而來，今日如何這等？事勢急了，且不要責他，但叫值日功曹，自然有個分曉。」行者又叫功曹：「兄弟們何在？」望空叫了數百聲，絕無影響。行者大怒，登時現出大鬧天宮身子，把棒晃一晃像缸口粗，又縱身跳起空中，亂舞亂跳。跳了半日，也無半個神明答應。行者越發惱怒，直頭奔上靈霄，要見玉帝，問他明白。卻才上天，只見天門緊閉。（頁 2341）

第十回在萬鏡樓中行者又經歷了一次這樣的遭遇，形成與《西遊記》孫悟空形象極大的反差：

> 行者周圍一看，又不知打從那一面鏡中跳出，恐怕延擱功夫，誤了師父，轉身便要下樓。尋了半日，再不見個樓梯，心中焦躁，推開兩扇玻璃窗。玻璃窗外都是絕妙朱紅冰紋闌幹，幸喜得紋兒做得闊大，行者把頭一縮，趲將出去。誰知命蹇時乖，闌幹也會縛人，明明是個冰紋闌幹，忽然變作幾百條紅線，把行者團團繞住，半些兒也動不得。行者慌了，變作一顆蛛子，紅線便是蛛網。行者滾不出時，又登時變做一把青鋒劍，紅線便是劍匣。行者無奈，仍現原身，只得叫聲：「師父，你在哪裡，怎知你徒弟遭這等苦楚？」說罷，淚如泉湧。（頁 2385）

第四回〈一竇開時迷萬鏡　物形現處我形亡〉敘述孫悟空被鑿天之人無端詈罵，重重怒起，便要上前廝殺的情境：

> 他又心中暗想：「我來的時節，師父好好坐在草裡，緣何在青青世界？這小月王斷然是個妖精，不消說了。」好行者！竟不打話，一往便跳。剛才轉個彎兒，劈面撞著一塊城池，城門額上有「碧花苔篆成自然」之文，卻是「青青世界」四個字。兩扇門兒半開半掩。行者大喜，急急走進，只見湊城門又有危墻兀立，東邊跑到西，西邊跑到東，卻無一竇可進。（頁 2350）

結合小說與作者董說身處明末清初的時代背景來加以考察，凸顯《西遊補》情欲試煉的命題，可以做爲一種詮釋的進路，以金鑫榮的話來說明：

> 《西遊補》敘述的是悟空一場夢幻遊歷之旅：心猿致鯖魚吐氣迷惑進入幻夢，在青青世界小月王的萬鏡樓中，進入古人世界及未來世界。他在夢中穿越了青青世界、古人世界及未來世界，而青青世界即爲現實世界。作者借心猿的幻夢，來透視理智與鯖魚（情欲）的矛盾交戰，並以幻夢爲依憑，勘破、揭露明末的頹唐世風，以及魏忠賢（1568～1627）擅權獨霸、主持朝政，侵害忠良、塗炭朝臣和百姓的系列故事。〔註28〕

《西遊補》以夢境框架逐步開展如〈西遊補答問〉所說「情之魔人，無形無聲，不識不知，或從悲慘而入，或從逸樂而入，或一念疑搖而入，或從所見聞而入」全面性影響整部小說的敘事格局，構成虛實不定的敘事氛圍。《西遊補》第五回〈鏤青鏡心猿入古　綠珠樓行者攢眉〉，孫悟空進入古人世界後，無意中變成西楚霸王項羽的愛妾虞姬，先是與綠珠、西施、絲絲小姐同敘姊妹之情：

> 有一宮中女娃，叫做楚騷，千般百樣惹動丈夫，離間我們夫婦。或時步月，我不看池中水藻，他便倚著闌幹徘徊如想，丈夫又道他看得媚。或時看花，我不叫辦酒，他便房中捧出一個冰紋壺，一壺紫花玉露進上，口稱「千歲恩爺」。臨去，只把眼兒亂轉，丈夫也做個花眼送他。我是一片深情，指望鴛鴦無底；見他兩個把我做擱板上貨，我那得不生悲怨？（頁2355）

第六回〈半面淚痕眞美死　一句蘋香楚將愁〉，孫悟空繼續變成假虞姬，和項羽談情說愛，並唆使項羽殺了眞虞姬：

> ……大王，你道他怎麼樣？他竟到花陰藤榻之上坐著，變作我的模樣，呼兒喚婢。歇歇兒又要迷著大王，妾身不足惜，只恐大王一時眞假難分，遭他毒手。妾之痛哭，正爲大王。」項羽聽罷，左手提刀，右手把戟，大喊一聲：「殺他！」跳下閣來，一徑奔到花陰榻上，斷了虞美人之頭，血淋淋拋在荷花池內，分付眾侍女們：「不許啼哭！這是假娘娘，被我殺了；那眞娘娘，在我的閣上。（頁2360～2361）

除了變成虞美人之外，《西遊補》中的孫悟空還做了丞相，他不但有標緻的妻子，並且有了五個兒子，最後他又被兒子波羅蜜王打敗，第十五回「三更

〔註28〕金鑫榮：《明清諷刺小說研究》，（南京：鳳凰出版社，2007年12月第1版），頁156。

月玄奘點將　五色旗大聖神搖」五色旗亂是孫悟空出情魔的重要意象，第十六回虛空主人的出現，象徵孫悟空接受情欲試煉即將終結，虛空主人一番論示之後，「狂風大作，把行者吹入舊時山路，忽然望見牡丹樹上日色還未動哩。」

《西遊補》藉由孫悟空受鯖魚精所惑，進入青青世界、未來世界、古人世界進行一場修心之旅，「《西遊補》對於《西遊記》中的孫悟空和唐僧形象進行了顛覆和重構；《西遊補》將全書的內容安排在一個精緻的哲理框架中，表達了對於現實社會和人生的深切關注。」〔註 29〕透過夢境框架的「變形」敘述，闡釋儒家修身觀念中「情」與「道」的關係。三部續書在《西遊記》對「修身」的政治期望上，不約而同的體現對修心的深刻闡釋。

四、齊家

《金瓶梅》的續書《續金瓶梅》，以宋金戰亂的世變書寫為基調，以《太上感應篇》因果報應觀念，印證西門慶家族在戰亂中的興衰起落，與《金瓶梅》注重大家庭的日常生活，以及揭露西門慶在酒、色、財、氣無所節制下縱欲喪身的發跡變泰史，其關注的方向本就有所不同，而《續金瓶梅》所述人物有月娘、孝哥在戰亂中奔波一條主線，也有李銀瓶、鄭玉卿及黎金桂、孔梅玉兩條副線，又常在回首插入許多三教思想、議論，敘事時空早已超越《金瓶梅》一門一宅、一地一縣的範圍，故而敘事顯得紛雜，結構亦顯鬆散。《續金瓶梅》第一回開頭總結《金瓶梅》「貪色圖財、縱欲喪身、宣淫現報」的道德教訓，而《金瓶梅》自出版以來爭議不斷，反對者從導欲宣淫的道德觀點斥之為淫書，而明清評論家從讀者閱讀層次、苦孝說等駁斥《金瓶梅》「淫書」說的看法，提供了一種深層理解的詮釋觀點。第四回〈西門慶望鄉台思家　武大郎酆都城告狀〉，敘述西門慶死後被武大郎在酆都告了一狀：

> 告狀鬼武大，原籍山東清河縣民，告為奸妻毒殺事：武妻潘氏與土惡西門慶有奸，於某年月日有鄆哥報信往捉，被慶踢傷幾死，乘機同王婆用藥毒殺身亡。本坊土地、灶神、鄆哥等證。慶惡恃財將弟武松賄徒，生死含冤，屢告存案。今慶命終，合行對審，償冤誅惡！（頁 29）

〔註 29〕劉相雨：《儒學與中國古代小說關係論稿》，（北京：中國社會科學出版社，2010 年 10 月第 1 版），頁 135～136。

從「齊家」的觀點來說，西門慶與潘金蓮的偷情東窗事發後，偕王婆毒殺武大郎，武松尋仇誤殺李外傳，西門慶依憑財勢上通蔡太師，將武松刺配孟州，自此心中大石落地，潘金蓮以破壞三綱五常傳統道德倫理的「女禍」形象深植人心，而接著遞狀告西門慶更顯示其不足以齊其家的指控：

> 武大寫狀，正要候酆都放告日期才遞，恰好有花子虛、苗員外、宋惠蓮一干人，俱合攏來。在衙門前有一個汪生員，停了貢，因氣而死，在那裡有個招牌，上寫「廩生考中」官書。這些寫狀的往來不絕。花子虛的狀是奸殺盜財事，苗員外是受賄縱仇事，宋惠蓮是淫霸殺命事。又有一人騎著大馬，武將打扮，後面鎖著一婦人，約五十年紀，也來寫狀告西門慶，竟進衙門去了。細問旁人，才知是王招宣，鎖的就是林太太。還有窮鬼極多，或是放債坑家、官刑害命，約有百餘。那餓鬼中也有好漢，俱在旁不平，揎拳相助的。（頁 29～30）

《續金瓶梅》雖然宗教說理意味濃厚，在總結西門慶因財色縱欲亡身的道德教訓方面，卻是較《金瓶梅》更增添因果循環的報應觀念，也具備更加強烈的讀者意識運作的痕跡，如第七回〈大發放業鬼輪迴　造劫數奸臣伏法〉，敘述西門慶被武大郎、花子虛、苗員外一干人等告在酆都：

> 那武大的狀是陰謀司、毒殺司提查，苗員外的狀是枉法司、贓吏司提查，只有花子虛一案審過，托生去訖。花太監還報告候審，王招宣還押著林氏定罪，俱不曾結，又有武大出首金蓮、春梅、陳經濟玩法通姦一案。那些一幹犯人俱提來在酆都城衙門前伺候。但見：
>
> 一個家戴枷釘杻，瘦伶仃不似人形；一個家披髮蓬頭，舊風流變成鬼面。鐵鎖盤腰幾路，粗似那葡萄架下繫足赤繩；長板扣脖周圍，緊於那淫器包中束陽綾帶。風月情空，佳人欲心灰冷；磨光計拙，浪子色膽冰消。難將黃紙賂閻君，誰敢赤心欺判吏！（頁 42）

透過因果報應的敘事框架，原書人物在陰間受審問訊，呈現本文與讀者的敘事交流過程，警惕真實世界的讀者切勿效法其做爲，《續金瓶梅》正是藉由陰間刀斧刑具的懲戒傳達「風月情空」的道德教訓，其書寫重心乃由家庭日常生活向戰爭離散逐漸位移，正如丁耀亢在〈續金瓶梅後集凡例〉所說：

> 《前集》止於西門一家婦女酒色、飲食言笑之事，有蔡京、楊提督上本一二段，至末年金兵方入殺周守備，而山東亂矣。此書直接大

亂，爲南北宋之始，附以朝廷君臣忠佞貞淫大案。如尺水興波，寸山起霧，勸世苦心正在題外。〔註 30〕

比較《金瓶梅》及其續書《續金瓶梅》在敘事格局上的轉換，雖然說《續金瓶梅》仍在明清人情寫實的敘事範式的影響下，但敘事重心卻由家庭向廣大的戶外空間擴散開來，胡衍南認爲：

原先《金瓶梅》的重心是寫市井生活，到了《續金瓶梅》那裡，反倒變成表現晚明國破家亡、社會動盪、道德淪喪這副天下慘貌。《金瓶梅》裡西門慶的世界不過就是家中、妓院、衙門——總之大半時間是待在清河縣，可是《續金瓶梅》裡的人物卻得足踏大江南北，即便細瑣小事也要肩負「見微知著」的任務，「格局」顯得大大不同。〔註 31〕

第六回〈沈富貴結貴埋金　袁指揮失魂救女〉，敘述李瓶兒偷托生在東京袁指揮家，西門慶死後，花子虛告狀，拘她對審，一路鬼使尋來，把陽魂捉去，昏迷不醒：

卻說李瓶兒被鬼使夢中牽去，到了東岳門前，還是當初死的模樣，面容兒黃瘦，細弱堪憐，嬌容如畫，見了花子虛、西門慶一干人在衙門前，想起前情，不敢啼哭。不一時，叫到一個官府案前跪下。花子虛把那上墻喚貓、踏梯過院通奸的事說了一遍；又說他陷在官司，被門慶坑騙多金，致病身死，又將金珠、錦緞、蘇木、胡椒、一百八顆西洋大珠、螺甸大床，盡被門慶盜去，約值萬金，盡夜奸淫，並兩個丫鬟奸了娶去。一一說個詳細。只見花太監跪在旁邊哭哭啼啼，訴傾家奸盜之事，門慶無詞。（頁 39）

作者丁耀亢試圖在小說卷三第十三回以前結束原書《金瓶梅》人物的因果報應，第十三回〈陷中原徽欽北狩　屠清河子母流離〉敘述在金兵南侵的戰亂過程中，吳月娘與玳安、孝哥被人群衝散，自此吳月娘展開千里尋親的長途跋涉，歷經十年，直到六十一回母子重逢，在戰火離亂的敘事過程中，原書人物在陰間受審後轉世托生，在陽間受果報，也是就丁耀亢借佛教因果報應觀念「演義」一則天理昭彰，報應不爽的政治寓言，受到「話本」文類意識

〔註 30〕〔清〕丁耀亢：〈續金瓶梅後集凡例〉，見高玉海：《古代小說續書序跋釋論》，頁 133。

〔註 31〕胡衍南：《金瓶梅到紅樓夢——明清長篇世情小說研究》，頁 205。

的影響，舉凡虛擬情境的修辭策略、敘述干預、程式化的敘事格局、理念先行與主題提前定位、靈動的敘事角度等敘事特色，〔註32〕幾乎在《續金瓶梅》的文體特徵中都可以找到線索，總而言之，《續金瓶梅》作者採取擬話本的敘事特色，以《太上感應篇》因果報應觀念為小說敘事的意識形態，借《金瓶梅》人物轉世托生，演繹戰火離亂下的世態人情，小說最終讓月娘享年八十九歲而無病坐化，凸顯儒家「齊家」理想的寄託。

另一部《金瓶梅》的續書《三續金瓶梅》則是一改《續金瓶梅》給西門慶、春梅死後挖眼、下油鍋、三世之報的殘酷報應，在《三續金瓶梅》中給他們棄惡從善的結局，思想立場則是較為寬容，第一回〈普靜師幻活西門　龐大姐還魂托夢〉，敘述小玉在夢中在陰間聽聞西門慶、陳敬濟、李瓶兒之三世報：

> 只聽上面說：「西門慶一名，罪當挖眼、宮刑，三世了案。陳敬濟一名，罪當割舌、碓搗，三世了案。李瓶兒一名，事屬有因，罪當杖斃守寡，三世了案。孝哥改名了空，為僧，吳月姐為尼，母子分離，十年現報了案。」小玉聽到此處，嚇得篩糠抖戰，放聲大哭，不覺驚醒，卻是南柯一夢。（頁2～3）

而普靜禪師因西門慶陰魂請託，心生憐憫而將西門慶救回陽世，使其償還宿債後再予以度脫，還陽之後，又與他的六房妻妾及丫鬟、婢女、僕婦、優童及戲子、妓女等，重又生出種種波瀾，而西門慶又因官復原職，仍做了正千戶，一路平步青雲，而個性仍是驕奢淫逸，縱欲無度。第十回〈西大官喜添愛女　昭宣府林氏傳情〉，敘述三娘藍姐為西門慶生下千金，西門慶順便為孝哥尋了塾師。第十四回〈逞豪華孝哥添壽　李鐵嘴看相傳方〉，敘述孝哥生日，又見他談書備志，從無一日曠功，西門慶與月娘喜之不盡，在花園燕喜堂擺酒：

> 有吳二舅、喬大戶、大妗子、二妗子、大戶娘子、應二娘子、謝希大、常峙節、薛姑子、王姑子都來與孝哥做生日。眾姊妹打扮得油頭粉面，粉妝玉砌。……滿堂上花枝招展，香氣襲人。都各有禮物。到了燕喜堂與親眷們見了禮，大丫頭小玉、楚雲、秋桂、珍珠兒，小丫頭天香、玉香、素蘭、紫燕都是穿紅掛綠，著紫披藍，打扮得

〔註32〕宋若雲：《逡巡與雅俗之間——明末清初擬話本研究》，（北京：中國社會科學出版社，2006年1月第1版），頁164～195。

千嬌百媚，粉團一般。（頁 105）

生日宴會的排場可謂極盡奢華之能事，席間喬大戶引見羽士李鐵嘴，傳授西門慶飲紅鉛、采戰等房中術，並請李鐵嘴看相：

於是請官人轉正了，細看了一回，說道：「吾觀長官天庭高縱，地閣豐盈，乃享厚福之格，一生用之不盡。二目雌雄，主一世風流。眉生二尾，終身常足歡娛。鼻有三紋，中歲不利。」羽士道：「見過了嗎？」西門慶道：「見過了。」「看你耳大有輪，主一生福祿。口若丹朱，到老不缺衣食。請出手來看。」羽士道：「智慧生於皮毛，苦樂見於手足，男子手要如棉，女子手若乾薑，尊公手軟而熱，必受榮華，但掌紋碎細，用事有些分心。得了這下身短上身長的便宜，妻財子祿俱全，黃氣發於高曠，年內必定有喜。印堂紅亮，目下定有外財。」（頁 110）

透過面相的「預示」，讀者從中得知西門慶的下場已非《續金瓶梅》所應驗的三世之報，而爲何是善終的結局？作者訥音居士如此安排的用意何在？第三十三回〈普靜師途中點化　眾親友團拜接風〉成爲這部小說敘事轉向的關鍵，首先因偶遇普靜禪師，禪師取了《參同契》、《悟眞篇》給西門慶參悟，接著第三十四回春梅生了雙胞胎，第三十五回月娘「自回家未能歇息，又聞知金寶妯娌不和，暗中爭論幾次，看不上又難勸解，日夜憂思，釀成一種肝氣病，連日辦理喜事尚還未覺，這日吃了飯，睡了一覺，忽然心裡疼，兩肋發脹，就不好了」，西門慶請醫官診治，整病了一個月調養才好，第三十八回西門慶因兒子西門孝參倒殷天錫，拿了吳典恩，驚覺富貴如浮雲，家成業就，兒女成雙，財富一世足用不盡，對月娘說自當遠慮才好：

月娘也楞了，口中不言，腹內自思說：「他從不是這樣人，如何今日講起道來？」想罷，說：「你雖如此說，怕的是口是心非，不能由己。」官人說：「主意已定，牢不可破！明日是我的壽日，後日是我的生日，闔家歡樂，我還吃兩日葷，自八月初一起，大家說明了，我明日只吃素飯。我搬到學房裡住，一個人不許進去，有事在書房裡辦理，我要養靜了。」（頁 311～312）

從「齊家」的觀點來看，還陽的西門慶依舊欲心不改，經過普靜禪師的點化，西門慶亦歷經參悟過程中魔障的考驗，竟然逐漸轉變心性，作者訥音居士欲藉由「禁欲」的修心之旅，讓西門慶擺脫輪迴報應的懲戒，而藍姐、屛姐削髮爲尼也只是簡化《金瓶梅》財色敘事所要傳達的道德教訓，而透過道教典籍的修行與救贖，一改《金瓶梅》及續書《續金瓶梅》的結局，但是《三續金瓶梅》如何轉化原書的情色書寫？首先，採取淨化情色語言的敘事策略，將書中有關性愛場面以一種程式化的語言帶過，這樣一來，讀者比較不會受到語言的煽惑，接著在情節編排上由「幻」入「空」的宗教敘事，以一種「道德化」的敘事視角進行重寫。

值得關注的是，在小說敘事教化過程中，勸善懲惡的主題思想較《金瓶梅》、《續金瓶梅》弱化了許多，家國同構的話語轉義也不被強調，《三續金瓶梅》反而聚焦在家庭生活所反映的物欲世態的人情寫實敘事傳統，呈現儒家政治理想的通俗化闡釋。

第三節　歷史與道德的統一

明代四大奇書做爲強盜教科書的《水滸傳》，和做爲誨淫之代表的《金瓶梅》歷來頗受爭議，故事中的事件，往往凸顯出善惡報應的道德邏輯，「歷史與道德的統一，這種深層敘述結構對於官史來講具有意識形態的必要性。因爲它肯定了已存在的歷史事實的合理性，因此也就在勸喻統治者重道德、重民意的同時保證了每一個朝代都是天命所歸，具有道德的必然性。而對於小說敘述來說則可能更多地是在滿足一種道德需要。」〔註 33〕四大奇書之後的續書同樣延續歷史與道德統一的敘事意圖，小說作者或敘述者針對歷史合理性的懷疑無論是透過虛構的因果邏輯或者延續《史記》「發憤著書」的情感需求，在在呈現出對天道不公與歷史定局的批判與詰問，續書依傍四大奇書所建立的敘事範式而起，雖然四大奇書爲「集體創作」或「個人獨創」的爭議有待商榷，學者眾說紛紜，一時難有定論，但續書部分除了少數作者身份不明外，大多數可判定爲個人編撰。艾恩・瓦特（Ian Watt）在論述西方小說的興起時，認爲小說是最能反映個人主義與嶄新趨勢的文學形式：

> 舉例來說，古典（Classical）與文藝復興時期（Renaissance）史詩（epic）的情節（plots）皆以過去的歷史或寓言故事爲基礎，而作者處理題材的優劣與否，大多以該文類中，廣爲眾人認可的典型所立下的文學標準來衡量。文學上注重傳統的慣例，首次遭到小說嚴重的挑戰，

〔註 33〕高小康：《中國古代敘事觀念與意識形態》，頁 33。

> 因為小說最重要的條件即是忠於個人經驗，而個人經驗通常又都十分獨特而新奇。過去幾個世紀以來，文化的趨勢逐漸重視原創性（originality）與新奇性（novel），而小說，正是傳達這種文化最恰當的文學形式，因此，「小說」（novel）之名，名副其實。〔註 34〕

而西方正是在笛卡兒（Descartes）和洛克（Locke）主張「每個人都可以透過理智求得眞理」〔註 35〕此一哲學理論產生後，才產生小說中具有現代意義的寫實主義，而由此理路來說，小說是在個人經驗的基礎上建構而起的觀點，同樣也適用於中國古典小說的研究，而續書的研究正好在明代四大奇書興起與清中葉小說創作高峰之間，續書研究的取樣在此實具有小說傳播史上的意義，在續書作者編創的文學標誌上，逐步建立章回小說的近代意義，而續書中依傍經典的重寫，從明代到現代，恐怕很少有人會認為這些續書不是個人獨創，而是集體創作，從四大奇書之續書研究的學術史來看，關於續書是屬於個人獨創或是集體創作的討論，學者咸少論及，由重寫歷史的角度來看，續書書寫其實已是一種創作行為，殆無疑義。

一、忠義敘事的變奏

首先，《水滸傳》續書《後水滸傳》取材於南宋初年楊么領導的農民起義，他和鍾相是湘鄂一帶農民起義的領袖。從南宋建炎四年（1130）三月起，以鍾相為首的農民起義在湖南路鼎州竄起，短期間的起義軍就增加到四十萬人，他們焚燒官府，殺死貪官污吏和魚肉鄉民的地主，平分其財物，洞庭湖四周十九個縣城都被起義軍佔領。紹興五年（1135）南宋朝廷派岳飛來征剿義軍，楊么最終被消滅，楊么提出「等貴賤，均貧富」的口號。

而《後水滸傳》作者青蓮室主人，以正面角度敘寫楊么的起義，內容直接承襲《水滸傳》，而在思想立場上又有嶄新的敘事創造，藉助《水滸傳》梁山泊好漢所建構的敘事模式，將被奸臣害死的宋江、盧俊義轉世托生為楊么、王摩，在小說敘事中取得正當性，第一回〈燕小乙訪舊事暗傷心　羅眞人指新魔重出世〉，接續原書宋江、盧俊義被奸臣所害的結局，燕青打探消息後至宋江墳前哭拜：

〔註 34〕〔英〕艾恩・瓦特（Ian Watt）著，魯燕萍譯：《小說的興起》，（臺北：桂冠圖書股份有限公司，1994 年 7 月初版），頁 5。

〔註 35〕〔英〕艾恩・瓦特（Ian Watt）著，魯燕萍譯：《小說的興起》，頁 4。

> 我當初分別時，就知奸臣在內，豈容功臣並立，何等苦勸哥哥與主人，全身遠害為高。誰知今日無辜飲恨吞聲，死於奸佞之手。天高日遠，一腔忠義，憑誰暴白這般冤情。我想你在九泉之下，豈肯甘心！我燕青欲待為哥哥報冤雪恥，手戮奸人，又恨此時此際，孤掌難鳴，只好徒存此心罷了。（頁 63）

透過小說人物燕青的緬懷追悔，總結水滸英雄忠義為國的教訓，傳達作者憤世嫉俗的家國情感，第三回〈楊義勇騎虎識英雄　游六藝領眾鬧村市〉，敘述夢中得九天玄女傳授武藝，體型、性格塑造與《水滸傳》宋江有所區隔，且盡孝禮：

> 身材八尺，膀闊三停。豐姿光彩，和藹處現出許多機變；聲音洪亮，談笑來百種驚人。孝悌忠信出於性靈，禮義廉恥根於宿慧。愛的是濟困扶危，喜的是鋤強去暴；結的是我為人可以替死，識得是人為我亦可忘生。上關天意，處處聞名拜哥哥；下應循環，在在得人作弟弟。從今殺的是在劫，將來戮的是前仇。生前懦弱受制於人，今日剛強敢云畏死。（頁 80）

對於小說主角楊么的性格刻畫、思想情感、為人處事等，力求一改原書宋江性格上的缺失，凸顯楊么之「勇」，也間接洩漏出作者青蓮室主人對宋江性格的不滿，而不滿之處在書中常可找到蛛絲馬跡。第二十八回〈楊義士思父母還鄉　黑瘋子趕朋友作伴〉，敘述楊么尚有回鄉拜慰撫養父母的心事未了，兄弟一行備酒送行：

> 飲到中間，王摩因對楊么說道：「前日聽見哥哥幼年失散了爺娘，卻與王摩失散了爺娘得人撫養的事實實是一般。哥哥曉得了生身爺娘的死信，俺王摩卻沒知生身爺娘的存亡，只沒處問人。這幾日想起來，暗地裡不由得不傷心落淚。只今哥哥又去見撫養的爺娘，也只為恩義相投，怪不得哥哥要去見他一面。俺王摩卻是為撫養的阿爺到頭來作冤家趕逐出來，得遇袁武、鄭天佑、殳動，劫了秦檜銀兩，來這山中。如今也要似哥哥去見他一面，又恐反使他見俺嘔氣，倒不如不見，只索由他罷了。」（頁 326）

在塑造楊么形象方面，凸顯儒家思想的「孝」，對宋江轉世托生為楊么來說，強調英雄形象的忠義本是必須之事。第三十二回〈楊么為父母受刑　馬靂救朋友陷獄〉，因楊么遺累父母在獄受罪，自投官府，代父母入獄：

> 老夫婦忽見了楊么，一時驚喜，悲歡了半晌，方說道：「自兒遠去，我兩人淚眼常盈。得聞大赦，知汝不負，是以魂夢也想你到來。不期賀太尉懷恨未消，將這路遠難稽的事，使我二人破家被陷，將謂老死禁中。願兒不來踐約，誰知你今果來踐約，要救我二人出去，實是你的孝念，卻又添了我二人一段憂苦。今我二人不過是形衰垂朽，旦夕溝渠，死何足惜。你若輕生，豈不誤前程事業？你還出去，等我二人坐在獄中。」（頁 363～364）

楊么在此成爲孝義智勇兼全之人，面對父母被擒的道德困境，也只能選擇束手就縛而成全孝道，作者青蓮室主人以史實記載爲依據，塑造楊么成爲品德兼備的英雄人物，結合《水滸傳》裡的宋江，在編排情節方面鎔鑄新的敘事創造，第三十四回柳壤村民受楊么招撫而來投托，大致也符合歷史所載。第三十八回〈夏剝皮因名償實罪　楊義勇感夢見前身〉，透過楊么夢魘，點出與宋江本是前世今生之因果，楊么蓼兒漥散財，周濟貧民，征討佔人田土及婦女的王豹、樂湯，寫下討伐之檄文曰：

> 自昔有罪則征，無良必討。矧茲王豹，鄉曲小人，罪多良少，構睚眥以生釁端，聚無籍而樹羽翼。桃園尋鬧，駱莊陷人。結怨揚言護邑，力征屈事樂湯。拒險道之雄，遺召輔之燹。誘愚哄眾醵金，苦追有稅之糧；駭里恐鄉斂財，似比無償之課。口腹得之以肥，家室因之以富。人怨無如檐矮，天拯有滿其奸。英雄見之不平，豪傑聞之怒色。是以楊么代天征討，揮戈渡江，兵不血刃，過不擾眾，遏臨斯土，殲滅數惡。奠爾村隅，快伸久積。誠恐村農里老望風驚恐，先佈來因。罄帛難書，略陳一二。謹檄。（頁 429～430）

楊么自命爲正義之師，在擒獲王豹、樂湯後也不妄加殺害洩憤，之後佔據洞庭湖君山大寨，這也符合史實所載，面對歷史的變局，作者青蓮室主人以《水滸傳》宋江轉世托生強化楊么起義的正當性，站在擁護《水滸傳》忠義敘事的立場，征討不公不義之事實屬必然之理，也呈現出作者對重建現實政治秩序的籲求，作者在小說第四十回〈楊義勇聞朝政心傷　宋高宗遇天中作樂〉，敘述眾人欲擁立早正王號，楊么依違在江湖倫理與廟堂倫理之間，其政治抉擇話語呈現其判斷原則：

> 因說道：「聽言當須語竟。眾兄弟休似馬霳一般躁烈輕浮。我今去臨安打聽，正要行吾大志，豈肯受制於人？昔日世民曾掃七十二處煙

> 塵，匡胤也打過八百座軍州，方才稱王定號。邇來國亂民愁，盜賊蜂起，到處害民傷眾。最惡最毒者，是漢中秦囂，淫人妻女；粵東懷袞，劫擄弒殺；蒲牢立邪教於江西；毛姥姥擁眾於閩福，比奸佞者更甚。我楊么不及早除，救民倒懸，是絕民望矣。焉得使人稱我陽春，稱我義勇？若是僭稱王號，豈不自恥？」（頁 443）

轉世托生的洞庭湖好漢，經歷「官逼民反」的政治壓迫而以「離家」姿態遊走於社會邊緣，並且在前世因緣的牽引下產生命運的共同聯繫，產生一股無法低估的江湖力量，並進而與朝廷政權相抗衡，楊么做爲亂世英雄集團的領導者，自然與成亂世崛起的盜賊「格局」迥異，在此也爲潛行臨安預留伏筆。第四十一回〈楊么入宮諫天子　高宗因義釋楊么〉，則是作者虛構一段君臣遇合的美事，楊么偕郭凡入宮診治高宗，楊么更直諫君非，並說出「朝有奸佞不歸，無人能勝楊么者不歸」兩條件，高宗也說出「朕當去佞，遣人招汝」的金言，但秦檜未誅，作者沒有違反史實，刻意安排入宮以醫術進諫天子成爲反諷之舉，第四十三回秦檜舉薦聞人成爲大元帥，率領二十萬大軍來剿滅楊么，第四十四回楊么在洞庭湖君山大寨又懸立「忠義堂」名，此時又敗張浚、吳玠、吳璘，高宗即傳旨遣岳飛征討楊么。第四十五回〈岳少保收服么麈　眾星宿各安躔次〉，岳飛攻破觀瀾關，楊么、王麈率眾兄弟進入軒轅井底，岳軍四處搜尋楊么等，忽見空中飄下一片紙條，說明前因後果：

> 軒轅井，沒底影，自從太尉放妖魔，一百八人行兇逞。降招安，爲藩屏，高楊童蔡忌功勛，水銀藥酒傷頭領。骨雖寒，心未冷，冤抑常沖透九霄。道君設醮求生永，表中錯字達上庭，赫然震怒將他警。遣妖魔，如蝗蝠，楊么原是宋公明，王麈的似麒麟猛。三十六個亂縱橫，西南數載由他梗。報冤仇，窮馳騁，女眞雖興宋不亡，江山傾圮忠臣整。天心有意鎖群雄，眞人引入軒轅井。王室安，君民幸，穴中相聚百八人，從今不出俱寧靜。君山土地說原因，元帥功成且自請。（頁 503）

作者藉由岳飛征討楊么起義的史實，添入梁山泊好漢轉世托生的神話色彩，既忠於史實，又別具個人的敘事創造，藉由沈伯俊的話來說明：

> 作品熱情肯定了楊么起義軍敢於與封建王朝分庭抗禮，不受招安的英雄氣概，表現了比《水滸傳》更爲強烈的鬥爭精神。楊么本人敢作敢爲，也與一味愚忠，一心想歸順朝廷的宋江大不相同，體現出

新的時代風貌。〔註36〕

《後水滸傳》在改編忠義敘事除了不違史實之外，也編排《水滸傳》梁山泊好漢轉世托生的敘事框架，雖然學者認爲「情節組織和表現形式頗多因襲，人物形象普遍單薄，很少個性色彩」，〔註37〕但從歷史與道德的統一觀點審視，《後水滸傳》在凸顯「君王不德」的政治意識方面，其果斷斬絕的氣勢尤爲特出。

《水滸後傳》第一回〈阮統制梁山感舊　張幹辦湖泊尋災〉，延續《水滸傳》結尾水滸英雄征方臘後，宋江、盧俊義被奸臣毒死，所存者，除武松損了一臂已作廢人，在六和塔下養老不算，先交代其餘三十二人之際遇：

> 這些人，或有赴任爲官的，或有御前供奉的，或有閒居隱逸的，或有棄職歸農的，或有修眞學道的。這三十二人散在四方，如珠之脱線，如葉之辭條，再不能收拾到一處了。誰知事有湊巧，緣有偶然，機栝一動，輻輳聯合，比前番在梁山泊上要覺轟轟烈烈，做出驚天動地的事業來，功垂竹帛，世享榮華，成了一篇花團錦簇的話文。（頁3）

作者在第一回以說書人口吻先對原書亂世英雄的結局先做交代，再「預告」小說新局的開展，在第十一回〈駕長風群雄圖遠略　射鯨魚一箭顯家傳〉，敘述李俊聽聞金鰲島有島長沙龍爲亂，前有宋公明夢中及石板上的詩句「提示」，李俊遂在清水澳整軍經武，展現亂世英雄雄圖遠略之志向：

> 那一輪皓月，從東邊海中湧出，金光萬道，天宇清朗。李俊擎著杯對眾人道：「梁山泊與太湖中雖然空闊，怎比得這海外浩蕩！承眾位相扶，脱了毗陵之難，到這清水澳，稍立根基，奈兵微將寡，還立腳不住，必得取了金鰲島，方可容身。聞得沙龍驍勇，急切難攻，如何是好？」樂和道：「班超以三十六人破了鄯善國，將在謀而不在勇。且屯扎幾時，招集訓練，覷個機會，方好攻他，不可性急。只要防他來侵犯，當做準備。這裡有無險阻可守。沿邊宜建木柵，撥幾個船，遠處瞭望，放炮爲號。這是要緊著數。」（頁89）

作者陳忱透過班超以三十六人破鄯善國的史實，表達心中對水滸英雄另覓海

〔註36〕〔明〕青蓮室主人著，沈伯俊校點：《後水滸傳》（《明代小說輯刊・第二輯4》，侯忠義主編），（成都：巴蜀書社，1995年1版），收入沈著〈前言〉，頁14。

〔註37〕〔明〕青蓮室主人著，沈伯俊校點：《後水滸傳》，收入沈著〈前言〉，頁14。

外乾坤，重建政治烏托邦的理想，呈現「由亂返治」的政治期望。第二十七回〈渡黃河叛臣顯戮　贈鴆酒奸黨凶終〉，敘述李應來到黃河渡口，北邊金朝紮下營寨，有大將烏祿及叛臣汪豹鎮守，擒得汪豹後，呼延灼罵道：

> 「你這逆賊！朝廷差我們十員將官來守黃河渡口，楊劉村是第一個緊要去處，你怎麼背國私降，引金兵過河，斷送了宋朝二百年社稷山河，使兩朝龍駕沒陷沙漠，害了數百萬生靈！你思量貪圖官爵，蔭子封妻，怎想也有今日！我為朝廷正典，為天下伸冤！」命立一旗竿，在百步之外，把汪豹吊上去，喚軍士亂箭射死。（頁 214）

《水滸後傳》延續《水滸傳》經由招安過程，讓身為盜寇身份的梁山泊好漢轉為忠良英雄，在續書中充分體現「替天行道」、「為民除害」的忠義精神，也可視為世變之際文人作家面對「亂自上作」的悲憤心理，藉由小說編排進行洩憤的道德需要，這一回在審判蔡京、高俅、童貫、蔡攸四個誤國奸臣情節中達到高潮，除了數落罪行，還擺設香案「上報聖祖列宗，下消天下臣民積憤」，並擺上桌子，請出宋公明、盧俊義、李逵、林冲、吳用、花榮六人牌位，四人盡皆跪下哀求饒恕：

> 李應道：「我等一百八人，上應天星，同心協力，智勇俱備；受了招安，北伐大遼，南征方臘，為朝廷建立功業。一大半弟兄為著王事死於沙場，天子要加顯職，屢次被你們遏住。除了散職，又容不得。把藥酒鴆死宋江、盧俊義，使他們負屈含冤而死。又多方尋事，梁山泊餘黨盡皆甘結收管，因此激出事來！若留得宋公明、盧俊義在此，目今金兵犯界，差我們去拒敵，豈至封疆失守，宗社丘墟？今日忠臣良將俱已銷亡，遂致半壁喪傾，萬民塗炭。是誰之咎？你今日討饒，當初你饒得我們過嗎？」（頁 218）

《水滸傳》寫定者在小說開頭，便運用「下凡歷劫」〔註 38〕的神話原型，建立敘事框架和期待視野，由天道的自然秩序對應人倫的政治活動，到了《水滸後傳》由於奸佞專權跋扈，導致接受招安的忠臣良將多所摧折，邊寇趁亂入侵，「由亂返治」的政治期望落空。

〔註 38〕吳光正：《中國古代小說的原型和母題》，（北京：社會科學文獻出版社，2004 年 7 月第二版），頁 103～136。《水滸傳》所呈現的神話原型思維，大體與中國古代小說中的「下凡歷劫」故事原型和母題有所關聯，相關討論可參閱本書。

作者陳忱身處世變之際，面對歷史存亡興廢的變局，藉由虛構奸佞悲慘下場的情節編排，除了對歷史事實與道德的衝突有所不滿，其實也蘊含重建理想政治秩序的籲求，故而透過小說人物傳達說話人的心理需要。「這種需要最終被抽象爲善惡因果循環報應的敘事邏輯和在戲劇敘事中常見的『大團圓式』結局」，〔註39〕關於大團圓結局的設計。在小說第三十九回〈丹霞宮三眞修靜業　金鑾殿四美結良姻〉，呈現俠義與才子佳人類型合流的趨勢，燕青、宋安平、呼延鈺、徐晟四人婚配，燕青更要求國主推恩，與眾功臣完娶：

> 燕青道：「男女之欲，何人無之，我兄弟們少年都負氣使酒，習學槍棒，把女色不放在心上，又爲官司逼迫，上了梁山，後來征討四方，無暇及此。今托國主洪庇，建立國都，同享富貴，除了柴進、關勝、李應、朱仝、黄保、蕭讓、金大堅、宋清、孫立、孫新、蔡慶、呼延灼等各有宅眷，其餘盡是孤身。不要說衾寒枕冷，無人侍奉，後來絕了嗣息，祖宗血食也就斬斷了，豈不可憐？趁他們年紀正壯，還可生育，將來長成時又可扶助世子；不然，吾輩亡過，朝無勳戚，非我族類，其心必異，依舊屬之他人了，豈不可惜？眾位公卿未有室家的，見我等各完配偶，心中未必不起念頭。以己之心，度人之心，宜妙選名門，使各諧淑偶，以慰眾心，以固邦本。」（頁318）

從《水滸傳》遊移在江湖倫理與政治倫理間的身份認同，透過「聚義」的政治宣誓凝聚共同命運的走向，並維持「忠義雙全」的自我價值，基本上忽略了「齊家」的倫理意義，因此造成這批綠林好漢不近女色的閱讀印象，而《水滸後傳》作者陳忱刻意融入「不孝有三，無後爲大」的儒家倫理，在《水滸傳》續書的書寫意義上便不容小覷，從「行俠仗義」到「替天行道」，忠良英雄最後終究要回歸家庭生活，女性、情與色、家庭，就一定是江湖事業的阻礙嗎？李舜華認爲：

> 明中葉小說以男性與女性的二元離合，反思了人們在亂世中對生命的體味。生命的價值究竟是體現在江湖事業中呢？還是繡閨歡愛中？這裡，女性所突出的「情」與「色」的內涵，已帶上了幾分家庭的色彩。它突出了亂世中，男性在追逐事業的顚沛流離中，對以女性爲代表的家庭的留戀。是亂世這一獨特的環境，強化了男性世界與女性世界的對立。小說突出繡閨對江湖的阻礙功能，恰恰是以

〔註39〕高小康：《中國古代敘事觀念與意識形態》，頁33。

繡閨的情愛、家庭的安寧質疑了動盪不安的江湖事業。〔註40〕

到了明末清初《水滸後傳》的出版，代表了對此一議題的歷史回應，忠良英雄回歸家庭也是一種個人抉擇。

另一部續書《蕩寇志》則是將原本在繡闈中的女性，拉到了江湖中，即與男性同處江湖之上。《蕩寇志》第七十一回以盧俊義夢見長人嵇康執弓到忠義堂，醒來便已火起爲敘事的開端，接著主角陳希眞女兒陳麗卿進香時被高俅兒子高衙內調戲，陳麗卿撕去高衙內的一只耳朵引發事端，到最後釀成大禍，陳希眞帶著女兒逃難，高俅則奏准天子「奸民陳希眞，私通梁山盜賊，謀陷京師」之罪名（第七十五回），兩人到了客店投宿，陳麗卿因緣際會下發現原是黑店：

> 不張時萬事全休，一張時好不慘人，只見那裡面低坡下，正是個人肉作坊，壁上繃著幾張人皮，梁上掛著許多人頭，幾條人腿，兩三個火家在那裡切一只人的下身，洞邊靠著一張短梯子。那幾個火家聽見刮喇喇滑車兒響，回頭早已看見有人張他，叫聲：「阿也。」一個喝道：「什麼人敢張？」麗卿也吃一驚，大叫：「爹爹，這裡是黑店。」（頁60）

《水滸傳》第二十七回〈母夜叉孟州道賣人肉　武都頭十字坡遇張青〉，描寫的正是菜園子張青、母夜叉孫二娘開設人肉作坊之情節，《蕩寇志》第七十五回照樣搬演過來，結局卻與原書迥異：

> 那麗卿是個繡閣英雄，那省得江湖上結納的勾當，聽得外邊叫喚，提著劍大踏步搶到面前，隔柜身一劍剁去。那大漢見不是頭，又走不脫，忙搶一條門閂來格。怎抵得麗卿的力猛劍快，飛下去門閂齊斷，一只左膀連肩不見了，倒在柜台裡面。希眞趕上那幾個搗子，早已捌死。（頁61）

《蕩寇志》試圖在以男性爲主《水滸傳》敘事中，加入陳麗卿、劉慧娘等女英雄、女軍師的角色，將原本在繡闈中的女性拉到了江湖中，並強化對男性角色的輔助功能。第七十六回〈九松浦父女揚威　風雲莊祖孫納客〉更明確指出陳希眞不入梁山泊的政治立場，「梁山泊已曾兜攬過，要小侄去入伙，小侄那裡肯去」，雲威勸其韜光養晦，伺時以待命可見一斑：

〔註40〕李舜華：《明代章回小說的興起》，（上海：上海古籍出版社，2012年9月第1版），頁223。

> 雲威道：「賢侄休怪老夫說，似你這般人物，不爭就此罷休。你此去，須韜光養晦，再看天時。大丈夫縱然不能得志，切不可怨悵朝廷，官家須不曾虧待了人。賢侄，但願天可憐見，著你日後出頭爲國家出身大汗。老夫風燭殘年，倘不能親見，九泉下也兀自歡喜。」希眞再拜道：「叔父清誨，小侄深銘肺腑。」雲威又道：「你那令親處，萬一不能藏躲你，你可即便回到我家來。那時卿姑同來不妨，這裡自有內眷，有好郎君我相幫留心。今日便從直不留你了。」（頁 76～77）

從歷史與道德的觀點視之，《蕩寇志》服膺官方立場的態勢十分明顯，並賦予小說主角陳希眞從一開始便與梁山泊綠林好漢不同流合污的政治立場，回歸作者俞萬春的創作背景，在俞的父親爲官時期，俞萬春耳聞目睹了清朝政府如何鎮壓農民起義，對在農民起義中，掀起宣傳作用的《水滸傳》也深惡痛絕，俞萬春胞弟俞灥在〈續刻蕩寇志序〉提到盜賊以「以《水滸》傳奇煽惑於眾」之情事，可爲佐證，《蕩寇志》作者正是將軍旅生涯的深刻體認，轉化爲文本的虛構敘事，傳達出對歷史發展的期待，故而強化盜賊集團的怙惡不悛，亦是書寫過程的重點。如第七十八回〈蔡京私和宋公明　天彪大破呼延灼〉，宋公明挾持蔡京的女婿、女兒，下戰書要脅：

> 梁山泊天魁星義士宋江致書於蔡太師閣下：宋江因奸臣擅權，不容人進步，故啓請眾位豪傑，聚義山東，一同替天行道。上應天星而列位，下隨人志而抒誠。天既與之，人不能廢。初未嘗得罪於執政，不知閣下何故興此無名之師？夫佳兵不祥，戰者逆德。宋江不喜戰鬥，只得邀請令坦薊州太守梁君，暨令愛恭人，光降敝寨，與之商議。蒙慨發尺素，祈閣下暫息雷霆，怡情富貴。如不獲命，宋江不得已願借重令坦並令愛之尊首祭旗，尊血釁鼓，慢散兒郎，以與閣下相戲。閣下勿將官家作推，閣下調元贊化，秉國之鈞，有所指陳，官家焉有不允。今日戰與不戰，悉請尊裁。守候回玉，書不盡言。（頁 96～97）

作者俞萬春虛構理學家楊時〔註 41〕之口說出歷史典故勸誡蔡京，應以社稷江

〔註 41〕楊時（1053 年～1135 年），表字中立，號龜山，世居福建將樂縣龜山下。中國南宋洛學大家，世稱「龜山先生」，以道學聞名，時稱「南有楊中立，北有呂舜徒」。楊時二十九歲那年前往河南穎昌，拜程顥爲師，楊時學成回歸之時，

山爲重，切勿受盜賊集團挾人要脅，但歷史發展的邏輯往往與道德意義相悖，小說則呈現出將兩者的矛盾取得平衡的敘述態度：

> 楊龜山道：「太師差矣。天子親臨太廟，託付太師重權，非同小可。縣君與貴人失陷，固是失意事，太師獨不聞樂羊啜中山之羹，袁公箭射親兒。這兩個君子，豈眞無骨肉之情哉？只爲迫於大義，不敢以私廢公。今太師爲一女婿、女兒，輕棄君命，二十萬大兵無故卷旗，豈不爲天下所笑。」蔡京道：「我也深知此是正論，怎奈本閣這個小女十分孝順，最可人意，不值便這般下得。」說著，吊下淚來。（頁 97）

書中楊時因理念不合而辭聘，而俞萬春借說話人聲口道出：「此言是楊中立深恐朝廷損威，並非爲蔡京畫策。」國家大義與個人利益的抉擇在小說敘述中展露無遺，《蕩寇志》以一種強烈情感色彩的曲筆，刻畫楊時從接受蔡京半強迫式就聘到辭聘的過程，而蔡京因女婿、女兒被梁山擄去，謊奏朝廷，只說有瘟疫退兵。在第八十一回〈張甞智穩蔡太師　宋江議取沂州府〉，對儒家義理有所發揮，在決獄斷案的權衡智慧上，可見其睿智處世之道：

> 卻說張甞對蓋天錫道：「足下所定之案，原是眞情實理，只是此刻的時風，論理亦兼要論勢，蔡京權傾中外，排陷幾個人，全不費力。你此刻官職微小，如何鬥得他過。枉是送了性命，仍舊無補於事。聖人云：『邦有道，危言危行。邦無道，危行言遜。』若只管直行過去，聖人又何必說這句話。孔子未做魯司寇，不敢去動搖三家，鄭子產不到時候，不敢討公孫晳。後來畢竟孔子墮了三都，子產殺了公孫晳。足見聖賢幹事，亦看勢頭，斷不是拿著自己理正，率爾就做。足下如今將此案如此辦理，蔡京可肯服輸認錯？足下之禍，即在眼前。那時足下無故捐了身子，卻貪得個什麼？蔡京雖是我的至親，此事卻並非我幫他。」（頁 123）

程顥目送他遠去，感慨地說：「吾道南矣。」後楊時又從師程顥之弟程頤，楊時與遊酢向二程求學，非常恭敬。《宋史・楊時傳》載「一日見頤，頤偶瞑坐，時與遊酢侍立不去。頤既覺，則門外雪深一尺矣。」，這是「程門立雪」的典故由來。楊時繼承二程思想，提倡由誠意正心，推之以「平天下」，選擇在福建武夷山傳播理學，最早把二程理學傳入福建，開創理學的「道南系」。政和五年（1115 年）往無錫，在東門內七箭河畔，南臨清河，搭建東林書院，教學長達十八年。

在面對奸臣蔡京權傾一時的亂世局面中，秉理直行非全身遠禍之道，而是招致斧鉞臨身之途，聖賢如孔子、子產亦是權衡時勢、伺機而作，在借鑑歷史發展的因果邏輯中，融入道德認知的通俗性詮解，形成小說文本中的歷史闡釋，並回歸到《春秋》微言大義的史家意識，如雲天彪邀陳希眞回景陽鎭署內的精舍坐地：

> 希眞看那裡面，兩旁架上，圖書卷帙，魚鱗也似排著，正中間供一幅關武安王聖像，又供一部《春秋》，博山爐內焚著名香，桌案邊架子上，豎著那口青龍偃月鋼刀，套著藍布罩兒。天彪指著那部《春秋》道：「小弟不揣愚陋，竊著《春秋大論》一編，檃括二百四十二年之事，尚不曾脱稿。昔年泰山居士孫復曾著《春秋尊王發微》十二卷，便是我的粉本。我看那孫復之論雖好，卻嫌他有貶無褒，殊失聖人忠厚待人之意。今我此編，頗與他微有不同。」説罷，便取那稿本與希眞看。果然議論閎博，義理淵深，希眞十分驚服。（頁131）

第一百三十九回〈雲天彪進春秋大論　陳希眞修慧命眞傳〉，與此回可謂前後呼應，雲天彪歷年戎馬倥傯，無暇於手著《春秋大論》的編修，當天下太平，朝野無事，便於退朝之餘，「博採先賢名論，補緝參訂」，而陳希眞「不願富貴，只求入山修道」呈現功成名就後文人進退出處之道的兩種抉擇，在歷史與道德統一的敘事意圖上，選擇宋代時空背景的確矛盾，外患頻仍、權臣把持朝政、國勢積弱不振是歷史事實，故而在小說文本中虛構一種非正統的歷史編創，顯得迫切需要，在《春秋》「史學經世」的意識形態中，俞萬春選擇傾向官方誅奸斥佞的政治立場，而非民間百姓對抗腐敗官僚體系的集體意識，所顯現的就是個人情感化的歷史敘事。

二、世情書寫的變調

《金瓶梅》的續書《續金瓶梅》以善書《太上感應篇》因果輪迴報應觀念爲本，借原書人物「演義」貪圖財色、縱欲喪身，死後陰魂到陰曹地府受審，受三世之報投胎轉世償還宿債的過程，小說時間在宋欽宗靖康十三年，金兵入侵中原，月娘帶著西門慶的遺腹子孝哥逃難，宋金戰亂離散敘事及《太上感應篇》及佛、道典籍的長篇議論大大降低了《續金瓶梅》世情書寫的純度，朝向以教化爲主、娛樂爲輔的小說書寫觀念的建立，試看第一回，在總結《金瓶梅》因果報應的道德教訓上，呈現「獨罪財色」的觀念：

> 也不過一場春夢，化作烈火燒身，不免促壽夭亡，受盡輪迴之苦。淫人妻妾，依舊妻妾淫人；富貴繁華，眞是風燈石火。細想起來，金銀財物、妻妾田宅是帶不去的。若是西門慶做個田舍翁——安分的良民，享著幾畝良田，守著一個老婆，隨分度日，活到古稀善病而終，省了多少心機，享了多少安樂！只因眾生妄想，結成世界，生下一點色身，就是蠅子見血，眾蟻逐羶，見了財色二字，拚命亡身，活佛也勸不回頭。（頁 2）

對應《金瓶梅》第五十七回，西門慶對東京募緣的長老募修永福寺一事，頗爲心動，遂捐了銀子助修廟宇，吳月娘趁機向他進言，以積陰功的觀念勸他節欲，沒想到西門慶並未汲取教訓，更有自己一套說法：

> 月娘說道：「哥，你天大的造化！生下孩兒，你又發起善念，廣結良緣，豈不是俺一家兒的福份？只是那善念頭怕他不多，那惡念頭怕他不盡。哥，你日後那沒來由、沒正經，養婆兒沒搭煞、貪財好色事體，少幹幾樁兒也好，攢下些陰功與那小的子也好。」西門慶笑道：「娘，你的醋話兒又來了。卻不道天地尚有陰陽，男女自然配合。今生偷情的、苟合的，多都是前生分定，姻緣簿上註明，今生了還。難道是生剌剌胡搊亂扯歪斯纏做的？咱聞那佛祖西天，也止不過要黃金鋪地；陰司十殿，也要些楮鏹營求。咱只消盡這家私廣爲善事，就使強奸了嫦娥，和奸了織女，拐了許飛瓊，盜了西王母的女兒，也不減我潑天富貴！」月娘笑道：「笑哥狗吃熱屎，原道是個香甜的！生血掉在牙兒內，怎生改得？」

對照《續金瓶梅》與原書《金瓶梅》的敘事態度，可以理解《續金瓶梅》以一種「後設」的角度，針對西門慶「縱欲亡身」的反道德命題予以評論，也就是說《續金瓶梅》企圖以因果報應的觀念，解構原書《金瓶梅》「宣淫導欲」的負面評價，《金瓶梅》從主角西門慶、潘金蓮的奸情展開，故事從《水滸傳》武松殺嫂一節脫胎而出，笑笑生讓武都頭誤殺李外傳遭刺配，藉由轉移焦點的編排，主角西門慶得以揮霍色欲與貪念。孫述宇認爲：

> 平實一些來說，西門慶肩負的，不是貪欲的十字架，而是貪欲的枷鎖。他做了貪欲的奴隸，最後還是貪欲虐政的犧牲。大概因爲他是奴隸和犧牲，所以普淨和尚也沒有難爲他的鬼魂。人做了貪欲的奴，

吃了名利的虧，這本是佛教的老話，也是中國文學中的老題目，《金瓶梅》的成就，是把這些老話，用人生眞實很活潑地表達了出來。作者改了《水滸》的故事，把西門慶從武松刀下救出來，讓他活幾年，然後這樣更眞實地死去。〔註 42〕

相較於《金瓶梅》的淺露低俗、悖德縱欲的敘事姿態，《續金瓶梅》以一種殷殷勸誡的說書人姿態貫串全書，屢屢在書中回首議論及回末引詩均可見「勸世」的道德說教，長篇大論的徵引佛道典籍，自然破壞了小說敘事的流暢性。在第七回〈大發放業鬼輪迴　造劫數奸臣伏法〉，則是針對宋代奸臣誤國的史實，經由陰司的審判，傳達對歷史發展的質疑與不滿：

閻羅依舊上座，只見傍立二判各將大簿十餘冊捧來細看，有兩個時辰，但見閻羅咬牙切齒，睜目張鬚，把那生鐵臉一變，大罵：「誤國神奸，爾輩貪功害國，禍及生民，萬剮不盡！」大喝：「革去衣巾！」也不見有人來剝，只見六人已赤條條裸體跪在案前了。先問童貫妄開邊功一案，那判官先把陣亡人數轉在案上，又把奸殺平民報功一一開載明白，童貫不敢辯，叩頭畫了供狀。又問蔡京諂佞誤國一案、蔡攸傾父奪權一案，高俅、王黼、楊戩各人俱賣官通賄、佞主蔽賢、案案相同，閻羅問了一遍。蔡京才要分辯，把業鏡抬來一照，六個賊臣昏夜私謀、欺君誤國的事，漸漸圖出眞形，如刻的印板相似，那敢不承！一一俱畫了招，甘伏其辜，不勞動刑。（頁 45）

通過小說敘事的虛構，重審歷史人物的功過，成爲文人洩憤的途徑，從四大奇書之續書，對宋代國勢衰頹的題材競相書寫的情況來看，通過敘述不同的內容表達一種共同的歷史需要，國家的治亂興廢向來是文人關注的核心，在此呈現出敘述與情感的統一。正如第十三回〈陷中原徽欽北狩　屠清河子母流離〉，抒發金人擄去徽欽二帝的歷史喟嘆，可爲例證：

徽宗過了汴橋，放聲大哭，才知是蔡京父子蒙蔽朝政，不料天下到此地位。全不思自己爲君不惜民力，不畏皇天，一味胡弄，到了國勢不支，推與兒子，沒處收拾，把個天下輕輕送與大金。幸有康王泥馬渡江，才延了南宋一百五十二年天下。總是奢靡浮華，上下偷安，以致滅亡，豈止天運！看黃袍加身，便知今日青衣北授的因果：

〔註 42〕孫述宇：《金瓶梅：平凡人的宗教劇》，（上海：上海古籍出版社，2011 年 3 月第 1 版），頁 106。

宋祖開基二百秋，當時天命有人謀。

契丹昔借陳橋返，兀朮今來汴水游。

燭影不明開斧鑕，金縢失信自箕裘。

始終亡國皆奸相，寡婦孤兒一樣休。（頁 88～89）

第十九回〈宋道君隔帳琵琶　張邦昌御床半臂〉，敘述徽宗被金人北擄監禁，賦〈望江南〉詞遙憶當年汴中樂地：

南朝事，回首夢中看。細雨草生金殿冷，小樓人去玉笙寒。切莫倚危闌！傷心處，汴水幾時還？馬角不生冰雪窖，烏頭白斷雁鴻天。朔塞夜漫漫。行樂事，歲月幾般般。微服狹邪花爛熳，石山艮岳玉山贊山元。四海怨傷殘。堪恨處，邊禍起無端。國喪不知猶信佞，身亡方悔誤從奸。拋骨黑河灘。（頁 123）

《續金瓶梅》在面對北宋亡國的歷史教訓方面，在《金瓶梅》所開創的人情寫實的敘事傳統下自成一格，對歷史發展的不合理性表達個人深刻的悲憤情感，呈現文人作家面對歷史變局的批判性思維。第二十一回〈宋宗澤單騎收東京　張邦昌伏法赴西市〉敘述宋元帥宗澤上太行山親自招安巨寇王善，檄文勸其「切照金人肆虐，蹂我社稷，二帝北轅，萬姓切齒，此臣子不共戴天之仇，實英雄一舉封侯之會也。」王善看完檄文，傳令大小頭目，人人激憤，當時「忠義堂」鳴鼓聚眾，宗澤對王善曉以大義：

宗元帥說道：「我國家因朝中用六賊，致的民不安業，失身爲盜，原不得已。今日將軍肯同心殺賊，以此百萬之師，可以直掃北庭，救回二帝，成了千秋名節，又受了封侯之賞，因何把這一個英雄付之草野？總因國家不能用人，以致流落。」說畢，涕泣不絕。（頁 140）

小說襲用《水滸傳》宋江梁山泊聚義之情節，敘述王善投靠梁山泊，因宋江接受招安，遂與不願去的眾嘍囉來河北與王慶同夥，佔領太行山大寨坐第二把交椅，受到元帥宗澤以國家大義感召而歸降，憑單騎上太行山收雄兵百萬，敘述者引詩爲證評論曰：

出師二表悲諸葛，退敵單騎說令公。

國亂始知支廈力，疆殘方見挽天功。

全身果可稱明哲，授命何嘗盡暗庸！

自是頭顱人愛惜，千秋頑儒笑孤忠。（頁 141）

《續金瓶梅》在人情寫實的敘事範式影響下，加入《水滸傳》的招安情節，形成一種「世情加忠義」的跨類型嘗試，也是世情書寫的變調呈現，寄託在國亂孤忠的悲憤意識，凸顯對歷史興亡發憤抒懷的文人書寫傳統。

總體而言，四大奇書之續書繼承《春秋》以降的史家撰述精神，而更加凸顯「野史」撰作的編創意識，在儒家經世致用觀念下所建構的政治寓言，往往寄託「由亂返治」的王道理想，與《大學》所標舉的修齊治平的政治理想可謂前後呼應，面對世變之際的歷史變局，小說作者透過「撥亂返正」的情節建置，以奸佞之辨、英雄想像、救世寓言呈現出儒家政治理想的創造與個人抉擇，四大奇書之續書作者各自面對「大學之道」進行通俗化的歷史詮釋，順帶一提，小說作者對於北宋靖康之變、南宋紹興和議等史實、人物（如秦檜、岳飛）似乎情有獨鍾，《後水滸傳》、《水滸後傳》、《續金瓶梅》、《西遊補》藉此史實敷衍、杜撰情節，傳達歷史敘事下的政治籲求。

從歷史與道德的統一觀點來看，「這種道德意義實際上也就保證了小說敘述人的敘述自由：他可以隨心所欲地講述任何聽眾感興趣的故事，而又保證了這個故事最終的道德性。明代以來的文人爲通俗小說正名、抬高其價值的根據也就在這裡」，〔註43〕《水滸傳》、《金瓶梅》續書各自在承接原書的道德命題下，呈現出忠義敘事的變奏與世情敘事的變調，傳達各自面對世變書寫的經世思想。

〔註43〕高小康：《中國古代敘事觀念與意識形態》，頁34。

第六章　天命人事：四大奇書之續書的歷史意識

明代四大奇書中的天命思想向來為歷來研究者的討論焦點，而其後的續書是否延續原書天命思想而有所轉化，將是本章考察的重點，在「對話」的認知基礎上，明代四大奇書寫定者的創作意識主要反映在「天理」、「天道」的探索之上，其後的續書在歷史與道德的統一辯證關係上，也在小說敘事中呈現多樣的意識形態，具有一種「元敘述」特質的思想命題，〔註1〕同樣立足於「講史」的敘事傳統，面對世變情境的歷史變局，四大奇書之續書作者採取多元、開放的編創意識，通過「時間」的考察，以進行個人時運與生命際遇的闡釋。如同龔鵬程所歸納：「一是力與命永無休止的爭衡，而人即在此絕對敗亡的淒涼慘暗中迸現他強烈的生命力和偉大的情操。一種是人與命、數與智、才與時之間求得一諧和的安頓地位，一切悲涼憤懣在天命的澄化下歸於恬淡。另一種則是利用我們對天命的沈思而消極地化解人世物象的追逐，名利榮辱的羈絆與牽制，在此都歸虛幻，所謂『萬事不由人做主，百般原來俱是空』即是此意，對人世有些詭譎的嘲弄與冷凝的觀照。」〔註2〕面對命運的順遂與蹇困，小說人物有各自對生命的處理方式，並且在敘事進程中寄寓對歷史興亡與人事興廢的關注與反思，續書繼承明代四大奇書勸懲教化的演義觀念，並且朝向更適俗的敘事方式前進。

〔註 1〕高小康：《中國古代敘事觀念與意識形態》，（北京：北京大學出版社，2005 年 9 月第 1 版），頁 29～72。

〔註 2〕龔鵬程：《中國小說史論》，（北京：北京大學出版社，2008 年 6 月第 1 版），頁 113。

而明代四大奇書共同以「亂世」做爲故事主體的時空背景，其中歷史、社會、政治秩序，乃至家庭倫理、個人生命的安頓，無不進入混亂失序的敘事狀態，懸而未決的道德難題，在其後的續書是否獲得合理的處置？似乎也是解讀續書敘事生成及其思想命題必須面對的重要面向，如蔡元放〈水滸後傳讀法〉對《水滸傳》結局的解讀，發出「天道人事之不平」的歷史感懷可見一斑：

> 其餘三十三人，除武松殘廢不算，那三十二人之中，雖有幾個爲官，而大半亦俱憂愁放廢，四分五落，不特有離群索居之感，而天罡地煞出世一番，並無一個好收成結果，天道人事之不平，孰過於此。〔註3〕

由此設定四大奇書之續書背後「天命思想」爲共同支配的後設命題的角度爲研究起點，尋繹四大奇書之續書背後所隱含的主導因素及其根本意涵，透過龔鵬程的話來說明天命思想：

> 天命觀念可解視爲中國小說的形而上學，它提示故事來源及衍變的脈絡，操縱著情節的發展，以及整體結構的預設；而其本身所欲表達的主題，往往也是天命。這種起訖一合的形態使得中國小說習於運用這一類人命天命相調和安頓的方式來處理一段故事。〔註4〕

在小說敘事進程中，早在「敘述開始之前事件就已成過去並得到了處理。這種封閉本身以運氣、命運、天命或命定等概念投射某種類似意識形態的幻象，而這些敘事似乎是『說明』那些概念。」〔註5〕而這些概念都在小說結局獲得明確的揭示。本章將從天道循環的運行與反思、個體命運的張揚與寄寓、歷劫試煉的救贖與昇華三方面闡述四大奇書之續書，以「天命」做爲敘事建構基礎的話語表現，期能在共相認識的基礎上，彰顯四大奇書之續書在對話機制及其思想命題的內在聯繫。

〔註3〕〔清〕蔡元放：〈水滸後傳讀法〉，見高玉海：《古代小說續書序跋釋論》，（北京：中國社會科學出版社，2007年5月第1版），頁51。

〔註4〕龔鵬程：《中國小說史論》，頁115。

〔註5〕〔美〕弗雷德里克·詹姆遜（Fredric R. Jameson）著，王逢振、陳永國譯：《政治無意識——做爲社會象徵行爲的敘事》（The Political Unconscious：Narrative as a Socially Act），（北京：中國社會科學出版社，1999年8月第1版），頁140。

第一節　天道循環的運行與反思

明代四大奇書寫定者以「天下無道」的亂世變局營造故事主體的時空環境，而其後的續書承襲世變書寫的敘事格局，往往在小說開頭揭示亂世變局產生的原因、根源，藉由探究歷史與人事興衰的演變，進而在情節建構中重建政治社會秩序及道德倫理教化。正如庸愚子在〈三國志通俗演義序〉對孔子著《春秋》用意在「合天理，正彝倫，而亂臣賊子懼」〔註6〕，小說的勸懲意識與史家著述意識向來密不可分，既有所承，在編撰過程中也具有「野史」的創作自覺，藉由孔子著《春秋》之微言大義與《三國志通俗演義》書成之後：「三國之盛衰治亂，人物之出處臧否，一開卷，千百載之事豁然於心胸矣。其間亦未免一二過與不及，俯而就之，欲觀者有所進益焉。」〔註7〕聯繫史書與小說的創作動機通常也是小說欲提升自身地位的敘述策略，也是小說作者面向歷史的回應與挑戰，正史作者的歷史觀念大致屬於中國傳統歷史道德觀的體現，從《左傳》的敘事開始，就形成了用「人事」解釋「天命」即歷史發展規律的意識，〔註8〕而明代四大奇書從敘事機制的建構與話語生成，基本上都寄寓對天命與人事的辯證與思考，〔註9〕而其後的續書在文學經典出版後，對「天數」、「造化」、「天理」、「天道」的制約與影響反映出何種歷史性的迴響？同樣值得持續關注後勢的發展，筆者在此欲凸顯續書在天命觀念下的殊相呈現。

〔註6〕庸愚子：〈三國志通俗演義序〉，見黃霖、韓同文選注：《中國歷代小說論著選》（上），（南昌：江西人民出版社，2000年9月第3版），頁108。

〔註7〕庸愚子：〈三國志通俗演義序〉，頁108～109。

〔註8〕高小康：《中國古代敘事觀念與意識型態》，頁17。

〔註9〕許麗芳指出：「《三國演義》與《水滸傳》故事之情節安排因作者既定之價值詮釋而有所規格化，對於無法超越歷史規律、謫凡緣起，亦即對人間現實遭際之解釋，即便是實際的歷史進程，亦往往與天命相關。《三國演義》雖『擁劉反曹』，但仍忠於劉備未能一統天下的歷史事實，而委之以『天命』『炎漢氣數已終』的解釋。而《水滸傳》亦多次強調『此皆註定，非偶然』，以此建立敘事框架。」見氏著：《章回小說的歷史書寫與想像——以《三國演義》與《水滸傳》的敘事爲例》，（臺北：秀威資訊科技股份有限公司，2007年1月1版），頁48。而李志宏指出：「就《西遊記》與《金瓶梅詞話》敘事創造而言，其敘事框架的建立，在重寫素材中仍忠於原有故事本身，著重書寫天命對人事興衰的制約影響。」見氏著：《「演義」——明代四大奇書敘事研究》，（臺北：大安出版社，2011年8月第1版），頁241。

一、天命移轉的歷史詮釋

《三國演義》的續書《續編三國志後傳》第一回〈後主降英雄避亂〉，開頭以「幸而天道尚存，假手苗裔夷凶翦暴，使漢祀復興，炎劉紹立」具有主題先行的預敘性框架揭示天道運行的敘事法則，而天命的概念多可見於歷代典籍的記載，如《左傳・宣公三年》中「天祚明德，有所底止。成王定鼎於郟鄏，卜世三十，卜年七百，天所命也。周德雖衰，天命未改，鼎之輕重，未可問也。」《論語・顏淵》亦言「子夏曰：死生有命，富貴在天。」《中庸》亦有「惟命不於常，道善則得之，不善則失之矣。」從國家興衰、個人命運，甚至強調人有德然後天降王命，天命的作用在小說中佔有舉足輕重的地位，小說裡的因果業報也是天命宿定下的附屬思想。從《續編三國志後傳》第一回觀察得知，作者酉陽野史承襲《三國演義》「擁劉反曹」的政治立場，從楊龍轉述其父楊儀在蜀相諸葛亮臨終時，所交代後事，「言劉氏此復中衰，越三十年後，當有英主再出，復興漢業，重定中原」，可知作者在編創過程中傾向劉漢是中原正統的寫作立場。在一百八回〈元達死關姜辭職〉當漢主劉聰平西晉後，「諸方安靜，只道天下無事，遂日肆娛樂，不親朝政」，埋下日後劉漢政權覆亡的伏筆，而劉聰寵信宦者王沉、郭猗，終究引來河間王劉易以及姜發、黃臣、關山、呼延顥、廖全一班舊將等六人連名上本進諫：

> 臣等伏念治天下之道，有正有逆，正則天下理而庶事寧，逆則天下亂而萬政驟。今王沉以常侍閹官，侮慢天常，竊柄盜權，濁亂朝廷，擅專升黜，兄弟叔姪分設州郡，一至出門便獲大賞，京畿遠近沃田數百萬，膏腴美宅沉占過半，富擬王侯，貴次天子，致使怨氣上蒸，盜賊蜂起。石勒、曹嶷皆畏奸斂避，不然將來必成大禍。古云：揚湯止沸，莫若去薪；潰疽雖痛，勝如發毒。臣等以爲，若誅王沉、郭猗，召回皇太弟，復大將軍職，起陳元達官，則自然外寇潛消，內難屏息，江山永固，天下幸甚！宗社幸甚！（頁 834）

透過人事變化背後主導的天道做爲論述主軸，並進而影響到國家運勢及政權穩固，漢主劉聰聽信奸邪，不納忠諫的做爲，引發一批憂國憂民的動舊解職而去，無怪乎發出「此數輩謝事，漢家禍不遠矣，惟漢主不之知也！」的歷史喟嘆，對劉漢政權的覆滅，作者的態度不像《三國演義》對蜀漢滅亡抱持悲劇性感嘆，而是深刻披露劉漢政權滅亡的必然，並以天降災異，強化天命運行的神秘符應，如一百九回曰：

自此平陽災事迭見，東宮無故自壞，鬼號徹夜，赤虹經天，三日並照，各有兩耳，五色明朗。漢主亦上司天臺觀看，忽有一物如星般亮，雷聲般響，墜於平陽城外西北角，震下一穴深三四尺，方闊二丈餘，中有一物，如豕而嘴尖，約有五百多斤。次日看時，則是一小兒死臥於地，隱隱哭啼三晝夜而息。漢主聽心甚不安，問於臣宰，遊光遠、程遐上言：「陛下女寵太盛，遺棄忠正，傷殘骨肉，故天降災妖以驚陛下耳。亟宜修省以回天怒，庶或可以轉禍爲福也。」（頁840）

《續編三國志後傳》在小說中慣用天象警示以凸顯人事做爲與天命之互動，呈現「天人感應」的敘事觀點，在一百九回引詩曰：

災異重重迭不祥，漢家從此構深殃。

元勳去位忠良死，安得如前國勢昌？（頁841）

接著在小說一百十回〈猗盧伐子遭刺殞〉，敘述「漢青州都督曹嶷久懷睥睨，復見朝中王沉、靳准用事，諸老臣告去，又聞宣于以彭越比己，韓信比勒，恐有加兵之咎，亦東附於晉，以求道授」，於是王導、西陽王司馬羕合謀上言，勸瑯琊王先正大位，然後出師：

王導、劉隗等曰：「方今胡寇沖斥，晉室被壞，人民流散，百姓無主。大王年逾不惑，德稱四海，自渡淮以來，除寇滅叛，奄有江左，南極交廣，西距荊楚。今且宜應天順人，法堯禪舜，即皇帝位於金陵，逐漢寇於西北，削平初亂，克復帥京，誅舊恨於北海之濱，振鴻猷於中原之甸，何乃趑趄咀唔，甘爲賊寇指作庸行乎？」（頁848）

瑯琊王婉拒多次後，王導與刁協、劉隗等文武百官共三百一十三人連名上表勸進，並藉天象之預示人事：

晉自宣帝受天明命，即膺封號，故武帝不勞力而大一統。值以氣運中否，胡戎肆志，使北方變亂，而遷王氣於東南，故令陛下預鎮金陵也。今懷、湣不德，洛陽已陷腥羶，長安亦溺戎羯。欲承宗祀於無窮，報仇恨於有日，非王而誰耶？且圖讖見於江南，帝星耀於吳會。歌謠呈兆，五馬渡江一化龍；璽冊獻祥，萬年長壽日重暈。天意如此，人事可知。大王若不應天順人，以符中興，是乖垂象眷德之禎，而失四海仰望之思也！（頁850）

在敘事安排中，因天人合一的感應，透過道教神器、圖讖、童謠等爲故事謀篇佈局、推進情節，渲染「天命有歸」、「五馬化龍」之祥瑞應在瑯琊，預言「晉室東衰氣轉東，瑯琊預化應為龍」帝王格局成形。

《水滸傳》之續書《後水滸傳》利用轉世框架讓宋江、盧俊義托生為楊么、王摩，因宋江、盧俊義征方臘有功，奸臣矯詔盧俊義入朝賜食，卻在飲食中暗下水銀，盧俊義不慎跌入淮河而死，又賜宋江美酒，卻在酒中暗下毒藥，宋江飲之而死，燕青得以全身而退，受公孫勝引見羅眞人，方才得知箇中緣由：

> 羅眞人道：「怨氣不消，造成劫數，此氣數操其大綱耳。至於細小奸人，今日算人，異日受人之算；今日害人，異日得人之害。此又善惡之報應也，如何得能漏網？須知劫數自劫數，報應自報應；又須知劫數中亦有報應，報應亦有劫數。此天理所以昭彰，天運所以循環也。」

這段話可以當作《後水滸傳》的創作總綱，背後的天運循環思想主導整部小說的創作走向，在因果報應的宗教思維下，作者青蓮室主人在人物出身方面塑造楊么形象可謂不遺餘力，並嘗試在俠義敘事中加入才子佳人、風月偷情、陣前招親等情節編排，英雄豪傑轉世紅塵，聚義歷劫後歸結天星，小說結局「三十六天罡、七十二地煞相逢於穴中，化為黑氣，凝結成團，不復出矣」，伸張一股怨氣之後，「天心有意鎖群雄，眞人引入軒轅井」更可見天命思維在小說中的作用。

《水滸後傳》第二十八回〈橫衝營良馬歸故主　鄆城店小盜識新英〉，因徽宗皇帝敕有司在梁山泊建靖忠廟，春秋祭祀，呼延鈺、徐晟、宋安平三位英雄之後，廟中正位塑著宋公明，天罡在左，地煞在右，狀貌儼然，威儀凜冽：

> 紺殿淩雲，珠簾映日。金爐內香靄氤氳，玉盞中甘泉澄澈。天地顯罡煞之精，人境合英靈之美。義膽包天，忠心貫日。不貪財，不好色，盡是熙皞之民；同任俠，同使酒，皆吐浩然之氣。有時撼岳搖山，不過替天行道。面雖異，精神常在；心則同，生死不移。八百里煙波，流不盡英雄血淚；百八人氣誼，挽回住淑世頹風。江湖上名姓遠聞，如雷貫耳；伏魔殿星辰出世，似水朝宗。綠林煞出一片忠誠，麟閣標來許多功業。鬚眉張動，猶然氣吐虹霓；鐵馬驚嘶，尚欲踏平山岳。正是：不因妙手開生面，那識當年聚眾英？（頁 225）

延續《水滸傳》罡煞好漢的忠義精神，表現出某種歷史天命的必然性，而海外乾坤的千秋霸業，正如第四十回〈薦故觀燈同宴樂　賦詩演戲大團圓〉柴進所賦之詩，亦是作者陳忱（1615年～1670年）明末遺民心態的政治烏托邦：

> 氣象巍巍大國風，元宵樂事賞心同。
>
> 冰輪湧出金鰲背，萬載千秋一照中。（頁324～325）

經筆者觀察《後水滸傳》、《水滸後傳》兩書，罡煞之說不像整部《水滸傳》反覆出現，貫徹首尾，《後水滸傳》全書四十五回，而到了第四十二回〈再蕭何抗違軍令　眾豪傑大悟前身〉透過羅眞人解讀鐵葉篆字，得知眾人前世，《水滸後傳》在第二十五、二十七、二十八回出現罡煞之說，可以說續書作者對原書罡煞的降謫框架在審美創造上有所取捨，而天命的元敘述模式似有弱化的現象。

二、藉神道設教的天命架構

《續西遊記》、《後西遊記》、《西遊補》透過謫凡、歷劫、贖罪、回歸的英雄神話，與「前文本」呈現雙軌並行的敘事架構，經由考察並沒有較爲特殊的天命架構。値得注意的是，《蕩寇志》第七十一回以盧俊義驚夢、火燒忠義堂展開敘述，回目〈猛都監興師剿寇　宋天子訓武觀兵〉，即可知作者俞萬春（1794～1849）對梁山泊好漢視爲「盜寇」的政治立場，火燒之後，宋江請教深明堪輿相地之術的何道士，即將動工的忠義堂如何起造？

> 何道士道：「小道前日在此，曾對吳軍師說起，七月大火西流之時，忠義堂必有火災，今日果應。將來造時，不可正出午向，須略偏亥山巳向，兼壬丙三分，大利。四面都用廠軒，露出天日。比舊時低下三尺六寸。門壁不可用紅，即使儀制如此，也須綠地黑字。如此起造，不但永無凶咎，而且包得山寨萬年興旺。」（頁3）

忠義堂完成後，依然豎起替天行道的杏黃旗，旁邊又造了兩座招賢堂，作者俞萬春有意透過梁山泊綠林好漢招兵買馬，四處劫掠之惡行，凸顯其行事非法性：

> 那梁山泊一百八人，自依天星序位之後，日日興旺。招兵買馬，積草屯糧，準備拒敵官軍，攻打各處府廳州縣的城池。自那徽宗政和四年七月序位之後，至五年二月，漸嘯聚到四十五六萬人。連次分投下山，打破了定陶縣，又渡過了魏河，破了濮州，又攻破了南旺

> 營、嘉祥縣，又渡過了汶水，破了兗州府、濟寧州、汶上縣。宋江又自引兵破了東阿縣、張秋鎮、陽穀縣。各處倉庫錢糧，都打劫一空，搶擄子女頭口，不計其數，都搬回梁山泊。（頁 4）

以天罡地煞之天文星象配合人事發展，並適時介入史實敘述，藉此逐步鋪陳梁山泊盜賊劫掠好殺的本性，而人物行事性格與人格取向，亦藉此得以凸顯強調。另一條敘事主線則是陳希眞父女，讀者在閱讀過程中，也可見天命思想在小說人物的作用，在七十六回〈九松浦父女揚威　風雲莊祖孫納客〉，敘述兩位冷豔山的魔君，飛天元帥酆金龍、攝魂將軍沙摩海與陳麗卿對戰過程，陳希眞以道法協助女兒：

> 希眞看見，恐女兒有失，大喝：「我兒精細點，我來助你。」便把馬一夾，上前兩步，掛了樸刀，雙手畫起印訣，念動眞言，運口罡氣吹入，向空撒放，半天裡豁硠硠的起了個震天震地的大霹靂，轟得那山搖地動，空中那些雷火撇歷撲碌成塊成團的跌下來，四面狂風大起。那些嘍囉都驚得呆了，人人膽戰，個個心驚，誰敢向前。原來那陳麗卿本是雷部中一位正神下凡，得那個霹靂助他的威勢，精神越發使出來。少刻，只見殺氣影裡，沙摩海中槍落馬。酆金龍吃那一驚，不敢戀戰，賣個破綻，拖了狼牙棒往斜刺裡就走。（頁 65）

《蕩寇志》利用了道教降凡神話所形成的敘事架構，逐步解構原書所建立而成的天罡地煞降謫架構，而陳希眞爲三十六雷府神將降凡，在天命思想的主導下，漸漸在行事上獲得合法性。如第八十三回〈雲天彪大破青雲兵　陳希眞夜奔猿臂寨〉敘述阮其祥擄走劉廣母親及長子劉麒，買通白勝，「誣扳劉防禦父子作梁山內線，拷逼劉防禦的財帛。大公子不招，已吃了刑法，連劉母也下在班館。今日又接著高太尉文書，說東京捉著了陳希眞家內王蒼頭，從張百戶處追出劉防禦的回書，已知陳希眞藏匿在劉廣家」，值此道德兩難之際，陳希眞在雷祖廟擲杯筊求神問卜：

> 只見月色盈階，銀河耿耿，希眞不覺走進雷祖面前，看那香爐旁邊有一副杯筊。希眞動個念頭，便向神前跪倒，叩頭無數道：「弟子陳希眞與劉廣，終能報效國家，不辱令名，當賜弟子一副立筊，聖、陰、陽三者，俱不算。」禱罷，捧過杯筊望空擲去，月光下，只見那副杯筊壁直的立在階下，希眞吃那一驚。（頁 150）

藉由神明指示，陳希眞選擇投奔苟桓的猿臂寨，發兵攻打沂州救出劉廣母親及其長子，在「忠君」與「齊家」的道德抉擇間選擇後者：

> 希眞道：「襟丈，你也聽我說：須知忠孝不能兩全，你依了我，報效朝廷有日；不依我這計，眼見太親母有殺身之禍，如何解救？況這事藥線甚緊，那裡去耽擱十日半月，再遲疑一時半日，遭了那廝毒手，悔之晚矣。」（頁 150～151）

透過夜奔猿臂寨的敘事轉折，接著敘述陳希眞營救苟桓、苟英，自願獻出鳳凰山牛眠佳城的墳地，原本葬妻的絕佳風水，讓給高俅做爲交換條件，這段情節的交代也埋下日後苟桓三讓猿臂寨的伏筆，苟桓、范成龍、眞祥麟占了猿臂寨，招兵買馬，積草屯糧，梁山屢次招致而不從，劉廣也有書信勸他們不可通梁山，也就確保日後與官方合作的敘事空間：

> 當晚苟桓得了一夢，夢他父親苟邦達，金冠玉珮，叫苟桓道：「明日大恩人到了，速去迎接。上帝憐我忠耿，已封我爲神。你也在天神數內，切勿背叛朝廷，錯了念頭，壞我的家聲。」苟桓驚醒。（頁 154）

藉由夢境「預言」未來人事發展，也是《蕩寇志》透過神道設教傳達天命與人事互動之例證。第八十五回〈雲總管大義討劉廣　高知府妖法敗麗卿〉，在原書《水滸傳》英雄傳奇的敘事範式中，加入神魔鬥法的情節安排，強化主角陳希眞雷部神將降凡的道教色彩，其女陳麗卿受高封「混海天羅」妖法影響，導致元神離舍而有性命之憂：

> 希眞方對麗卿道：「我兒，你怎好也？你可曉得，你的陽壽只有七日了。」麗卿與眾將都大驚道：「此話怎說？」希眞道：「你今日遇著的那妖法，名喚『混海天羅』。雖是妖法，卻是採取天象鬼宿中的積屍氣凝煉而成，得人血接引，立能感召，生靈吃他裹住，只消六個時辰，魂魄散盡，屍骸爲泥，我所以趕緊來救。如今爲時不久，我看眾人都不怎地，你爲何已是眞神離了舍。你可覺得自己身上有甚景象，快對我說。」（頁 181）

於是陳希眞每日寅、午、戌三時，進麗卿的淨室步罡踏鬥，替她收攝神氣，如此過了七七四十九日方才元神歸位，而陳麗卿來歷亦屬不凡，「原是雷部中正神降凡，第六回中不是交代過。因他在天上時，本有飛罡斬祟的分權，雖經轉劫，靈光不昧，那些邪魔外道怎敢近他，自然害怕，都紛紛逃避」，第八十六回採青銅祭煉神鐘的伏筆，到了第九十回才揭曉：

希眞道：「你等不知，我祭煉那口神鐘，正爲今日之用。那口鐘上的符籙寶篆都包藏先天純陽元氣，善能收攝有情的精神。一聲撞動，方圓九裡之內，但是飛走活物，都如醉如癡，動撣不得。直待一個周時方能蘇醒，卻不傷性命。那怕你悶了耳朵，都不濟事。只要太陰元精秘字鎭住泥丸宮，便無妨害。……本師張眞人時常吩咐我說：都籙大法，不到危急時不宜輕用，到得人力不繼之時用了，方不犯天律。正是謂此。」（頁 242）

從天道循環的觀點來說，《蕩寇志》擅長以神道設教的道教信仰，營造書中神魔鬥法的情節安排，雖有陳希眞雷部正神降凡伏魔的天命，但以宋江爲代表的天罡地煞同樣自命爲正義之師，在第九十二回宋江給陳希眞的書信中即點明：「方今天下豪傑，上應天星，不期而會，此非江足重也，特以忠義之心，人所固有，一唱百和，感應甚捷。是以聞替天行道之舉，莫不鼓舞歡欣，影從雲響。」而陳希眞在第九十二回中回書亦反譏「所謂盜弄潢池，無足輕重者，何用假朝廷，說忠義，陳天道，如此驚天動地爲也」，彼此在上應天命上爭正統，下應到人事修爲的良窳則可從忠義／盜賊行事作風得到論斷。第九十八回〈豹子頭慘烹高衙內　筍冠仙戲阻宋公明〉，藉筍冠仙一席話奉勸宋江、吳用回頭，並暗諷「替天行道」之大業名不正言不順：

仙人嘆道：「世路崎嶇，運途變異，半生驚險，卻爲誰來？寓主開蒙漢之樽，梢公作板刀之面。山頭逢燕順，燈下遇劉高。王章倖免於江州，追捕潛身於還道。此皆義士之所親爲嘗試者也。聚義而來，快心有幾？昔日群英協輔，今朝勍敵成仇。戰長嶺而良將殞身，渡魏河而金珠輸敵。寰中疆域，盡成支絀之形；寨內星辰，已見離披之兆。憂患倍增於曩日，存亡未卜於將來。奉勸回頭，且請息足。」（頁 337）

在「替天行道」的敘事邏輯中，一百零八條好漢降世，乃是應時而生，有其歷史必然性，而筍冠仙的一番奉勸，正是梁山泊綠林好漢「時不我予」的最佳例證，陳希眞承雷部神將的天命而來，首當其衝的就是以宋江爲代表的天罡地煞一百零八星宿。在一百一回〈猿臂寨報國興師　蒙陰縣合兵大戰〉，雲龍信中提到蒙陰縣被圍，力勸陳希眞會合官軍殺賊救官（高俅），既可「輸力於天家，復用情於舊好」，在一百二回捷報頻傳，雲龍親解賊黨郭盛，並賊徒首級八千餘顆：

雲龍稟稱：「猿臂寨義勇陳希眞、劉廣，極願建功贖罪，歸誠朝廷。今蒙陰被圍，總管雲某遣小將赴援。陳希眞自領部眾，前來協同剿賊，遣其女陳麗卿力擒郭盛，並斬獲賊首，來鎮獻功。並有召村義民，亦來助戰。謹將蒙陰剿賊情由具報。」賀太平大喜。（頁377）

最後宋江嫁禍陳希眞的詭計無法得逞，假扮武妓刺殺天使的郭盛被陳麗卿擒捉，朝廷分別論功行賞：

不上一月，朝廷恩旨下降：「救援蒙陰案內，雲天彪、雲龍、風會、李成、胡瓊，均加一級，陳希眞、劉廣等，准其贖罪，賞給忠義勇士名號，如再能斬盜立功，定予重賞，召忻著給防禦職銜。收復曹州案內，張繼知人善用，賀太平薦賢有功，均從優加三級。……」（頁377）

陳希眞接受招安，與宋江未受招安形成強烈對比，第一百三十二回結尾引詞：「三十六員雷將，齊輔天朝；一百八道妖氣，仍歸地窟。」明確預告結局發展，天命的移轉於焉完成。第一百三十六回〈宛子城副賊就擒　忠義堂經略勘盜〉，張叔夜率領大兵直攻梁山內寨，宋江、戴宗逃逸，忠義堂上千軍萬馬奔馳而入：

張公叫傳現在所有擒獲的一齊上來，左右轟雷也似一聲答應。不一時，只見左右驅著那般賊目，一個個繩穿索縛，推到階下，向忠義堂上跪著。內中盧俊義看到此際，宛然是那年夢中景象，不覺心酸落淚。（頁749）

而回到金聖嘆評改《水滸傳》貫華堂本，在第七十回〈忠義堂石碣受天文　梁山泊英雄驚惡夢〉，盧俊義「驚夢」一節，即可知作者俞萬春呼應前文本敘事意識的互文性對話：

是夜，盧俊義歸臥帳中，便得一夢。夢見一人，其身甚長，手挽寶弓，自稱：「我是嵇康，要與大宋皇帝收捕賊人，故單身到此，汝等及早各各自縛，免得費我手腳！」盧俊義夢中聽了此言，不覺怒從心發，便提樸刀，大踏步趕上，直戳過去，卻戳不著，原來刀頭先已折了。……說言未了，只見那人拍案罵道：「萬死狂賊！你等造下彌天大罪，朝廷屢次前來收捕，你等公然拒殺無數官軍，今日卻來搖尾乞憐，希圖逃脫刀斧！我若今日赦免你們時，後日再以何法去治天下！況且狼子野心，正自信你不得！我那劊子手何在？」說時遲，那時快，只見一聲令下，壁衣裡蜂擁出行刑二百一十六人，兩個伏侍一個，將宋江、盧俊義等一百單八個好漢，在於堂下草裡，一齊處斬。盧俊義夢中唬得魂不附體，微微閃開眼，看堂上時，卻有一個牌額，大書「天下太平」四個青字。

到了一百三十七回〈夜明渡漁人擒渠魁　東京城諸將奏凱捷〉，宋江應了笥冠仙讖語：「到夜明渡，遇漁而終。」而被賈忠、賈義（假忠假義）所擒。第一百三十八回〈獻俘馘君臣宴太平　溯降生雷霆彰神化〉，藉天子之口說出，平定梁山泊文臣武將奉天命之緣由：

過了數日，天子忽憶：「今春出師之時，感天上慶雲瑞兆。朕曾訪問於張天師，據奏稱：此番出征諸臣，皆系雷部神將，上帝敕令降生，輔佐朝廷，殄滅妖氛。今日果然群凶掃滅，四海昇平，其言驗矣。」遂傳旨到江西龍虎山，宣召張天師入覲，備問雷將來歷，以昭天恩，而誌盛事。（頁 769）

而天子命天章閣侍制備錄天師之言，舉其要者：張叔夜乃是雷聲普化天尊座下大弟子雷霆總司神威蕩魔霹靂眞君降生、陳希眞乃是清虛雷府先天雨師內相眞君降生、祝永清乃是神霄雷府玉府都判將軍降生、陳麗卿乃是瓊靈雷府統轄八方雷車飛罡斬祟九天雷門使者阿香神女元君降生、劉慧娘乃是梵氣雷府驅雷掣電照膽追魔糾察廉訪典者先天電母秀元君降生，最後強化梁山泊英雄爲「妖魔」亂世，天師更舉出一事：

天師又奏道：「尚有一事，未曾具奏。」天子道：「何事？」天師道：「玉帝因這夥妖魔力大，又去十洲三島閻浮世界得道高眞數内召集一十八位散仙，齊來協助這三十六員，共成大功。這十八位中，也有願轉輪迴，忠義捐軀的，也有遁跡山林，留形住世，指點籌劃的。功勞大小，各有升賞，恭候玉旨定奪。一切英賢輔佐陛下，蕩妖滅寇，非偶然也。」（頁 771～772）

《蕩寇志》沿襲原書《水滸傳》的降謫敘事架構，並且在「蕩妖滅寇」的預敘性框架下進行轉化，企圖以天命所承的三十六雷部神將，解構一百零八天罡地煞魔君所建立的梁山泊江湖事業，從小說開頭、結尾以神道設教的道教神靈降凡，說明其存在根源及降生人世的主要目的，藉由龔鵬程的話來說明：

通常這些人都具有半人神的雙重格位，一點靈通之性，還可以直接和天命遙相感契，所以他們能知天。即或其本人瞳矇來往於天命預設的的架構中而不自知，也必能恪遵未生以前既定的使命。他們大多是天上的星座或天神遭謫。例如包公是奎星下降，薛仁貴、薛丁山、羅焜是白虎星下降，《儒林外史》和《三國演義》、《水滸傳》等也各有星君降生的說法。〔註10〕

《蕩寇志》所塑造的三十六雷部神將在「理念先行」的預敘性框架下，其實是天命意志下的執行者，大多數並不知自己與生俱來所賦予的使命，唯有江西龍虎山的張天師以「敘事權威」的角色能夠「究天人之際」，透過蕩妖滅寇的軍事行動，充分體現天道循環下的歷史反思。

第二節　個體命運的張揚與寄寓

從小說家處理天命的方式，可以得知他處理人性或生命的方式，小說文本有其融合神道設教的宗教關懷，並多顯現爲人物歷劫與得道之過程，因此所呈現的意識形態，不僅對於現實歷史人事的分合聚散有所評斷與闡釋，也對歷史結局的反省予以回應。《三國志通俗演義》第七十三則〈劉玄德三顧茅廬〉敘述司馬徽得知徐庶推薦孔明，笑說：「汝既去便罷，又惹他出來嘔血也！」劉備問：「先生何出此言？」他先把諸葛亮與姜子牙、張子房相比，最後仰天大笑說：「雖臥龍得其主，不得其時！」崔州平則明確告知劉備：「將軍欲見孔明，而使之斡旋天地，扭捏乾坤，恐不易爲也。」借智者之口，預示個人才智不足以改變天命歸趨，更直指孔明「鞠躬盡瘁，死而後已」的個人悲劇性結局。

《忠義水滸傳》揭示了儒家「忠」與「義」的倫理衝突，作者塑造一批生命力張揚的英雄形象，第九十九回〈魯智深浙江坐化　宋公明衣錦還鄉〉借魯智深、燕青之口，道出對功成名就的深刻反思，當宋江勸魯智深進京封官，光宗耀祖時，他竟回說：「洒家心已成灰，不願爲官，只圖尋個淨了去處，安身立命足矣。」宋江遂勸其「便到京師去住持一個名山大刹，爲一僧首，也光顯宗風，亦報答得父母。」魯智深只搖頭道：「都不要，要多也無用。只得個囫圇屍首，便是強了。」浪子燕青私自來勸主人盧俊義道：「小乙自幼隨侍主人，蒙恩感德，一言難盡。今既大事已畢，欲同主人納還原受官誥，尋個僻淨去處，以終天年。未知主人意下若何？」苦勸無果，燕青道：「既然主

〔註10〕龔鵬程：《中國小說史論》，頁113。

人不聽小乙之言，只怕悔之晚矣。」宋江看了燕青的書並四句口號，心中鬱悒不樂，而混江龍李俊詐中風疾，請宋江先行赴京，留下童威、童猛看視，續書作者利用原書人物在招安後進退存亡的個人抉擇上大加發揮，燕青遂成了《後水滸傳》主角，而李俊則成了《水滸後傳》主角：

> 且說李俊三人竟來尋見費保四個，不負前約，七人都在榆柳莊上商議定了，盡將家私打造船隻，從太倉港乘駕出海，自投化外國去了。後來爲暹羅國之主。童威、費保等都做了化外官職，自取其樂，另霸海濱。這是李俊的後話。

《水滸傳》作者透過魯智深、武松、燕青、李俊、童威、童猛、費保等人澹泊名利的個人抉擇，對比進京受封的二十七人鮮有善終的命運，讓讀者在悲劇性結局中反思生命價值與生命意義。

《西遊記》透過八十一難的敘事架構欲使「心猿歸正」，而在西天取經過程中，作者安排孫悟空降妖伏魔的目的在「修心」，王齊洲認爲：

> 《西遊記》明顯受到王陽明心學的影響，作品所宣揚的「明心見性」的主張就與王學有關。《西遊記》在塑造孫悟空形象的過程中，一再聲明：「借卵化猴完大道，假他名姓配丹成，內觀不識因無相，外合明知作有形」；「猿猴道體配人心，心即猿猴意思深，……馬猿合作心和意，緊縛牢拴莫外尋」。顯然，作者是把孫悟空做爲人心的幻象來描寫的，意在形象地反映「正心誠意」、「明心見性」的全過程。〔註 11〕

做爲一個具有隱喻性質的自然個體，從大鬧天宮、皈依取經到功圓成佛，可以說孫悟空形象寄寓了對個體生命價值的肯定或理想的社會倫理道德。

《金瓶梅》藉由家國同構的敘事架構，關注西門慶與五個妻妾間的生活瑣事，由此而帶出財色欲望的漫無節制，最終影響到西門慶一家的興亡盛衰，李志宏認爲：

> 在《金瓶梅詞話》中，人物命運書寫背後充滿各種因果報應思想和宿命論觀點，並且深入而詳盡地反映在死亡主題的暗示與預演之上。從整體敘事結構來看，人之生存情境及其發展是否順利，往往與合乎天時有關。在某種意義上，不論人的內在慾望如何實踐，一

〔註 11〕王齊洲：《四大奇書與中國大眾文化》，（武漢：湖北教育出版社，2000 年 1 月第 1 版），頁 199。

旦逆時而爲，最終只能走向悲慘的死亡結局。〔註12〕

面對「酒」、「色」、「財」、「氣」四泉並湧的誘惑，西門慶一步步邁向死亡的敘事進程，雖然招致「誨淫」的指控，所揭示的卻是眞實欲望的歷史語境。四大奇書之後的續書在個體命運的「演義」各有不同的敘事樣貌，在接續原書結局上各呈現不同歸趨的抉擇，以下將針對個體命運的張揚與寄寓加以論述，試圖重現小說人物背後深層的敘事意識。

一、天命主導下的個人追求

首先，將焦點聚焦在燕青身上，在《後水滸傳》第一回〈燕小乙訪舊事暗傷心　羅眞人指新魔重出世〉，燕青在得知宋江與主人盧俊義分別被奸臣害死，回想兄弟在梁山泊聚義，當初曾力勸宋、盧兩頭領全身遠害，惜其不自知而遭橫禍，轉而求助公孫勝師父羅眞人解惑，羅眞人則歸結於天道循環與氣數所致，故而被害的梁山泊好漢須托生歷劫，而奸臣也須受報應。在未知宋、盧兩頭領遇害前，重遊梁山水滸與忠義堂，不勝緬懷之思：

> 回想當時兄弟嘯聚，何等威風，今一旦蕭條至此，不勝嘆息了半響。因又想到，若論改邪歸正，去狼虎之倡狂，守衣冠之澹薄，亦未嘗不是；但恐落入奸人圈套，徒苦徒勞，而終不免，則此心何以能甘，此氣何以能平！低徊了半響，忽又想到，此皆我之過慮耳。一個朝廷詔旨，赫赫煌煌，名降招安，各加職任，地方爲官，治政理民。奸臣縱惡，亦不敢有異。就是宋公明哥哥與主人盧俊義，亦要算做當今之豪傑。我苦苦勸他隱去，絕不肯聽從者，亦必看得無患耳。我今不放心者，眞可謂過慮。（頁60）

《後水滸傳》透過燕青對人物命運的觀照表達自己澹薄名利的生命價值，也呈現試圖超越命運框架及其限制的超然態度，燕青從羅眞人處得知宋江、盧俊義即將托生的天機後，尋訪宋公明托生爲妖兒，盧俊義托生爲魔兒。第二回〈寄遠鄉百姓被金兵　柳壤村楊么夢神女〉，公孫勝對妖兒、魔兒說出眞言即暗示兩人人生命運變化的因果關係：

> 燒茅屋，出母腹，思念生前三十六。眞人已說妙機關，洞庭可作梁山築。算來該是十八雙，紛紛擾擾中原逐。公孫劫數未消清，多卻一人做頭目。逞豪強，冤可復，消劫功成尊武穆。我今說破去成人，

〔註12〕李志宏：《「演義」——明代四大奇書敘事研究》，頁251～252。

莫似前番晝夜哭。（頁 71）

宋江、盧俊義因前劫未消，轉世托生爲楊么、王摩，楊么曾入宮進諫天子，高宗因秦檜密奏道：「若迎請二帝還朝，陛下之身居何地？」而同意宋金和議之局以圖苟安，正當奸佞當政之亂世，賢人理應退避以保其身，而高宗答應楊么「誅逆去佞」之請求不曾兌現，岳家軍奉天征討的史實不可違，而托生歷劫後「冤消劫盡，魄聚氣昇，罡煞原是罡煞，星辰仍是星辰」（第一回）《後水滸傳》面對歷史變局的既定事實，也只能寄託個人命運的「負嵎頑抗」以回應不可違逆的天命，是「知命」後的抗爭。

《水滸後傳》的李俊偕樂和、童威、童猛、費保等人駕海舶到暹羅國界的金鰲島開基立業，高宗皇帝被阿黑麻圍困牡蠣灘，李俊等前來救駕，殺退金兵，李俊遂被冊封爲暹羅國主後，燕青勸國主納妃。第三十九回〈丹霞宮三眞修靜業　金鑾殿四美結良姻〉曰：

> 燕青道：「不貪大位，欲授賢能，唯大聖人在上古之世方可行得，如今世道人心，非復古昔，若要如此，反起爭端了。況五倫不可偏廢，夫婦爲五倫之首，尤爲切要。西洋有女國，是純陰之氣所鍾，不生男子，望井而孕。我這暹羅不用女子，殆是純陽之氣所鍾，可改號『鰥國』了。」國主大笑。（頁 314）

對照《水滸傳》對男女情欲的壓抑，《水滸後傳》則以開放態度，正視「好漢不近女色」的性別命題。武松在六和塔出家，柴進、呼延灼前去探視，彼此一番對話也映照武松英雄暮年之心境。第三十八回〈武行者僧房敘舊　宿太衛海國封王〉曰：

> 蕭讓道：「兄長往日景陽岡打虎，血濺鴛鴦樓，英勇本事都丟下了嗎？」武松道：「算不得英雄，不過一時粗莽。若在今日，猛虎避了他，張都監這千人還放他不過！」眾人齊笑起來。武行者問道：「李俊做了暹羅國王，還是潯陽江上身段嗎？宋公明一生心事，被他完了，難得難得！」呼延灼道：「兄長同我們到那裡，老年兄弟，須得常在一處，若好清靜，同公孫勝住靜，一個和尚，一個道士，香火正要盛哩。」（頁 303～304）

武松在六和塔出家安享晚年，宋江、盧俊義受招安被奸臣害死，李俊在海外乾坤開基立業，個人命運在功成名就之後各有不同結果：

> 回到塔院，打過合山齋，拜別武松，依依難捨。住持跟來領銀子。

> 進了湧金門，浪裡白條張順敕封金華將軍，立廟在門內。又備祭澆奠。大家嘆息道：「一般是潯陽江上好漢，同上梁山做水軍統領，死的死了，生的在暹羅國爲王，可見人生都是命安排！」（頁 304）

觀照個人命運的進退出處，天命思想實是做爲古代小說創作與閱讀的主宰因素，燕青最後在第四十回〈薦故觀燈同宴樂　賦詩演戲大團圓〉賦詩以明志：

> 燕青作言志詩道：
>
> 少年浪跡似飄風，曾記東京此夜同。
>
> 知己君臣難拂袖，且酣煙月五湖中。
>
> 樂和道：「燕少師要扁舟五湖，有盧小姐作西施了。只是國主是可同安樂的。」（頁 325）

從「知命」的觀點審視，面對既定命運的人生藍圖，如果無能改變歷史的結局，不汲汲於功名而逍遙自適是燕青的自處之道，退出名利場的爭逐而歸於平淡是武松的自處之道，避居海外另覓禮樂教化的烏托邦是李俊的自處之道。

《蕩寇志》在第一百三十八回〈獻俘馘君臣宴太平　溯降生雷霆彰神化〉，張叔夜率領諸將，擒拿渠魁宋江，奏凱還朝，天子分官受職，張天師道破雷祖座下及三十六雷府中神將的天機，第一百四十回〈辟邪巷麗卿悟道　資政殿嵇仲安邦〉，陳希眞在劉慧娘坐化登仙後，上表乞修歸山，陳麗卿也隨父往嵩山忠清觀修行，其餘眾人的結局也在末回交代：

> 後來雲天彪匡輔天朝三十餘年，治績昭彰，享壽八十四年而終。史館中明臣、儒林兩傳，均載其名。雲龍從父闡揚儒教，亦名列儒林。祝永清勤王事四十餘年，告老退歸，隱入浙江西湖韜光山，修養丹道，終成正果。（頁 789）

《蕩寇志》藉神道設教的神將降凡輔佐君王，討伐盜賊，建立君臣相得的政治倫理，功成名就後有人著書立業，輔佐王室，進而名留青史，有人選擇辭官，歸隱修眞，各人各安天命，各循天理。

《續西遊記》的護經回東土與《西遊記》西天取經的「修心」試煉歷程具有異曲同工之妙，而關鍵處在於如來「觀他來意爲何，事何本心，可與眞經，則與他去耳」（第一回），由此埋下孫悟空說出八十八種機心的伏筆，藉此鋪陳作者對護經回東土的正當性，因爲唐僧徒弟兵器被收，如來遂命靈虛子優婆塞、比丘僧到彼兩人暗中協助護送眞經。第一回〈靈虛子投師學法　到彼僧接引歸眞〉，靈虛子拜師習幻術，三年不曾上靈山龍華勝會，而受到比丘僧到彼道破迷津，靈虛子虛心受教：

> 靈虛子答道：「師兄未來，小道只說這變化奇妙，瞞盡世人。誰知師兄一來看破，我自覺不能迷昧至人，習之無益，今情願棄假歸眞，仍赴靈山勝會，懺悔前愆，消除罪孽。」到彼僧答道：「懺悔莫越自修，消除當須驚醒。師兄可靜守在家，洗滌了凡念，俟我如來龍華會畢，歸來開講上乘，那時再續舊會可也。」靈虛子唯唯聽命。（頁1162～1163）

第二回〈如來試法優婆塞　徒眾誇能說姓名〉，因取經眾人將至靈山，「恐取經僧眾有不淨根因，經文難到東土」，遂詢問眾比丘僧尼願意暗中保護眞經，到得東土，成就功德，此時到彼僧越班而出，願保眞經，並舉薦靈虛子優婆塞，經由如來試法靈虛子後，到彼僧發願贊助此功德：

> 只見到彼僧說：「弟子原願保護眞經前去，又舉薦了靈虛子，只得仗此智慧，少試平常煉習道力；非敢預設防妖之數，逆料妖魔阻道之虞，但為取經人有不淨根因，以仰體如來傳經度人至意，只得將弟子力量，試展一番。」（頁 1166）

從「命定」的觀點來說，《續西遊記》藉由如來親命到彼僧、優婆塞護送眞經回東土以成就功德，與《西遊記》西天取經可謂一脈相承，這樣的主導呈現出天命思想對人物命運的影響與制約。

《後西遊記》藉傲來國花果山吸收天地精華迸出石卵，再由石卵迸出石猴，有意仿效《西遊記》裡孫悟空的出身，出外訪仙求道，在西牛賀洲青龍山白虎洞參同觀習得定心養氣的功夫，後來回到花果山後山無漏洞修行，悟得「原來自己心性中原有眞師，特人不知求耳」（第二回），祖大聖孫悟空（心中眞師）默傳許多仙機秘旨，最後兩者合而為一，孫小聖成仙得道，降龍伏虎，循著祖大聖孫悟空的腳步。第二回〈旁參無正道　歸來得眞師〉曰：

> 小石猴訪求了許久，見處處皆然。心下想到：「求來求去，無非是旁門外道，有何利益？前日定心養氣中，自家轉覺有些光景，與其在外面千山萬水的流蕩，莫若回頭歸去，到方寸地上做些功夫，或有實際也未可知。」（頁 1902）

第三回〈力降龍虎　道伏鬼神〉則是企圖在原書孫悟空的影響下，凸顯孫履眞「以理服人」而不「以力服人」的個性，在陰司中問善惡壽夭之理折服十王，「昔年老大聖判斷公事，只憑鐵棒，威則有餘，理實不足；今上仙針芥對喝，過於用棒，可稱跨灶」。第四回〈亂出萬緣　定於一本〉，因孫履眞重演祖大聖孫悟空往昔大鬧天宮之舉，太白金星建議玉帝請鬥戰勝佛孫悟空前去訓教小聖皈依正道，最後孫履眞受孫大聖指點，不覺妄心忽盡，邪念頓消。第三十三回〈冷雪方能洗欲火　情絲繫不住心猿〉，凸顯孫履眞超凡入聖的「修心」功夫，這也與西遊故事的演變有所差異，不過自始至終體現「心生，種種魔生；心滅，種種魔滅」此一核心命題，以吳光正的話說明之：

> 隨著西遊故事的演變，孫悟空、沙和尚和豬八戒帶著道教固有的採補和思凡、謫凡色彩逐漸加入取經隊伍，接受佛教的色欲考驗，其形象由《西遊記雜劇》中孫、豬、沙三人的「欲海揚波」變爲《西遊記》小說中豬八戒的「恨苦修行」，這再一次說明色欲考驗在世俗化乃至道教化的歷史進程中不僅沒有褻瀆宗教的神聖，反而提升了宗教的內在親和力，使得作品擁有極強的哲理色彩。〔註13〕

從《西遊記》的豬八戒到《後西遊記》的孫履眞，都在作者編排下接受色欲考驗，試看第三十三回回首詩云：

> 天生萬物物生情，慧慧癡癡各自成。
> 一念妄來誰惜死？兩家過處只聞名。
> 迷中老蚌還貪合，定後靈猿擾不驚。
> 鐵棒玉鉗參得破，西天東土任橫行。（頁2224）

《後西遊記》的孫履眞在面對色欲考驗時，除了玉火鉗還有情絲繫身，象徵情與欲的試煉考驗，不老婆婆最後摔碎玉火鉗，自觸死在山崖之下：

> 小行者笑道：「癡婆子不要癡了！你那情絲只好繫縛凡人，我一個太上無情之人，怎一例相看？」便取出金箍棒照頭打來道：「你看這條棒，也不知打斷多少邪淫，可是甚有情之物？」不老婆婆看見，急用玉火鉗招架時，那一條情絲早已扯得寸寸俱斷矣！心下著忙道：「原來情絲眞個繫他不住，果被豬和尚騙了怎麼了？」（頁2234～2235）

自天道循環的觀點來說，小聖孫履眞認爲「我一種天地眞陽豈肯爲敗陰所剝？」所講求的無非是天地間的自然秩序不容被破壞，對應孫履眞「太上無情」的心性修煉，呈現出天道對人心的制約與影響。第四十回〈開經重講　得

〔註13〕吳光正：《神道設教：明清章回小說敘事的民族傳統》，（武昌：武漢大學出版社，2012年5月第1版），頁122。

解證盟〉，唐半偈師徒並龍馬五眾，自到靈山見了如來，得了眞解，一時駕雲而起保護眞經竟往東來：

> 豬一戒見遊行無礙，十分快活，笑著說道：「師父，前日在雲渡山要步步實地，怎今日也走到空裡來？」小行者道：「賢弟，你已承佛誨，怎還說此呆話？前未成佛，步步實地還慮空虛；今已成佛，遊行空中盡皆實地。」豬一戒方醒悟道：「有理，有理！」自此歸併一心，不生亂念。（頁 2311）

取經心態的正確與否，與唐半偈師徒西行求解的目的，可謂息息相關，大顛和尚唐半偈與《西遊記》金蟬子轉世的唐三藏，在出身上有極大不同，第六回〈匡君失賢臣遭貶　明佛教高僧出山〉，安排韓愈上諫迎佛骨表而遭貶潮州，巧遇大顛和尚：

> 行如槁木，而槁木含活潑潑之容；心似寒灰，而寒灰現暖融融之氣。穿一領破衲衣，曄曄珠光；戴一頂破僧帽，團團月朗。不聞念佛，而佛聲洋洋在耳；未見參禪，而禪機勃勃當身。僧臘已多，而眞性存存不老；世緣雖在，而凡情寂寂不生。智滅慧生，觀內蘊方知萬善法師；頭尖頂禿，看外相但見一個和尚。（頁 1939）

《後西遊記》作者賦予大顛和尚西行求解的使命，並安排韓愈被貶到潮州，在靜因庵，與大顛和尚討論諫迎佛骨表背後的佛教信仰眞義：

> 大顛道：「大人儒者也。以儒攻佛，而佞佛者必以爲謗，群起而重其焰；若以佛之清靜，而規正佛之貪嗔，則好佛者雖愚，亦不能爲左右袒而不思所自矣！」韓愈拱手道：「老師法言殊有條理，只是當今佛法盡是貪嗔，若求清靜，舍老師而誰？」大顛道：「老僧叨庇平安，不焚不誦，山中禪定久矣。今既舉世邪魔，使我佛爲有識所誚，則老僧義又不容不出矣。」韓愈大喜道：「得老師慈悲，功德無量矣。」大顛道：「老僧雖出，亦未必有濟，但盡我心耳。」二人講得投機，彼此愛敬，當夜各各就宿。（頁 1941）

第七回〈大顛僧盡心護法　唐三藏顯聖封經〉，敘述大顛和尚上長安寫了表文呈憲宗皇帝，論及佛教以清淨爲本，度世爲宗：

> 今又聞降旨令天下講經，固陛下闡揚佛教盛心，但恐講解不明妙義，終以延年獲福爲詞，則三藏大乘眞經又演作小乘之法矣！諒我佛造經，與太宗皇帝求經流傳中國之意，當不如是。伏乞收回成命，漸

> 謝外緣，便我佛正教與陛下聖道同耀中天，則天下幸甚！倘必欲講明大法，亦須敕使訪求智慧高僧，若耳目前俗習之徒，臣大顛未見其可也！（頁 1945）

唐三藏和孫悟空在長安城尋訪求眞解之人，大顛和尚上表，又有憲宗皇帝命其隨意到各寺講經糾察，吸引唐三藏、孫悟空至半偈庵訪查：

> 頭頂中露一點佛光，面皮上現十分道氣。體結青蓮，骨橫白法。兩眉分靈慧之色，雙耳垂大智之容。布衲塵中，雖尚是中國僧伽；蒲團物外，已知是西方佛器。（頁 1948）

《後西遊記》在第五回以「主題先行」的預敘性框架定調「眞經失旨，求解解經」的天命，隨後唐三藏與孫悟空到長安城尋訪求解之人並顯聖封經，憲宗皇帝下詔西行求解，最後大顛和尚願奉聖命西往，至此承受西行求解的天命，並且從中寄寓對迷而不悟的人心，予以道德勸誡之警惕。

二、個人命運變化的觀照

《續金瓶梅》沿襲《金瓶梅》獨罪財色的論述脈絡，小說一開頭就將《金瓶梅》形容成貪色圖財、縱欲喪身、宣淫現報的一副行樂圖，對於財色命題大加議論，針對著書的苦心反成爲導欲宣淫話本感到惋惜。在第二回〈欺主奴謀劫寡婦財　枉法贓貽累孤兒禍〉，月娘叫來安、玳安到翡翠軒東山洞，取出一窖金銀黃白之物，約有一千餘金：

> 眾生腦髓，造化威權。得之者生，排金門，入紫闥，布衣平步上天梯；失之者死，遭鞭樸，受飢寒，烈士含冤排地網。福來時，如川之至；運去時，無翼而飛。才人金盡，杜子美空嘆一文錢；國士囊空，淮陰侯難消五日餓。呼不來，揮不去，中藏著消息盈虛；滿招損，樂招災，更伏下盜賊劫殺。爐中鍛煉千千火，世上紛爭種種心。（頁 10）

張竹坡在〈竹坡閒話〉認爲《金瓶梅》此書獨罪財色，將錢財與貪欲、色欲加以聯繫，進而產生財生冷熱、財生眞假的人生體悟。錢財對人生命運的影響可說扮演舉足輕重的角色，透過錢財的敘事運作最能觀照人心的良善與虛假，《金瓶梅》第七回又有言：「世上錢財，乃是眾生腦髓，最能動人」可爲佐證，而《續金瓶梅》對錢財貪欲的透視十分透澈。如第三回〈吳月娘捨珠造佛　薛姑子接缽留僧〉，認爲世上只有三樣人極爲勢利：

第一是妓者，那些人穿州過府，接客應官，眉眼高低，看人的上下。若有勢力，無不趨奉；才手內無錢，就改了樣子。隨你怎麼情厚，即時變了臉，又迎新掙錢去了。第二樣是梨園小唱，他要那高車大扇，華屋盛筵，自然用心扮戲，如服事窮酸，饒你多給他戲資，到底不肯用心，還要嘲笑你。第三是和尚、尼姑，他們見錢如血，借道為名，進的寺門，先問了衙門，就看那車馬侍從衣服整齊的，另有上樣茶食款待，說幾個大老相知禪宗的活套，日後打抽豐、上緣簿，纏個不了。（頁 17～18）

《金瓶梅詞話》以〈四貪詞〉開篇，其意在勸誡，而《續金瓶梅》承其餘緒，洞察世情。如第十一回〈五歲兒難討一文錢　一錠金連送四人命〉，月娘、玳安因一樁謀財害命之事，被吳典史誣陷下獄，應伯爵私吞打點官司的三百兩，吳典史也因訛詐月娘銀子被舉發監禁在牢裡：

這按院見不提上金子來，三四日來催提一遍，把原贓皮箱、包袱一一解到，只不見這金子提上。承差每人十五板，打的將死，又下來坐催。只得把張一併老婆俱用非刑，或是竹簽釘指、碎磁夾腿。一面拶夾著，只說是吳典恩收去了。又把吳典史用非刑夾打，才招出三錠金子在清河縣。一面提了金子，併吳典史妻女一齊齊吊拷，幾番逼拷幾死，再沒口詞。不消數日，吳典史先死在監中，張一也死了，只存張小橋老婆是個活口，同來安妻解上。五錠金子、一百兩銀子，刑廳沒敢留下一分。按院到底不信，把劉推官參為貪贓，革職提問。徐通判也降了。可憐這一股無義之財傾了四條性命，壞了兩個刑官。（頁 77～78）

無論是關於金錢與權力的掛勾，還是金錢與色欲的交易，都充分顯示《續金瓶梅》在財欲敘述上，對原書《金瓶梅》世情書寫的承襲，其世俗化程度得到推展，而「好色」、「好勢」、「好食」敘述，則逐漸淪為「財欲」敘述的附庸。第十二回〈眾女客林下結盟　劉學官雪中還債〉，提及西門慶與劉學官當初有急難相周，玳安因夾傷了腿，發了瘡，出不得門。「忽然天降大雪，一夜有尺餘之深，滿城中煙火蕭條。經亂後，誰家是豐足的？」月娘見劉學官夫人雪中送炭，不覺滿心感激，天晴之後，劉學官夫人到訪，才道出箇中緣由：

說了幾句話兒，就取過那匣子來，袖子裡拿出個汗巾，一把小鑰匙開了，取出五封銀子，是五十兩，放在炕上。月娘全不知道，問這銀子那裡的，劉學官娘子才說：「這是那年上山東去做學官沒有盤纏，借的他西門大爺的，今五六年，常常記掛著，窮教官，湊不成塊。昨日他爺從官上寄將來，著我自家親交給大娘，還該添上利錢才是。難道受過的情，就敢昧了這宗賬罷？何苦做來生債，變驢變馬也要還人！」說著話，小玉斟上薑茶吃了。月娘只要收一半，劉老夫人那裡肯。（頁 83）

透過天命思想中的因果循環呈現人心善念的果報，而因錢財誘惑所引發人性的貪欲、色欲也是《續金瓶梅》所極力鋪陳的情節。如第二十九回〈董月嬌明月一帆風　鄭玉卿吹簫千里夢〉，可謂一則「財色」演義：

即如鄭玉卿一個浪子，初時與銀瓶如魚似水，生死難開，只爲兩人情厚，把千萬金妝奩寶玩，捨死從他，連夜逃上揚州。誰料玉卿見了董玉嬌，變了初心，又貪財負義，得了苗員外千金，把銀瓶輕輕棄了，以致銀瓶自縊而亡。天下人負心到此，你說可恨不可恨！他便說有了董玉嬌一個名妓，又騙了銀瓶、櫻桃一切妝資，財色俱足了，可知道他能享不能享！那日換上苗員外家浪船，說去別董玉嬌，卻使玉嬌從後艙上了自己浪船。一篙點開，順風南去，也不管銀瓶死活，捧擁著玉嬌，船上作樂，早已備下完親喜酒。那櫻桃不解其意，還想是銀瓶在苗員外船上，一定後面趕來。又只見董玉嬌坐著要茶要酒，不似個生客。叫了幾聲櫻桃，便奴才長奴才短罵起來，似家主婆管家的光景，好不疑惑。聽了半日，見他兩人相偎相抱，說是兩下換了。那櫻桃才知道楊花風送無歸處，燕子巢空少主人。大叫一聲，也不斟酒，也不煎茶，倒在船艙裡。（頁 191）

接著再引〈哭山坡羊〉曲牌爲證：

癡心冤家，一場好笑，大睜著兩眼往火坑裡就跳。實指望說誓拈香，同生同死；誰承望負義絕情，把恩將仇報。嬌滴滴身子，空貼戀了幾遭；沉甸甸的金銀，乾送了他幾包。轉葫蘆子心腸，誰知道口甜心苦；蜜甜般舌頭，藏著殺人的毒藥。蹊蹺，才見了新人，把舊人丟了；聽著，只怕那舊人的樣子，新人還要遭著。（頁 191）

《續金瓶梅》人物命運的走向，都被作者丁耀亢緊密連結在「財生禍患」的敘述觀照當中，通過貪財負義者感情上的不忠，來顯示罪惡化的「財」對故事情節的有效控制，如小說第二十九回苗青換船時要在江裡對鄭玉卿謀財害命，先使一班梨園叫著兩個妓女，裝成吳公子和僧人，接引他入港，哄他醉了，董玉嬌、艄公約好害他性命，後因他金山飲酒，入夜不回而逃過一劫，但也因此被騙光財物。第三十七回〈三教堂青樓成淨土　百花姑百骨演旁門〉，因翟員外受李師師坑騙，吃了官司，於是寫了盜國娼妖、私通叛黨的狀紙上呈，「說他匿宋朝秘寶，富可敵國；通江南奸細，實爲內應」，於是抄沒家財，一一入官，不下二十餘萬，一座李師師宅在法華庵尼姑福清斡旋下，立爲王爺香火院：

> 後來這大相國寺和尚、天壇裡道官與開封府學生員，三下告起狀來，都要爭這個地方，全不知尼姑福清暗通了四王子宮裡娘娘，早有一道令旨，差一內官行到齊王劉豫府裡，說這個去處，王爺要自立香火院，造千佛閣，誦經護國。不則一日，又有一路文書行下開封府，借拔河南錢糧三千兩，取州縣匠役，差的當內官一員，監造千佛閣，雕檀香觀音像。不一時，看了吉日，開封府尹親來開土興工。忙的個尼姑福清師徒三個挑著經擔衣缽，連夜搬進師師府來。只見府舍深沉，往內有九進房子，迴廊曲折，與宮禁相似，雖然家器抄籍入官，那些門窗路徑，繡戶朱闌，件件俱全，不消另造的。（頁 257）

透過「財權」的架接，李師師宅第從淫房變做佛寺，福清見百花姑人人敬重，是金朝供奉的一尊活佛，聽聞百花姑要收她做徒弟，喜之不盡：

> 這福清只認做尋常結拜師傅，指望傳他些西方佛法，那知道百花姑要他拜了徒弟，好行他的邪教。把這大喜樂禪定的法兒，先要把福清迷惑了，勾引這些番僧邪女來，占了大覺寺爲行淫樂地。今日這西洋數珠，做了福清的媒禮，從今再不敢推辭了，可憐一個道場，惹出一夥邪魔，造孽不小。（頁 262）

《續金瓶梅》藉由李師師宅第的興衰起落，寄寓「穢中原有淨根，淨中原有垢種」之理，而人物命運的變化，同樣也延續原書因果在續書加以發展，如潘金蓮、龐春梅轉世爲金桂、梅玉，金桂從梅玉嫁後不得資訊，常牽掛在心。在第四十四回〈劉瘸子告狀開封府　金桂姐鬼魅葡萄架〉，金桂夢中與穿月白羅衣人一夜風流後，但覺腰酥力怯，蓮步難移，而每夜三更便有梅玉來叫去玩耍，作者丁耀亢以說書人口吻道出其中緣由：

> 當時汴京亂後，金人兩次殺掠，這些宮女佳人、才子貴客不知殺了多少，枉死遊魂化爲青磷野火，處處成妖作魅。因金桂淫心日熾，

邪念紛亂，有梅玉一事日夜心頭不放，況他是潘金蓮轉世，一點舊業難消，今日又犯了葡萄架的淫根，故此鬼魅狐妖趁虛而入，化出當年西門慶的形象，攝其魂魄。不覺淫精四散，元氣太傷，白日胡言亂語，飲食不進，染成大病，一臥十日不起。（頁 317）

除了潘金蓮轉世的金桂受鬼魅狐妖所惑，應伯爵也受到現世報，丁耀亢編創人物命運充滿濃厚的因果報應觀念。如第四十五回〈鄭愛香傷心烹雞　應花子失目喂狗〉，同樣在夢中遭到西門慶斥責：

也是兩日沒有飯吃，餓得昏了，坐在台基上佯佯睡去。只見西門慶進來，把伯爵當頭打了一杖，道：「應二，你在這裡！我多時尋不見你了。我和你一生一世同樂同歡，看顧得你也不少。我死後，把我家人夥計俱奉承了張監生也罷，因何把李嬌兒也抬與他做妾？金兵城破，你就不能照管我家妻子，倒忍得把孝哥賣在寺裡，做了一千錢。天地間有你這等負心的禽獸？當初還曾結拜兄弟來！」應伯爵才待要辯，只見西門慶上前揪住胸脯，拿出尖刀，把伯爵二目剔去，昏倒在地。西門慶留下一根拄杖道：「教你也受受，替人現眼！」伯爵夢中叫饒……（頁 320）

應伯爵因兩日無食，使計騙了鄭愛香家一餐，果然眼中痛如刀割，熱血直流，不消二日，兩目對面不見人影，才體會「是我生平傷了天理，該有此失目之災」，也應驗夢兆警示，失明後老無所歸，平日所學一套走街《四不應・山坡羊》弦子，把一生事編成《搗喇・張秋調》，在西門慶舊宅門前彈唱：

【西江月】天道平如流水，人心巧比圍棋。聰明切莫佔便宜，自有陰曹暗記。落地一生命定，舉頭三尺天知。如今速報有陰司，看取眼前現世。

（白）今日不說古人，難言往事，這一套詞單表山東清河縣出一個富豪，名西門大官人，單諱個慶字，綽號四泉。他爲人從破落户起家，貪財好色，結貴扳高，家購有十萬之富。後房有三美之色：一個名號金蓮，一個名號瓶兒，又有使女春梅，各有專房之寵。後來因西門慶縱欲身亡，三婦俱喪身非命，編成《金瓶梅》小曲，奉勸來人。（頁 324）

《續金瓶梅》以「命定」的天命觀念爲主軸，通過人物命運際遇、出處抉擇和個體行動的書寫而加以表現，從第四十五、四十八回大量插入彈唱文學來看，《續金瓶梅》的「勸世」苦心昭然若揭，並且不憚其煩地交代眾人轉世後的因果報應，闡揚「由色入空」的佛教哲理。

第三節　歷劫試煉的救贖與昇華

《水滸傳》引首講述的星君降凡故事論證了宋代政權的合法性，「後來感的天道循環，向甲馬營中生下太祖武德皇帝來。這朝聖人出世，紅光滿天，異香經宿不散，乃是上界霹靂大仙下降。英雄勇猛，智量寬洪」，作者還指出仁宗皇帝乃是上界赤腳大仙，降生之後晝夜啼哭不止，天界遣太白金星下凡，化做老叟來到他面前說了「文有文曲，武有武曲」，「端的是玉帝差遣紫微宮中兩座星辰下來，輔佐這朝天子。文曲星乃是南衙開封府主龍圖閣大學士包拯，武曲星乃是征西夏國大元帥狄青」，開啓仁宗以來的「三登之世」，而由聖主、能臣、良將共創太平盛世的降凡神話，誰料樂極生悲，嘉祐三年開始天下瘟疫盛行，朝廷遣洪太尉上龍虎山請張天師祈禳瘟疫，結果卻放走了天罡地煞星，〈引首〉結尾引詩曰：

> 萬姓熙熙化育中，三登之世樂無窮。豈知禮樂笙鏞治，變作兵戈劍戟叢。水滸寨中屯節俠，梁山泊內聚英雄。細數治亂興亡數，盡屬陰陽造化功。

《水滸傳》在〈引首〉透過預敘性框架預告三十六天罡星、七十二地煞星的塵世命運，而一百單八個魔君轉化爲星君的必經之路是「招安」，吳光正認爲：

> 明清以來的評點者和研究者對梁山好漢的招安之路存在著爭論，這些爭論忽視了一個基本問題，那就是道教謫讁神話的贖罪意識。我們只有從道教神話的贖罪意識入手才可以明白招安是天罡地煞的必由之路。〔註 14〕

從宗教敘事的立場來看，《西遊記》唐僧師徒的降凡、轉世，以及爲贖罪而往西天取經，都是《西遊記》敘事框架的動機，而唐僧師徒西天取經的贖罪證果起因於佛祖如來的救世婆心。在第八回〈我佛造經傳極樂　觀音奉旨上長安〉，如來微開善口，敷演大法，宣揚正果：

> 如來講罷，對眾言曰：「我觀四大部洲，眾生善惡，各方不一：東勝神洲者，敬天禮地，心爽氣平；北俱蘆洲者，雖好殺生，只因糊口，

〔註 14〕吳光正：《神道設教：明清章回小說敘事的民族傳統》，頁 154～155。

性拙情疏，無多作踐；我西牛賀洲者，不貪不殺，養氣潛靈，雖無上眞，人人固壽；但那南贍部洲者，貪淫樂禍，多殺多爭，正所謂口舌凶場，是非惡海。我今有三藏眞經，可以勸人爲善。」

出於拯救南贍部洲眾生的宗教目的，如來佛策劃了唐僧師徒西天取經之善舉，唐僧師徒歷經九九八十一難的考驗完成使命。《西遊記》裡的唐太宗因夢中曾許救龍，不期魏徵於下棋時打盹在夢中斬了老龍，龍王向太宗索命卻被觀音顯化的女眞人喝退，老龍逕往陰司地獄告狀，結果太宗被勾往陰間，遊歷地獄，最後借了開封府相良錢鈔給地獄冤鬼才得還陽，回陽世前，判官告訴唐太宗：「陛下到陽間，千萬做個水陸大會，超度那無主的冤魂，切勿忘了。若是陰司裡無抱怨之聲，陽世間方得享太平之慶。凡百不善之處，俱可一一改過。普諭世人爲善，管教你後代綿長，江山永固。」（十一回）爲了贖罪，唐太宗還選派唐僧前往西天取經，在第二十九回〈脫難江流來國土　承恩八戒轉山林〉，在寶象國倒換通關文牒過程中作了明確交代：

南贍部洲大唐國奉天承運唐天子牒行：切惟朕以涼德，嗣續丕基，事神治民，臨深履薄，朝夕是惴。前者，失救涇河老龍，獲譴於我皇皇後帝，三魂七魄，倏忽陰司，已作無常之客。因有陽壽未絕，感冥君放送回生，廣陳善會，修建度亡道場。感蒙救苦觀世音菩薩，金身出現，指示西方有佛有經，可度幽亡，超脫孤魂。特著法師玄奘，遠歷千山，詢求經偈。倘到西方諸國，不滅善緣，照牒放行。

而在《水滸傳》、《西遊記》之後的續書在降凡、轉世框架的影響下，是否延續原書的贖罪意識而有所發揮？便是接著要考察的核心概念。

首先，從《水滸傳》續書《後水滸傳》論起，《後水滸傳》藉由轉世框架的設置，讓受職被屈及辭去憂悶而死的梁山泊好漢，在「冤消劫盡」後得到「魄聚氣昇」的歷劫昇華以完成天命。

一、招安前後的意識轉變

《後水滸傳》第一回著重在招安之後梁山泊英雄奉旨征大遼，剿平河北田虎、淮西王慶、江南方臘，因蔡京、童貫、高俅、楊戩嫉妒功臣，將宋江、盧俊義害死，原本以爲接受招安後改邪歸正，可以報效朝廷，以補前過，誰料一腔忠義，卻死於奸佞之手，然而羅眞人洩漏天機謂眾人已托生人世，並且針對二十八宿與九曜共三十七人托生人世提出天機的解釋：「魄應罡煞以消冤，氣應星曜以應劫」，遂扭轉了《水滸傳》接受招安所隱含的贖罪意識，而在《後水滸傳》轉而托生的水滸英雄，是否接受第二次招安也是值得觀察的重點。在第四十五回〈岳少保收服么麼　眾星宿各安躔次〉，敘述楊么回想之前曾上諫高宗，只得向眾兄弟說道：「我前日入諫，高宗勸我歸降，我說若能使人制楊么者即歸。今岳飛果是神謀智勇，將我無敵輪船制伏。不如降他，歸助宋朝。」楊么遣人向岳飛表達歸降之意：

> 少保聽了，笑說道：「楊么雖有忠義之心，其餘虎性豈能易馴？幸得入柙，留之必遺後患！」即傳令急攻擒殺。這楊么等見岳軍一時緩攻，童良、柯柄、侯朝、岑用七忙說道：「哥哥不要沒主意，我四人下水，背負眾位哥哥，且逃上君山，再作計較。」其餘兄弟齊說道：「我們棄此輪船，殺入木筏，逃到山去商議，不可降他。」楊么聽了，搖頭道：「兄弟眾多，一時如何背負？木筏接不到山，怎得奔逃？如今湖中上下前後俱是岳兵，唯有歸降，保全眾兄弟！」說未完，岳軍依舊攻擊。（頁 501）

《後水滸傳》在是否接受招安的立場上猶疑不定，此時袁武談到一個核心問題，他說：「少保忠良，降他也不辱沒。但恐奸人在位，將來少保亦自不能保全，焉能蔽我眾人？」所以招安所代表的贖罪意義，到了《後水滸傳》則是以「冤消劫盡」進行重寫歷史的天命詮釋，而青蓮室主人在不違背楊么反抗失敗的史實書寫下，呈現更加通俗化的水滸英雄傳奇。

《水滸後傳》接續百回本《水滸傳》征方臘後，第一回〈阮統制梁山感舊　張幹辦湖泊尋靈〉，敘述水滸英雄死傷過半，人才凋零之感溢於言表：

> 他當日同心合膽兄弟，共是一百八人，爲征方臘，歿於王事者過半。所存者，除了武松損了一臂已作廢人，在杭州六和塔下養老不算，其餘還有三十二人。是：
>
> 公孫勝、呼延灼、關勝、朱仝、李俊、李應、戴宗、燕青、孫立、孫新、阮小七、柴進、朱武、黃信、樊瑞、樂和、童威、童猛、宋清、裴宣、穆春、蔣敬、蕭讓、金大堅、安道全、蔡慶、杜興、楊林、鄒潤、淩振、皇甫端、顧大嫂。（頁 3）

《水滸後傳》的時空背景設定在接受招安，奉旨征方臘後，完成降凡救贖的天命之後，梁山泊好漢的出處抉擇成爲續書拓展書寫空間的著力點，對權臣當道，奸佞之輩橫行的世變亂象無力改變，導致傳統文人講求「修齊治平」

的儒家政治理想，在小說世界中幾被摧毀殆盡，面對世變之際的個人命運遭際、家國存亡絕續之因應，小說作者在情節編排上各有巧思。如《水滸後傳》第一回即從總結歷史出發，融入個人治國的歷史性闡釋：

> 且如教主道君徽宗皇帝，天資高朗，性地聰明，詩詞歌賦，諸子百家，無所不能，無所不曉。若朝中有忠直的臣宰赤心諫導，要做個堯舜之君，卻也不難。他卻偏用蔡京爲相，引進了一班小人，如高俅、童貫、楊戩、王黼、梁師成之輩，都是阿諛諂佞，逢君之惡，排擯正人，朘削百姓；所做的事，卻是造艮岳、採花石綱、棄舊好、挑強鄰、納賄賂、任私人、修仙奉道、遊幸宿娼，無一件是治天下的正務；遂至土崩瓦解，一敗塗地，豈不可惜！（頁 2）

《水滸後傳》延續《水滸傳》忠義敘事的意識形態，更對奸臣誤國的歷史現實抱持惋惜悲憤的文人觀點，在國家面臨興廢存亡之際，賦予水滸餘黨抗金衛國和殺奸除惡的雙重任務，寄託國家由衰轉盛之希望在這些草莽英雄身上，因朝廷不明、奸佞得政，在第四回〈鬼臉兒寄書罹禍　趙玉娥銜色招奸〉敘述：

> 阮小七殺了通判，濟州申文到樞密院，又有登州申到孫立、孫新、顧大嫂、鄒潤結連統制欒廷玉殺了楊知府，攻破府城，劫了倉庫造反，都是梁山泊舊夥。蔡京、楊戩大驚，奏過天子，行文各州縣：「凡系梁山泊招安的，不論居官罷職，盡要收管甘結。」（頁 29）

此舉促使離散各地的水滸英雄重新聚義，第九回〈混江龍賞雪受祥符　巴山蛇截湖征重稅〉，敘述招安後的李俊詐稱瘋疾，不願朝京受職，一日與童威、童猛、費保、倪雲、高青、狄成在飄渺峰飲酒賞雪：

> 忽聽得西北上一個霹靂，見一塊大火從空中飛墜山下。大家吃驚，說道：「大雪裡怎得發雷？那塊火又奇。我們走下去看。」叫小漁户收拾傢伙，同下山來。周圍一看，只見燒煬了丈餘雪地，有一塊石板，長一尺，闊五寸，如白玉一般。童威拾起。眾人看時，卻有字跡。……李俊又頓一番，念道：
>
> 「替天行道，久存忠義。金鰲背上，別有天地。」
>
> 眾人聽道，都解不出。李俊道：「這分明是上天顯異。頭一句說『替天行道』，原是忠義堂前杏黃旗上四個大字，合著我們舊日的事。且拿回去，供在家裡，日後定有應驗。」（頁 71）

對照《水滸傳》第七十一回〈忠義堂石碣受天文　梁山泊英雄排座次〉，敘述宋江率領梁山好漢在羅天大醮中拜求報應，天降異象有異曲同工之妙：

> 是夜三更時候，只聽得天上一聲響，如裂帛相似，正是西北乾方天門上。眾人看時，直豎金盤，兩頭尖，中間闊，又喚做天門開，又喚做天眼開，裡面毫光射人眼目，霞彩繚繞，從中間卷出一塊火來，如栲栳之形，直滾下虛黃壇來。那團火繞壇滾了一遭，竟攢入正南地下去了。此時天眼已合，眾道士下壇來。宋江隨即叫人將鐵鍬鋤頭掘開泥土，根尋火塊，那地下掘不到三尺深淺，只見一個石碣，正面兩側各有天書文字。

《水滸傳》高舉「替天行道」及「忠義雙全」的大纛，本身雜揉江湖及廟堂倫理，而《水滸後傳》在第九回定調忠義敘事及預告未來發展，也遭遇到「士不遇」的政治處境，故而尋求海外基業，成爲小說世界中解決忠義敘事矛盾的出口，第十回〈墨吏賠錢受辱　豪紳斂賄傾家〉，敘述宋江在夢中暗示李俊等人，往海外別尋事業，具有天命移轉的傳承意義：

> 李俊出門，力士扶上一條大黑蟒，有十丈多長，金鱗閃爍，兩目如炬。騎在背上，騰空而去。耳邊但聽得波濤之聲，如流星掣電，竟到梁山泊忠義堂前歇下。看那忠義堂比舊日氣象不同，卻是金釘玉户，琉璃鴛瓦，高卷珠簾，香噴瑞獸；上面燈燭煌煌，看見宋公明幞頭蟒服，坐在中間，左邊吳學究，右邊花知寨，都降階相迎。施禮罷，宋公明說道：「兄弟，我在天宮，甚是安樂。因念舊居，長與兄弟在此相會，我被奸臣所鴆，不得令終。你前程遠大，不比我福薄，後半段事業要你主持。你須要替天行道，存心忠義，一如我所爲，方得皇天護佑。」（頁 82～83）

陳忱（1615 年～1670 年）的《水滸後傳》企圖透過移植《水滸傳》「替天行道」、「存心忠義」的精神，寄寓烏托邦政治理想的海外乾坤，「既有一種詩禮中國，或者說是文化中國的深層認同」，〔註 15〕藉由天諭、夢兆的「預示」，水滸餘黨在暹羅國進行武力與禮樂的改造，使之成爲宋朝「東南之保障，山海之屏藩」（第三十八回）。

《蕩寇志》做爲從金聖嘆腰斬《水滸傳》到掃蕩《水滸傳》的續書代表，

〔註 15〕高桂惠：《追蹤躡跡——中國小說的文化闡釋》，（臺北：大安出版社，2005 年 9 月），頁 131。

象徵對原書忠義精神的否定，也使得《水滸傳》續書的精神趨向呈現兩極，忽來道人〔註 16〕在〈蕩寇志引言〉認為：「因想當年宋江，並沒有受招安、平方臘的話，只有被張叔夜擒拿正法一句話。」由此意識出發，可謂解構了招安所寓含的贖罪意識，從七十一回〈猛督監興師剿寇　宋天子訓武觀兵〉，已經清楚劃分，宋江等梁山泊好漢為盜賊集團的政治立場：

> 那日天子正同樞密院、兵部商議征討梁山的廟算，接到冀州留守司這道本章，龍顏大悅，也不交兵部議奏，自提御筆，降旨升授鄧宗弼為天津府總管，辛從忠為武定府總管，就著來京引見。部下將弁，照例升賞，官兵有功者擢升，死傷者軫恤，其餘都賞錢糧三個月。又賞二將白銀各一千兩，玉帶各一圍。冀州留守、景州太守，亦各加恩。又諭眾臣道：「武將擒斬盜賊，本不為十分奇異。朕特念方當大閱發兵之際，此二將卻深慰朕意，不能不破格鼓勵，非朕濫恩也。」（頁 7）

《蕩寇志》以負面書寫的角度看待梁山泊好漢，企圖醜化綠林聚義的正當性，而以雷部神將降凡取代甚至瓦解天罡地煞「替天行道」的合法性，凸顯英雄與盜賊的截然劃分。在第九十二回〈梁山泊書諷道子　雲陽驛盜殺侯蒙〉，梁山泊集團內部討論招安問題，《蕩寇志》將「反招安」放在李逵身上，而爭論也沒有得到解決：

> 卻說李逵巡哨方回，聞知宋江要受招安，便來見宋江，大嚷大叫道：「做強盜不快活，鳥耐煩去受招安，又去受那奸臣的氣。既要受招安，當初何必做強盜。」宋江喝道：「你這黑廝省得甚麼，卻來胡說。」李逵道：「倒是我不省得。你早也說要受招安，晚也說要受招安，我只道你嘴裡只這般說罷了，那知你認真要做出來。在江州時，你何不早說了，也免得我直跟隨你到這裡。辛辛苦苦弄得個場面，又要改頭換尾。只管說彌天大罪，須知沒處改換。不要惱我性發，直趕到黃河渡口，一板斧砍翻那鳥侯蒙，把那個詔書扯得粉碎，看你們去受招安。昨日那鳥知府僥幸，不撞著我，不然也一鳥斧結果了他。」（頁 264）

藉由李逵與宋江的對話，凸顯「招安」命題的虛假，也是作者俞萬春轉化梁

〔註 16〕俞萬春（1794～1849）字仲華，號忽來道人，一作忽雷道人，浙江山陰（今紹興）人。

山泊綠林好漢爲盜賊的關鍵，其後衍生武妓殺侯蒙的懸案，經由畢應元抽絲剝繭的推理過程終得水落石出，「招安」只是宋江羈縻眾賊之心，並非眞意。

經由分析《水滸傳》三本續書對於「招安」所寓含的救贖意義，並沒有多加著墨，續書所關注的焦點轉爲招安命題的猶疑不決、另覓海外發展空間，甚至從「假忠假義」角度否定招安，而《後水滸傳》在小說中隱含對皇權政體的不信任，也註定小說結局天罡地煞妖魔亂世，歷劫冤消回歸天界的宗教救贖意義，《水滸後傳》、《蕩寇志》在意識形態上傾向皇權，一是在海外乾坤尋求皇權的認同而達到救贖，一是在降凡伏魔的道教神話中獲取皇權的認可而達到救贖。

二、模式化的取經考驗

明代《西遊記》所開創的神魔幻怪的敘事範式，影響之後神魔小說的群起仿效，而九九八十一難構成了《西遊記》全書的敘事框架，亦是出於心性考驗的敘事需求，《西遊記》的三本續書在取經／護經之旅的磨難也具有「模式化」傾向，形成續書群以及神魔小說的敘事特色。

《續西遊記》以孫悟空無意中說出八十八種機心合當八十八難構成小說敘事框架，逐步展開保護眞經回東土的歷劫試煉，並收貯眾人兵器，改以禪杖，如來佛派遣比丘僧到彼、靈虛子優婆塞暗中保護，賜以菩提數珠子、木魚梆子消災解厄，與《西遊記》八十一難心性修煉具有傳承之意。如第六回〈蠹妖設計變蠶桑　蛙怪排兵攔柜擔〉，比丘僧、靈虛子施法取走蠹妖盜走的經柜，在破廟裡守護等待唐僧師徒，傳達機心生亂之意：

> 比丘僧道：「師父想是東土取經聖僧。既得了寶經，何故不小心保護回去？西方地內，莫說善男信女敬愛眞經，便是飛禽走獸也樂聽聞，出精水怪也思瞻仰。必是師父們心生不淨，以致妖邪。雖說靈山腳下諸怪不生，只恐你們心心生出。」（頁 1193）

第十回〈兩僧人抵換經柜　眾老妖慶會靈芝〉，比丘僧、靈虛子討論因護經而變幻法術之行爲，與孫悟空機變生怪而行幻術的問題：

> 比丘僧乃與靈虛子說道：「師兄，我與你原以菩提正念保護眞經。既已知孫悟空的機變生怪，如今爲免變幻行術，與機謀何異？」靈虛子答道：「師兄，如來原容我以法術保經。我想：爲保經而行變幻，就是變幻，亦爲菩提。但妖魔騙經非正，我等保經非邪。經已保護

前行，我等莫要顧此麋妖！且往唐僧前路去罷！」（頁 1226）

《續西遊記》八十八難的情節設置，除了孫悟空逐漸泯除機變心的心性修煉意義之外，做爲「輔助者」角色的護經僧人也藉此獲得心靈成長，回中引詩「履道坦坦莫邪行，一入邪途怪便生。試問前行何是正？但教性見與心明」，即是闡釋「明心見性」的佛教精義。第七十四回〈玉龍馬顯靈抓怪　老住持妄想留經〉，四大比丘來試唐僧四眾禪心並無怠慢，逕回西方繳旨：

> 四比丘向佛作禮畢，便說：「唐僧師徒一路西還，果然尊敬經文，無時刻懈怠。只是孫行者機變心生，未免道路多逢妖魔梗犯，因而保護諸弟子也動了滅妖降怪之心，用出機謀智巧之變，雖無傷於唐僧德行，只恐褻慢了經文，望乞我佛還垂宥護！」古佛道：「如來以大智慧力，付託了三藏眞經與唐僧東去，料自垂宥護，我也不該過慮。但只是機變生魔，於我心終是放不下，須是誰再去究正了那保護諸弟子，各體唐僧至誠，方成就大家功德！」古佛說畢，只見優婆塞等五眾走過前來，向上禮拜，道：「弟子等願往究正取經僧師徒。」（頁 1684～1685）

第七十五回〈優婆塞究正路頭　村眾人誤疑客貨〉，眾道奉古佛旨意到三岔河口究正師徒志意，以免失了正路，必惹妖魔，孫悟空告知唐僧，「這道眾是靈山下來的優婆塞師父們，必是見我們錯了路頭，指引東土正道！」更寓含導正機變心腸之哲理：

> 眾道笑道：「悟空，你既識得我等，靈山也是你走過的熟路，如何今日把船向桃柳村撐？」行者道：「我老孫也是一時因師父與八戒動了喜怒心腸，便沒了主意。」眾道笑說：「一則是你師徒動了喜怒之念，一則你機變心腸寸步未忘。急早順流從此前去，到了東關，再過一國邑，自達大唐境界。愼勿錯了路頭，妖魔便生撓阻！」（頁 1692）

護經過程歷經劫難，比丘僧及優婆塞先後得到白雄尊者和四神王從中協助，無非是透過情節設置闡釋「心生，種種魔生；心滅，種種魔滅」之理，因此，作者在每一次災難開始和結束，都利用自己敘事權威的身份，對於災難亦即考驗發表自己的看法，如第九十二回〈神王舉火燎獅毛　獵戶疑僧藏兔子〉回首引詩曰：

> 萬種妖魔萬種因，盡從客感鑿天眞。
> 無邊業障由煩惱，有礙虛靈是妄嗔。

剪滅直須操慧劍，行持切莫入迷津。

生人識得玄中理，萬劫常布不壞身。（頁 1812）

《續西遊記》透過八十八難的情節設置，強調機變心腸往往是災難產生的根源，同時讓孫悟空體悟唯有去除機變，方能明心見性、轉凡爲聖。第一百回〈保皇圖萬年永固　祝帝道億載遐昌〉，因行者念了梵語，蝠、鼠二妖現出原形，孫悟空機變心至此還個平等無有：

> 三藏道：「悟空，可喜你一向打殺妖怪，動輒使機變心腸，如今怎會念梵語經咒便能收伏魔精也？」行者道：「師父，我徒弟也自不知。但覺一路越起機心，越逢妖怪。如今中華將近，一則妖魔不生，一則徒弟篤信眞經，改了機心，做爲平等，自是妖魔蕩滅，也不勞心力。」（頁 1875）

《續西遊記》主要以去除孫悟空的機變心腸，復還明心見性、轉凡爲聖之佛教眞諦，經歷八十八難的心性試煉，逐漸轉化降妖伏魔的手段爲萬物平等的「正念」，從小說一開始機變生磨難，孫悟空一直不能體會機變生魔的因果，直到一百回方才覺悟而流露出贖罪意識，最終證果成佛。

《後西遊記》以花果山仙石受天地日月精華產出靈種孫履眞爲開端，與《西遊記》孫悟空出身幾乎如出一轍，在第四回〈亂出萬緣　定於一本〉，敘述孫小聖在陰司中講究生死善惡之理，折服十王，又大鬧天宮，太白金星請出成佛的老大聖訓教其皈依正道：

> 孫大聖道：「這箍大有好處，昔年是我的功臣，今日是你的魔頭。他來尋你，便是你入道之時。安心靜養，我去也！」孫小聖聽見說去，忙向前扯住衣襟道：「既得相逢，如何又去？萬望慈悲，還我鐵棒，並求指示。」孫大聖道：「我有偈言四句，你可牢記。」說道：
>
> 「頑力有阻，慧勇無邊。
>
> 不成正果，終屬野仙。」
>
> 孫小聖道：「既要修心，於何努力？」孫大聖道：「我之前車，即汝之後轍。因緣到日，自有招邀，此時未可洩也。」（頁 1925）

作者藉由孫悟空洩漏天機埋下日後保護大顛和尚西行求解的伏筆，在唐三藏傳授「定心眞言」給唐半偈降服孫履眞後，保護大顛和尚西行求解以贖罪證果在《後西遊記》中成爲一種共識，第十回〈心明清靜法　棒喝野狐禪〉，敘述唐半偈師徒來到西番哈泌國，因孫悟空封經之舉，影響天花寺眾僧生計，點石法師要求唐半偈開經，爭執未果，唐半偈拿出佛賜木棒棒喝眾僧：

唐半偈看見，棒喝有靈，眾僧皈命，滿心歡喜。因扶起點石道：「一念貪嗔，即屬邪魔外道，寸心悔過，便成賢衲高僧。老僧有何教誨？只要大眾回頭努力，收拾繁華，歸於清靜耳。」點石定了性，請問道：「老師一味清靜，則瞻禮焚修俱可廢矣！」唐半偈道：「瞻禮焚修何必廢？只要存此心爲朝廷惜體，爲天下惜財，爲大眾惜福，便清靜矣！不然則我佛立教，非度世而禍世矣！」點石又道：「瞻禮焚修既不必廢，則講經獨可廢乎？」唐半偈道：「講經何可廢？不得其解而講則可廢。」點石無語。眾僧因請道：「老師高論，自是佛門正旨，然大眾數千人，若不講經，衣食何來？」唐半偈道：「施於無意，飽食爲安。募自多方，不能無罪。況佛力廣大，自有因緣，大眾何須慮得？」眾僧方歡喜退立。（頁 1976）

《後西遊記》觸及佛教清靜度世與野狐禪公案的通俗化闡釋，與《西遊記》一樣在西行求解的路上設置大量的障礙來磨練取經人的心性，如第十二回〈一戒認親　釘耙歸主〉，自利和尚借了豬八戒的釘耙耕「佛田」，卻將釘耙藏起：

自利和尚道：「釘耙雖有，還少一個大力氣之人，所以暫止。聞說廣募山有一個苦禪和尚，甚有力氣，大可種得，我屢屢托人寄信去請他，他已許了來，尚未見到。他一來就佛田開墾起來，則我們這眾濟寺一發又興起了。」徒弟道：「就請他來一個人，能種得多少？」自利和尚笑道：「還虧你要做和尚，怎這等痴呆！佛田中事不過有些影響，只要有人在田上略鋤鋤耘耘，便是苗而不秀，秀而不實，也要算做廣種了。」（頁 1994～1995）

《後西遊記》藉由空談義理而忽略實修的「野狐禪」，如生有法師、點石法師、自利和尚、冥報和尚、烏漆禪師等惡僧類型，予以「當頭棒喝」的教化警惕，第十三回唐半偈對種佛田騙人布施，嘆息道：「佛教本自慈悲，被這些惡僧敗壞，竟弄成一個坑人的法門了。此眞解不可不速求也。」《後西遊記》西行求解之路雖說是心性修煉之旅，但其中卻多了佛教「野狐禪」公案的辯難意義，甚至取代歷劫救贖的哲理意義，高桂惠認爲：

當然我們仍可以將《後西遊記》視爲一種「遭逢魔難，自我修行」的歷程，不過由於上述所指出的這點特色，使得它比較像是一種對於社會現象的批判與哲理的辯難，大過於是一種自我修鍊的意味；「魔」不只是個人式的「心魔」，更是集體式的。若我們仍將之視爲一種修鍊，倒像是一種對「佛／反佛」思想之間的交互辯詰之路。〔註 17〕

《後西遊記》第十三回〈缺陷留連　葛藤掛礙〉，唐半偈與小行者對《西遊記》八十一難的對話，跳脫敘事框架的侷限：

唐半偈因對小行者說道：「我聞得觀世音菩薩曾踏勘長安到靈山，說有十萬八千里之遙，若以一日百里算來，也只消三、四個年頭便走到了，爲何當日玄奘佛師就去了十四年？」小行者道：「聞他一路上妖妖魔魔苦歷了八十一難，方才行滿，所以耽擱了。」唐半偈道：「我想天下哪有妖魔？不過邪心妄念自生妖魔耳！我與你正性而行，死生聽之可也。」（頁 1998）

《後西遊記》在情節編排上對劫難考驗的敘事命題進行重寫，亦即「模式化」的取經考驗，而呈現有別於以往的新創，面對妖魔的詰問，大顛和尚唐半偈採取「以正伏邪，以無言制有爲」（第十四回）的敘事策略，保留「空白」給予讀者大眾解讀，以沃爾夫岡・伊瑟爾（Wolfgang Iser）的話說明之：

空白使各個文本視角之間的關係具有開放性，例如，在敘事中，這些文本視角通過敘述者、人物、情節以及內化於文本的虛構讀者等透視角度勾勒出作者的觀點。空白促使讀者對這些模式化的視角進行協調——換言之，他們引導讀者在文本內部完成基本活動。〔註 18〕

《後西遊記》作者天花才子在小說中習慣拋出對《西遊記》的種種疑惑，引導讀者用一種開放性的心態去理解，正如唐半偈師徒西行求解的歷程，呈現出一種同構關係，如第四十回〈開經重講　得解證盟〉回首引詩曰：

文字休拘儒釋玄，但能有補即眞銓。

六經不礙於三藏，一書何妨又五千。

遊戲現身良有以，荒唐說法妙無邊。

勸君此際求眞解，不證菩提也證仙。（頁 2311）

〔註 17〕 高桂惠：《追蹤躡跡——中國小說的文化闡釋》，頁 137～138。

〔註 18〕 〔德〕沃爾夫岡・伊瑟爾（Wolfgang Iser）著，朱剛、谷婷婷、潘玉莎譯：《怎樣做理論》，（南京：南京大學出版社，2008 年 10 月第 1 版），頁 76。

《後西遊記》西行求解的磨難來自人、地妖、自我考驗構成全書的敘事框架，「『詰問』成爲全書的結構，也是全書的精神所在」，〔註 19〕經由求取眞解的自我探問，才能獲取每個讀者心中的眞銓。

《西遊補》在靜嘯齋主人〈西遊補答問〉：「蓋在火焰芭蕉之後，洗心掃塔之先也。」書接《西遊記》第六十一回〈孫行者三調芭蕉扇〉及六十二回〈滌垢洗心惟掃塔〉之間，第一回〈牡丹紅鯖魚吐氣　送冤文大聖留連〉，引入情魔鯖魚精，牡丹樹下立著數百眷紅女，此時行者規勸唐僧兩大病：多用心、文字禪，引起唐僧不快：

> 不想一簇女郎隊裡忽有八九個孩童跳將出來，團團轉打一座「男女城」，把唐僧圍住，凝眼而看，看罷亂跳，跳罷亂嚷，嚷道：「此兒長大了，還穿百家衣！」長老本身好靜，那受得女兒牽纏？便把善言遣他，再不肯去，斥之亦不去，只是嚷道：「此兒長大了，還穿百家衣！」長老無可奈何，只得脫下身上衲衣藏在包袱裡面，席草而坐。……長老閉目，沉然不答。（頁 2337）

《西遊補》從第一回途遇牡丹樹就進入鯖魚夢境而不自知，作者董說（1620～1686 年）刻意將孫悟空轉化爲文人形象，因打殺一班春男女而寫了一篇「送冤」文字，第一回開宗明義就說：「鯖魚擾亂，迷惑心猿，總見世界情緣，多是浮雲夢幻。」鯖魚與「情欲」諧音雙關，而要勘破情欲，阻斷情魔，則「悟通大道，必先空破情根；空破情根，必先走入情內；走入情內，見得世界情根之虛，後走出情外，認得道根之實。」〔註 20〕因而構成《西遊補》裡孫悟空在鯖魚夢境中的情欲試煉，透過金鑫榮的話來說明之：

> 它不若原本的《西遊記》「大團圓」式的美好結局：師徒歷經磨難，終成正果，立身成佛。《西遊補》只是借行者之形，立世間之實，以「三界」之幻，映襯現實之虛：皇帝英雄，也不過是沈溺於溫柔鄉裡妍媸不辨、美醜不分的一群小丑，從而揭去了歷史籠罩在他們身上的神秘光環，表達出極佳的諷刺效果。〔註 21〕

《西遊補》以鯖魚夢境構成全書的敘事框架，藉由人物之形寄寓對情與道的

〔註 19〕高桂惠：《追蹤躡跡——中國小說的文化闡釋》，頁 144。

〔註 20〕〔明〕靜嘯齋主人：〈西遊補答問〉，見高玉海：《古代小說續書序跋釋論》，頁 110。

〔註 21〕金鑫榮：《明清諷刺小說研究》，（南京：鳳凰出版社，2007 年 12 月第 1 版），頁 164。

歷史思考，其中輻射出對君臣誤國、科舉取士、情欲幻夢的關注向度，〔註 22〕學者多有闡發，在八十一難的敘事框架下多出一難，所呈現的考驗意義爲何？在第十六回〈虛空尊者呼猿夢　大聖歸來日半山〉，虛空主人說出「也無鯖魚者，乃是行者情」道出孫悟空見牡丹樹情動而招魔，此一難正是出於心性考驗的敘事需求，也是《西遊記》「心生，種種魔生；心滅，種種魔滅」敘事命題的通俗化闡釋。

總體而言，從明代四大奇書之續書思想命題的承襲與延續中可知，面對天道循環的生息起滅，故事中的人物皆深感無法超越，一切皆是命定，而小說人物在抗爭的敘事過程中，往往流露出不屈的堅定意志，而儒釋道等價值詮釋的交互影響，在小說中往往透過因果論述對人物命運做出道德是非的詮釋、論斷，小說作者在第一回開篇和前數回即預示人物命運未來的走向及所要解決的問題，藉由神道設教的宗教資源，小說家可以方便引用，透過祥瑞、災異、降凡、轉世、預告、評論等，凸顯傳統天命思想在敘事結構、人物、事件上的藝術暗示，在世變書寫的背景襯托下，大團圓式的結局畢竟只是少數文人作者的編創理想，現實經驗的缺憾與反思呈現明末清初政局劇烈變動下，在天命思想主導下所反映的意識形態，面對無可深究的天數定運，個人命運的考驗與救贖是自我修持與安頓的對應姿態。

〔註 22〕金鑫榮：《明清諷刺小說研究》，頁 157～165。

第七章　小說演義：明代四大奇書之續書的創作實踐

在明代四大奇書中，《三國志通俗演義》的寫定者標舉「演義」之名，有意在「據史取義」的認知基礎上，以「據正史、採小說、徵文辭、通好尚」〔註1〕的編創意識，擺脫自宋元講史話本脫胎而來的敘述程式，這樣的變革形式，從第一則〈祭天地桃園結義〉開篇刪除《三國志平話》中「司馬仲相斷獄」的頭回，而且沒有開場詩及預敘內容可見端倪：

> 後漢桓帝崩，靈帝即位，時年十二歲。朝廷有大將軍竇武、太傅陳蕃、司徒胡廣共相輔佐。至秋九月，中涓曹節、王甫弄權，竇武、陳蕃預謀誅之，機謀不密，反被曹節、王甫所害。中涓自此得權。

《三國志通俗演義》雖然在開篇形式上有別於傳統演義之作的敘事慣例，並且在各則敘事中完全省略「回首詩詞」，或者可以解釋爲「作者有意削弱作品的通俗色彩而增強歷史感的措施。」〔註2〕但是在其後的敘事進程中，小說文本情節建構過程的所展演的敘述程式，卻還是依賴「說書人」的套語慣例，並未完全脫離說話伎藝的敘述情境。而在《三國志通俗演義》之後長篇通俗白話小說，並沒有吸收上述《三國志通俗演義》在宋元講史平話基礎上所改造的敘述形式，反而是在敘事創造上，往宋元說話伎藝演出套式靠攏。

觀察《水滸傳》、《西遊記》、《金瓶梅》的開篇套語，可以發現三部奇書

〔註1〕〔明〕高儒：《百川書志》，見黃霖、韓同文選注：《中國歷代小說論著選》（修訂本）（上），（南昌：江西人民出版社，2000年9月第3版），頁117。

〔註2〕樓含松：《從「講史」到「演義」——中國古代通俗小說的歷史敘事》，（北京：商務印書館，2008年7月第1版），頁289。

多依賴於說話虛擬情境的設置，「這似乎顯示出，四大奇書的書寫本質，其實體現的仍是一種以『適俗』爲前提的創作傾向。」〔註3〕而四大奇書之續書，在書中所建構的說話虛擬情境，同樣承襲四大奇書所建立的話語體制，以及回目詩詞的運用方式，而朝向定型化和精緻化發展。如《續編三國志後傳》第一回〈後主降英雄避亂〉曰：

> 卻說劉靈方離家之際，猛憶起王彌乃吾心腹之友，當今無以爲匹者，萬一陷於敵中，爲彼收用，則失吾國一棟梁矣。忙使人邀到，與之同出。蓋王彌者，乃北地將軍王平之子也。自幼生而穎異，膂力過人，長而有千斤之力。尤精於騎射，每爲其父器重之。後乃襲父蔭居職，常有開跋之志。（頁9）

又《後水滸傳》第一回〈燕小乙訪舊事暗傷心　羅眞人指新魔重出世〉曰：

> 話說前《水滸》中，宋江等一百單八人，原是鎖伏之魔，只因國運當然，一時誤走，以致群雄橫聚；後因歸順，遂奉旨征服大遼，剿平河北田虎、淮西王慶、江南方臘。此時道君賢明，雖不重用，令其老死溝壑，也可消釋。無奈蔡京、童貫、高俅、楊戩用事，忌妒功臣。或明明獻讒，或暗暗矯旨，或改賜藥酒，或私下水銀，將宋江、盧俊義兩個大頭目，俱一時害死。（頁59）

又《續西遊記》第一回〈靈虛子投師學法　到彼僧接引歸眞〉曰：

> 話說西方有佛號曰如來，歷盡苦行以修成，具大慈悲而方便，凡有血氣之屬，俱在普照之中，正是釋迦牟尼尊者，南無阿彌陀佛。自開闢以至成周，由秦漢而到唐儀，說不盡的感應，誇不了的靈通。一日，在靈山雷音寶剎大雄寶殿，登九品蓮臺寶座，說無上甚深妙法，圍繞著諸佛菩薩阿羅等眾，得聞諦聽，各生歡喜。如來說法畢，但見天花繽紛，異香繚繞，充滿無極無量世界。（頁1157）

又《續金瓶梅》第一回〈普淨師超劫度冤魂　眾孽鬼投胎還宿債〉曰：

> 卻說那普淨長老，在寺中也不念佛，也不誦經，也不吃齋，每日在禪床上跏趺坐禪，閉目入定，悠悠揚揚，終日口中不知念的甚麼，不出一聲，一似坐化了的一般，不止一日。那逃難的婦人和吳月娘，俱是白日藏在佛座經櫃底下，夜間在香積廚取些剩米，

〔註3〕李志宏：《「演義」——明代四大奇書敘事研究》，（臺北：大安出版社，2011年8月第1版），頁89。

就佛前香點起火來，做些稀粥吃了，天未明依舊又躲伏在黑暗裡。（頁4）

《續編三國志後傳》在開篇形式上模仿《三國志通俗演義》，但回首詩預敘故事發展，各回敘事也省略回首詩詞，敘事進程也未脫「說書人」的套語標誌，其後的續書的話語表現存在一定程度的差異，而在「演義」的認知上，四大奇書之續書中說書人的存在，確有其內在理路的一致性，清道光元年（1821年）訥音居士完成《三續金瓶梅》，除了在第一回回首詩出現之外，各回回首回末皆無回目詩詞的變革較爲明顯，其中「說話」的虛擬情境中，敘述者仿製說書人的程式化套語，以及韻散結合的方式講述故事，並採取「全知全能」的敘事視角，表達作者個人對歷史興衰存亡的解釋與評論，同樣繼承宋元講史平話的話語體制。

歷年來學界頗爲重視從文體學角度，對明清以來通俗小說中「演義」觀念的生成演變與話語表現，進行新的探討，開創新的研究視角，例如李忠昌〈論歷史演義小說的歷史流變〉，〔註4〕紀德君〈論明清歷史演義小說作家的創作思想〉〔註5〕、〈明清歷史演義小說生成論〉〔註6〕，洪哲雄、紀德君〈明清小說家的「演義」觀與創作實踐〉，〔註7〕陳維昭〈論歷史演義的文體定位〉，〔註8〕譚帆〈「演義」考〉，〔註9〕黃霖、楊緒容〈「演義」辨略〉，〔註10〕李舜華〈「小說」與「演義」的分野——明中葉人的兩種小說觀〉，〔註11〕蔡愛國〈明清歷史演義演義觀中文史定位之分歧與走向〉，〔註12〕楊緒容〈「演義」

〔註4〕李忠昌：〈論歷史演義小說的歷史流變〉，《社會科學輯刊》（總第九十四期），1994年第5期，頁139～145。

〔註5〕紀德君：〈論明清歷史演義小說作家的創作思想〉，《海南大學學報》（社會科學版）第14卷第4期，1996年12月，頁54～60。

〔註6〕紀德君：〈明清歷史演義小說生成論〉，《北京師範大學學報》（社會科學版）總第144期，1997年第6期，頁80～86。

〔註7〕洪哲雄、紀德君：〈明清小說家的「演義」觀與創作實踐〉，《文史哲》，1999年第1期，頁78～82。

〔註8〕陳維昭：〈論歷史演義的文體定位〉，《明清小說研究》，2000年第1期，頁33～43。

〔註9〕譚帆：〈「演義」考〉，《文學遺產》，2002年第2期，頁102～112。

〔註10〕黃霖、楊緒容：〈「演義」辨略〉，《文學評論》，2003年第6期，頁5～14。

〔註11〕李舜華：〈「小說」與「演義」的分野——明中葉人的兩種小說觀〉，《江海學刊》，2004年第1期，頁191～196。

〔註12〕蔡愛國：〈明清歷史演義演義觀中文史定位之分歧與走向〉，《明清小說研究》，2005年第4期，頁33～37。

的生成〉〔註13〕、〈事・文・義——從歷史到演義〉〔註14〕和劉靜怡《歷史演義：文體生發與虛實論爭》，〔註15〕李志宏〈「演義」：明代四大奇書書寫性質探析〉〔註16〕等文，足資參考。然而由於各家理解及文本解讀有其不盡相同之處，勢必對於明清「演義」觀念遊移在「歷史小說」與「通俗小說」的界定產生不同見解，筆者研究四大奇書之續書，藉由前人的成果，對續書「演義」觀念的生成與實踐，做一番耙梳與整理，以爲統整明代四大奇書之續書相關論題的理論基礎，呈現累進式的研究建構。以下筆者先歸納整理諸位學者對「演義」觀念的研究成果，並以明清小說及四大奇書之續書的文本、序跋資料佐證論述。

第一節　明清「演義」觀念的生成

將通俗小說稱之爲「演義」，可以說是自《三國志通俗演義》刊刻出版以來即共有的基本認知，而「演義」與「歷史演義」被視爲具有同一內涵的看法，常影響到小說觀念的梳理，原因在於一般認爲「演義」主要是指以歷史爲題材的小說作品，明代四大奇書分別代表歷史演義、英雄傳奇、神魔幻怪、人情寫實爲主的長篇章回小說類型，「演義」被視爲「歷史演義」、「講史演義」之專稱，從明清小說史料檢視，可以發現「演義」應是指小說之文體概念。因此，對於四大奇書之續書敘事生成的共相性探討，自然必須從「演義」之文體／文類概念進行分析。章炳麟（1869年～1936年）〈《洪秀全演義》序〉對演義生成的根源及衍生的類型，做了一番論述，可做爲「演義」文體／文類問題意識討論的起點：

> 演義之萌芽，蓋遠起於戰國。今觀晚周諸子說上世故事，多根本經典，而以己意增飾，或言或事，率多數倍。若《六韜》之出於太公，則演其事者也。若《素問》之托於岐伯，則演其言者也。演言者，宋、明諸儒因之爲《大學衍義》。演事者，則小說家之能事。根據舊

〔註13〕楊緒容：〈「演義」的生成〉，《文學評論》，2010年第6期，頁98～103。

〔註14〕楊緒容：〈事・文・義——從歷史到演義〉，《貴陽學院學報》（社會科學版），2013年第1期，頁55～60。

〔註15〕劉靜怡：《歷史演義：文體生發與虛實論爭》，（桃園：中央大學中國文學系博士論文，2009年）。

〔註16〕李志宏〈「演義」：明代四大奇書書寫性質探析〉，《中國學術年刊》第32期（秋季號），頁159～190。

事，觀其會通，查其情僞，推己意以明古人之用心，而付之以街談巷議，亦使田家孺子知有秦漢至今帝王師伯之業；不然，則中下齊民之不知故國，將與印度同列。然則演事者雖多稗傳，而存古之功亦大矣。〔註 17〕

章炳麟將「演義」做爲表述方式的根源及演進情形，進行歷史性的詮釋，並且將「演義」劃分成「演言」、「演事」二類論述，「演事」一類則是小說家創作之能事，「演言」大抵可指從南宋到明代諸種以「衍義」或「演義」題名之作，「在解經的認知基礎上廣泛引經據典，參考史實，並融以己見，體現出一種將經典通俗化的闡釋意圖」，〔註 18〕以下將歸納整理明清文人對「演義」觀念的認知，佐以前人研究詮釋「演義」文體／文類的理論脈絡。

一、「演義」與「歷史演義」之義界

自從明朝嘉靖元年（1522 年）《三國志通俗演義》刊刻以後，小說以「演義」爲名刊印者可謂蔚爲風潮，「演義體」所指的是介於歷史與小說間的通俗文體，庸愚子〈三國志通俗演義序〉曰：

若東原羅貫中，以平陽陳壽《傳》，考諸國史，自漢靈帝中平元年，終於晉太康元年之事，留心損益，目之曰《三國志通俗演義》。文不甚深，言不甚俗，事紀其實，亦庶幾乎史，蓋欲讀誦者，人人得而知之，若《詩》所謂里巷歌謠之義也。〔註 19〕

又修髯子〈三國志通俗演義引〉亦對《三國志通俗演義》的敘事原則加以闡發：

史氏所志，事詳而文古，義微而旨深，非通儒夙學，展卷間，鮮不便思困睡。故好事者以俗近語，櫽括成編，欲天下之人，入耳而通其事，因事而悟其義，因義而興乎感，不待研精覃思，知正統必當扶，竊位必當誅，忠孝結義必當師，奸貪諛佞必當去，是是非非，了然於心目之下，裨益風教，廣且大焉，何病其贅耶？〔註 20〕

〔註 17〕〔清〕章炳麟：〈《洪秀全演義》序〉，見丁錫根編著：《中國歷代小說序跋集》（中）（北京：人民文學出版社，1996 年 7 月第 1 版），頁 1058。

〔註 18〕李志宏：《「演義」——明代四大奇書敘事研究》，頁 56。

〔註 19〕〔明〕庸愚子：〈三國志通俗演義序〉，見黃霖、韓同文選注：《中國歷代小說論著選》（修訂本）（上），頁 108。

〔註 20〕〔明〕修髯子：〈三國志通俗演義引〉，見黃霖、韓同文選注：《中國歷代小說論著選》（修訂本）（上），頁 115。

《三國志通俗演義》藉由依傍史傳的敘事準則，透過「文不甚深，言不甚俗」的語言策略，採取「通俗爲義」的編創意識，期望在「留心損益」的歷史書寫中，寄寓「裨益風教」的教化作用，明代出現的通俗歷史演義多達三十餘種，《三國志通俗演義》帶動了明代歷史演義創作的高潮，也樹立了歷史演義創作的範式。〔註 21〕歷史演義在講求「通俗爲義」之同時，對依據史實也提出「庶幾乎史」的更高標準，明萬曆年間余邵魚的〈題全像列國志傳引〉也受此「演義」觀念影響：

> 故繼諸史而作《列國傳》。起自武王伐紂，迄今秦併六國，編年取法鄰經，記事一據實錄。凡英君良將，七雄五霸，平生履歷，莫不謹按五經並《左傳》、《十七史綱目》、《通鑑》、《戰國策》、《吳越春秋》等書，而逐類分紀。且又懼齊民不能悉達經傳微辭奧旨，復又改爲演義，以便人觀覽。庶幾後生小子，開卷批閱，雖千百年往事，莫不炳若丹青；善則知勸，惡則知戒，其視徒鑿爲空言以炫人聽聞者，信天淵相隔矣。〔註 22〕

余邵魚對歷史演義創作的看法可視爲庸愚子、修髯子等觀點的發揮，而馮夢龍在所編《新列國志》出版後，此一創作思想再被強調，可觀道人在〈新列國志敘〉批評余邵魚《列國志傳》不符史實之處，以及人物、情節上的疏漏粗率，並就馮夢龍的改編，提出自己對歷史演義創作原則的看法：

> 本諸《左》《史》，旁及諸書，考核甚詳，搜羅極富。雖敷演不無增添，形容不無潤色，而大要不敢盡違其實。凡國家之賚興存亡，行事之是非成毀，人品之好醜貞淫，一一臚列，如指諸掌。〔註 23〕

可觀道人對歷史演義創作的看法是允許適度的藝術加工，在不違史實、廣泛蒐集史料的大原則下進行編創，並融入個人對國家興亡、人事存廢的歷史詮釋，在創作立場上，都傾向將小說比附於史書，其用意在提高小說的文學位階，明代許多歷史演義書名前提有「按鑒」字樣，反映出作者或書商藉此抬高身價，招徠讀者的商業性考量。

〔註 21〕樓含松：《從「講史」到「演義」——中國古代通俗小說的歷史敘事》，（北京：商務印書館，2008 年 7 月第 1 版），頁 247。

〔註 22〕〔明〕余邵魚：〈題全像列國志傳引〉，見丁錫根編著：《中國歷代小說序跋集》（中），頁 861。

〔註 23〕〔明〕可觀道人：〈新列國志敘〉，見丁錫根編著：《中國歷代小說序跋集》（中），頁 865。

「演義」做爲一種文體／文體，在後來的發展，並不僅限於「講史」演義，而是擴大影響到《水滸傳》、《西遊記》、《金瓶梅》等長篇演義類型概念。如雉衡山人〈東西兩晉演義序〉曰：

> 一代肇興，必有一代之史，而有信史有野史。好事者聚取而演之，以通俗諭人，名曰演義，蓋自羅貫中《水滸傳》、《三國傳》始也。羅氏生不逢時，才鬱而不得展，始作《水滸傳》以抒其不平之鳴，其間描寫人情世態、宦況閨思種種，度越人表，迨其子孫三世皆啞，人以爲口業之報。而後之作《金瓶梅》、《癡婆子》等傳者，天且未嘗報之，何羅氏之不幸至此極也？良亦尼父惡作俑意耳。〔註 24〕

又〈讀西遊補雜記〉曰：

> 問：《西遊補》，演義耳，安見其可傳者？曰：凡人著書，無非取古人以自寓，書中之事，皆作者所歷之境；書中之理，皆作者所悟之道；書中之語，皆作者欲吐之言；不可顯著而隱約出之，不可直言而曲折見之，不可入於文集而借演義以達之。蓋顯著之路，不若隱約之微妙也；直言之淺，不若曲折之深婉也；文集之簡，不若演義之詳盡也。〔註 25〕

歷史演義採用章回小說的體式，也是在平話系統和史傳文學兩方面影響下，逐漸形成，甚至成爲明清章回體小說最早成熟的一個流派，〔註 26〕也影響後續明清長篇小說作者的編創思維，從而擴大演義體小說創作的類型範疇。〔註 27〕又章學誠〈丙辰箚記〉曰：

> 凡演義之書，如《列國志》、《東西漢》、《說唐》、《南北宋》，多紀實事，《西遊》、《金瓶》之類，全憑虛構，皆無傷也。惟《三國演義》，則七分實事，三分虛構，以致觀者，往往爲所惑亂，如桃園等事，學士大夫直作故事用矣。故演義之屬，雖無當於著述之倫，然流俗耳目漸染，實有益於勸懲。但須實則概從其實，虛則明著寓言，不

〔註 24〕〔明〕雉衡山人：〈東西兩晉演義序〉，見丁錫根編著：《中國歷代小說序跋集》（中），頁 939～940。

〔註 25〕〔清〕佚名：〈讀西遊補雜記〉，見高玉海：《古代小說續書序跋釋論》，（北京：中國社會科學出版社，2007 年 5 月第 1 版），頁 115。

〔註 26〕陳文新、魯小俊、王同舟：《明清章回小說流派研究》，（武昌：武漢大學出版社，2003 年 7 月第 1 版），頁 1～24。

〔註 27〕李志宏：《「演義」——明代四大奇書敘事研究》，頁 63。

可虛實錯雜如《三國》之淆人耳。〔註28〕

由上述引文可知，在通俗小說發展歷程中，評論者不論從實錄史事或虛構想像觀點，對明清長篇小說進行概括性評論，往往以「演義」文體／文類概念統攝解釋，明清文人讀者對「演義」觀念的基本認知，可以說是朝通俗類型、編創意識方面逐步擴張概念，將通俗小說稱之爲「演義」，始於《三國志通俗演義》，而前人將「演義」與「歷史演義」視爲同一內涵即由此而來，明清文人對「演義」的寬泛性理解，從小說領域最初「以通俗的形式演正史之義」，〔註29〕進而朝「對歷史現象、人物故事的通俗化敘述」，〔註30〕由前所述之《西遊補》亦被視爲「演義」的情形觀之，長篇、短篇章回體小說之作，皆可視爲「演義」，成爲明清以來諸多評論者看待此文體／文類的基本認知，殆無疑義。

二、「演義」的思想命題與創作譜系

「演義」一詞，最早於梁蕭統《文選》所收西晉潘岳〈西征賦〉:「靈壅川以止鬪，晉演義以獻說。」又南朝宋范曄《後漢書・逸民列傳第七十三》曰:「黨等文不能演義，武不能死君。」〔註31〕所謂演義，其義指推演文意以闡發義理的意思。明代中期的演義作家群中，就有一些人身兼文人作家及書坊主兩種身份，如熊大木、余邵魚、余象斗〔註32〕等，明代末年可觀道人在〈新列國志敘〉說:「自羅貫中氏《三國志》一書以國史演爲通俗，汪洋百餘回，爲世所尚。嗣是效顰日眾，因而有《夏書》、《商書》、《列國》、《兩漢》、《唐書》、《殘唐》、《南北宋》諸刻，其浩瀚幾與正史分簽並架。」〔註33〕明清兩代作家爲何要仿效《三國演義》而編創「汪洋百餘回」的歷史演義？除了商業牟利的目的外，在演義體小說中融入作家對經世致用、天道人事的歷

〔註28〕〔清〕章學誠:〈丙辰劄記〉，見朱一玄編、朱天吉校:《明清小說資料選編》（上），（天津：南開大學出版社，2006年9月第1版），頁76。

〔註29〕筆者以爲演義最初的概念等同於歷史演義，修髯子〈三國志通俗演義引〉所指「演義」的認知即是針對「歷史演義」而總結的評論。

〔註30〕譚帆:〈「演義」考〉，頁104～106。

〔註31〕〔南朝宋〕范曄，〔唐〕章懷太子賢注:《後漢書》冊六，《四部備要・史部》（據武英殿本校刊）

〔註32〕參林雅玲:《余象斗小說評點及出版文化研究》，（臺北：里仁書局，2009年2月初版），頁13～84。

〔註33〕〔明〕可觀道人:〈新列國志敘〉，見丁錫根編著:《中國歷代小說序跋集》（中），頁864。

史思考，期望作品能對讀者大眾產生「裨益風教」的作用，亦為個人編創之目的。如蔡元放〈東周列國志敘〉曰：

夫史故盛衰成敗，廢興存亡之蹟也。已然者事，而所以然者理也。理不可見，依事而章，而事莫備於史。天道之感召，人事之報施，知愚忠佞賢奸之辨，皆於是乎取之，則史者可以翼經以為用，亦可謂兼經以立體者也。〔註34〕

綠天館主人則在小說產生的問題上，提出「史統散而小說興」的命題，如〈古今小說序〉曰：

史統散而小說興。始乎周季，盛於唐，而浸淫於宋。韓非、列禦寇諸人，小說之祖也。《吳越春秋》等書，雖出炎漢，然秦火之後，著述猶希。迨開元以降，而文人之筆橫矣。若通俗演義，不知何昉？按南宋供奉局，有說話人，如今說書之流，其文必通俗，其作者莫可考。泥馬倦勤，乙太上享天下之養。仁壽清暇，喜閱話本，命內璫日進一帙，當意，則以金錢厚酬。於是內璫輩廣求先代奇蹟及閭裡新聞，倩人敷演進御，以怡天顏。然一覽輒置，卒多浮沉內庭，其傳布民間者，什不一二耳。……暨施、羅兩公，鼓吹胡元，而《三國志》、《水滸》、《平妖》諸傳，遂成巨觀。要以韞玉違時，銷鎔歲月，非龍見之日所暇也。

皇明既鬱，靡流不波；即演義一斑，往往有遠過宋人者。〔註35〕……

〈古今小說序〉以文學史發展的視野論述古代小說流變的歷史，而將小說發展描述為「始乎周季」、「盛於唐」、「浸淫於宋」以及「繁榮於明」這樣四個階段，「史統散而小說興」隱含歷代文人讀者由「案頭」到「書場」的創作型態，也就是「唐人選言，入於文心；宋人通俗，諧於里耳」，點出演義文體／文類的話語表現在「通俗」，其發展源流正是來自宋代說話伎藝。關於小說有別於正史的論證，以熊大木〈新刊大宋演義中興英烈傳序〉為例：

或謂小說不可紊之以正史，餘深服其論。然而稗官野史實記正史之未備，若使的以事蹟顯然不泯者得錄，其是書竟難以成野史之餘意

〔註34〕〔清〕蔡元放：〈東周列國志敘〉，見丁錫根編著：《中國歷代小說序跋集》（中），頁868。

〔註35〕〔明〕綠天館主人：〈古今小說序〉，見黃霖、韓同文選注：《中國歷代小說論著選》（修訂本）（上），頁225。

矣。如西子事，昔人文辭往往及之，而其說不一。《吳越春秋》云吳亡西子被殺，則西子之在當時固已死矣。唐宋之問詩云：「一朝還舊都，靚妝尋若耶。鳥驚入松岡，魚畏沈荷花。」則西施常復還會稽矣。杜牧之詩云：「西子下姑蘇，一舸逐鴟夷。」是西施甘心於隨蠡矣。及東坡〈題範蠡〉詩云：「誰遣姑蘇有麋鹿，更憐夫子得西施。」則又以爲蠡竊西子，而隨蠡者或非其本心也。質是而論之，則史書小說有不同者，無足怪矣。〔註36〕

身兼文人作家與書坊主的熊大木，透過西施被殺之史實，與唐宋詩人藉由敘事創造的西施形象兩相參照，已經接近演義小說與史傳殊異的核心概念，而吉衣主人〈隋史遺文序〉則是明確提出小說爲正史之輔的觀點：

史以遺名者何？所以輔正史也。正史以紀事；紀事者何，傳信也。遺史以蒐逸；蒐逸者何，傳奇也。傳信者貴眞：爲子死孝，爲臣死忠，慕聖賢心事，如道子寫生，面面逼肖。傳奇者貴幻：忽焉發怒，忽焉嘻笑，英雄本色，如陽羨書生，恍惚不可方物。……故箇中有慷慨足驚里耳，而不必諧於情；奇幻足快俗人，而不必根於理；襲傳聞之陋，過於誣人；創妖豔之說，過於憑己；悉爲更易，可仍則仍，可削則削，宜增者大爲增之。蓋本意原以補史之遺，原不必與史背馳也。竊以潤色附史之文，刪削同史之缺，亦存作者之初念也。〔註37〕

吉衣主人前面集中討論英雄傳奇小說創作與正史之間的異同，呈現一種截然劃分的態勢，後面則從編創小說《隋史遺文》的經驗出發，回歸「補史之遺」的初衷，凸顯從理論到創作的落實與差距，而演義體小說究竟所演何義？以毛宗崗〈讀三國志法〉爲例說明之：

《三國》一書，有首尾大照應，中間大關鎖處。……然尤不止此也。作者之意，自宦官妖術而外，尤重在嚴誅亂臣賊子以自附於春秋之義。故書中多錄討賊之忠，紀弒君之惡，而首篇之末，則終之以張飛之勃然欲殺董卓，末篇之末，則終之以孫皓之隱然欲殺賈充。由

〔註36〕〔明〕熊大木：〈新刊大宋演義中興英烈傳序〉，見黃霖、韓同文選注：《中國歷代小說論著選》（修訂本）（上），頁121。

〔註37〕〔明〕吉衣主人：〈隋史遺文序〉，見黃霖、韓同文選注：《中國歷代小說論著選》（修訂本）（上），頁274～275。

此觀之，雖曰演義，直可繼麟經而無愧耳。〔註38〕

毛宗崗揭露《春秋》之「義」與吉衣主人在〈隋史遺文序〉結尾所言「存作者之初念」應是指同一件事，亦即在「補史之遺」、「輔翼正史」的《春秋》筆法，《三國志通俗演義》之「義」在分辨忠奸善惡而使亂臣賊子懼，所演之「義」在於春秋筆法，因相傳孔子作《春秋》至獲麟爲止，故後人將《春秋》喻爲「麟經」，毛宗崗將《三國志通俗演義》比附爲《春秋》，揭示了《三國志通俗演義》上承《春秋》之義，而其後演義體小說所演之「義」，在《春秋》以一字褒貶嚴誅亂臣賊子的歷史書寫上，擴展到以「忠孝節義」爲中心的整個儒家道德體系，〔註39〕如可一居士〈醒世恆言序〉曰：

> 六經國史而外，凡著述皆小說也。而尚理或病於艱深，修詞或傷於藻繪，則不足以觸裡耳而振恆心。此《醒世恆言》四十種所以繼《明言》、《通言》而刻也。明者，取其可以導愚也。通者，取其可以適俗也。恆則習之而不厭，傳之而可久。三刻殊名，其義一耳。……又推之，忠孝爲醒，而悖逆爲醉；節檢爲醒，而淫蕩爲醉；耳和目章，口順心貞爲醒，而即聾從昧，與頑用嚚爲醉。人之恆心，亦可思已。……自昔濁亂之世，謂之天醉。天不自醉人醉之，則天不自醒人醒之。以醒天之權與人，而以醒人之權與言。言恆而人恆，人恆而天亦得其恆……崇儒之代，不廢二教，亦謂導愚適俗，或有籍焉。以二教爲儒之輔可也。以《明言》、《通言》、《恆言》爲六經國史之輔不亦可乎？〔註40〕

〈醒世恆言序〉強調小說教化功能在「導愚」、「適俗」，《三言》編創目的在於「觸里耳而振恆心」，並且提升成爲「六經國史之輔」的文化地位。

在宋代說話伎藝的影響下，「通俗演義」產生於說話人講唱的各類型故事，說話的內容被記錄、編寫爲書面形式的「話本」，在最初並不是寫給人看而是說給人聽的，再經由後來編寫者進一步對這些底本予以藝術加工，進而大量刊印問世，現今所見的《清平山堂話本》就是話本結集的最早刊本。此後，馮夢龍的《三言》，淩濛初的《二拍》相繼刊印，明人小說觀中對「演義」

〔註38〕〔清〕毛宗崗：〈讀三國志法〉，見黃霖、韓同文選注：《中國歷代小說論著選》（修訂本）（上），頁353。

〔註39〕楊緒容：〈事・文・義——從歷史到演義〉，頁59。

〔註40〕〔明〕可一居士：〈醒世恆言序〉，見黃霖、韓同文選注：《中國歷代小說論著選》（修訂本）（上），頁233。

文體／文類的指稱擴及以《三言》、《二拍》爲範式的短篇話本小說，如睡鄉居士〈二刻拍案驚奇序〉曰：

> 今小說之行事者，無慮百種，然而失眞之病，起於好奇。……至演義一家，幻易而眞難，固不可相衡而論矣。即如《西遊》一記，怪誕不經，讀者皆知其謬。……即空觀主人者，其人奇，其文奇，其遇亦奇，因取其抑塞磊落之才，出餘緒以爲傳奇，又降而爲演義。此《拍案驚奇》之所以兩刻也。〔註41〕

在宋元以來「小說」的發展脈絡審視，長篇小說、短篇小說的「演義」形態在話語生成及其構成上具有某種一致性的體製表現。〔註42〕

由上所述，可以體會明代文人讀者在小說創作與倫理教化方面強烈的自覺認知，演義必須寓含勸善懲惡之旨，關乎世道人心，方能爲世所貴。〔註43〕以無礙居士〈警世通言序〉爲例：

> 《六經》、《語》、《孟》，譚者紛如，歸於令人爲忠臣，爲孝子，爲賢牧，爲良友，爲義夫，爲節婦，爲樹德之士，爲積善之家，如是而已矣。經書著其理，史傳述其事，其揆一也。理著而世不皆切磋之彥，事述而世不皆博雅之儒。於是村夫稚子，里婦估兒，以甲是乙非爲喜怒，以前因後果爲勸懲，以道聽途說爲學問，而通俗演義一種，遂足以佐經書史傳之窮。……事眞而理不贋，即事贋而理亦眞，不害於風化，不謬於聖賢，不戾於詩書經史，若此者其可廢乎！〔註44〕

由明代文人讀者的小說觀加以考察，歷史演義的前身脫胎於宋元講史平話，更可追溯到宋代說話伎藝的口語展演，再由紀錄或藝術加工成「話本」，經由編寫者進一步敷演成書，最後逐漸演變發展成爲《三國志通俗演義》、《水滸傳》之類長篇演義的顛峰之作，形成演義文體／文類鮮明的文學創作譜系，而《三國志通俗演義》所演之「義」，經由庸愚子〈三國之通俗演義序〉連結《春秋》筆法，獲得思想命題的初步闡發，由一字褒貶誅亂臣賊子之心，到

〔註41〕睡鄉居士：〈二刻拍案驚奇序〉，見黃霖、韓同文選注：《中國歷代小說論著選》（修訂本）（上），頁266～267。

〔註42〕李志宏：《「演義」——明代四大奇書敘事研究》，頁68。

〔註43〕洪哲雄、紀德君：〈明清小說家的「演義」觀與創作實踐〉，頁79。

〔註44〕〔明〕無礙居士：〈警世通言敘〉，見黃霖、韓同文選注：《中國歷代小說論著選》（修訂本）（上），頁230。

忠孝節義日用人倫，寓含儒家「勸善懲惡」的教化作用，從被視爲「稗官野史」的小道，到「佐經書史傳之窮」的大道，呈現出文學／文化位階的強烈載道使命。

三、演義之外的「不協調音」

從明初到嘉靖年間，通俗小說的發展處於停滯的狀態，而庸愚子在弘治七年（1494 年）寫的〈三國志通俗演義序〉所說，抄本主要是在「士君子」之間流傳，透過說書人的講唱，一般大眾也同樣十分熟悉三國與水滸的故事，這種情形到了嘉靖元年（1522 年），長期以抄本形式輾轉流傳的《三國志通俗演義》終於被刊印初版了，而明初開始流傳的《水滸傳》、《平妖傳》等作品也跟著被刊出，也造成文人讀者對小說觀念的轉變，一方面商業經濟的發達，直接或間接對通俗文學市場造成推波助瀾的鼓舞作用。如笑花主人〈今古奇觀序〉曰：

> 迄於皇明，文治聿新，作者競爽。勿論廊廟鴻編，即稗官野史，卓然夐絕千古。說書一家，亦有專門。然《金瓶》書麗，貽譏於誨淫；《西遊》、《西洋》，逞臆於畫鬼。無關風化，奚取連篇。墨憨齋增補《平妖》，窮工極變，不失本末，其技在《水滸》、《三國》之間。至所纂《喻世》、《警世》、《醒世》三言，極摹人情世態之歧，備寫悲歡離合之致，可謂欽異拔新，洞心駴目。而曲終奏雅，歸於厚俗。即空觀主人壺矢代興，爰有《拍案驚奇》兩刻。頗費搜獲，足供談塵。〔註 45〕

笑花主人在崇禎十年（1637 年）左右所寫的序，〔註 46〕顯示當時長篇如《三國》、《水滸》、《西遊》、《金瓶》及短篇如《三言》、《二拍》等「演義」之作盛行於當時的情況，長期以抄本形式流傳的《三國志通俗演義》在司禮監刊印之後，不久武定侯郭勛與都察院也分別刊印了《三國志通俗演義》和《忠義水滸傳》，而早前嘉靖八才子之一的李開先（1502 年～1568 年）在《詞謔》一書就給予《水滸傳》極高的評價：

> 崔後渠、熊南沙、唐荊川、王遵岩、陳後岡謂：《水滸傳》委屈詳盡，

〔註 45〕〔明〕笑花主人：〈今古奇觀序〉，見黃霖、韓同文選注：《中國歷代小說論著選》（修訂本）（上），頁 270。

〔註 46〕〔明〕笑花主人：〈今古奇觀序〉，見黃霖、韓同文選注：《中國歷代小說論著選》（修訂本）（上），頁 271。參注釋①

> 血脈貫通，《史記》而下，便是此書。且古來更無有一事而二十冊者。倘以奸盜詐僞病之，不知序事之法、史學之妙者也。〔註47〕

嘉靖年間的這些文人著眼於《水滸傳》承《史記》而下的敘事之法，而揚棄傳統倫理批評看待《水滸傳》的觀點尤爲特出，文人視小說爲末技小道的看法出現轉折，由於文人交相稱讚，《水滸傳》逐漸打開知名度，民間的書坊也就紛起翻刻。

《水滸傳》以梁山泊綠林好漢爲題材，後來也成爲屢被禁毀的小說，天都外臣的〈水滸傳敘〉道出《水滸傳》謀篇裁章的敘事匠心，爲目前所見最早的一篇《水滸傳》序文：

> 紀載有章，繁簡有則。發凡起例，不雜易於。如良史善繪，濃淡遠近，點染盡工；又如百尺之錦，玄黃經緯，一絲不紕。此可與雅士道，不可與俗士談。視之《三國演義》，雅俗相牽，有妨正史，固大不侔。而俗士偏賞之，坐暗無識耳。雅士之賞此書者，甚以爲太史公演義。〔註48〕

針對《水滸傳》遭致「誨盜」之說，天都外臣除了提出在藝術上可與《史記》並論的觀點，並提出有力的辯駁：

> 或曰：子敘此書，近於誨盜矣。餘曰：息庵居士敘《豔異編》，豈爲誨淫乎？〈莊子・盜蹠〉，憤俗之情；仲尼刪詩，偏存鄭衛。有世思者，固以正訓，亦以權教。如國醫然，但能起疾，即烏喙亦可，無須參苓也。〔註49〕

本篇序文與李開先《詞謔》所記諸文人所言，在精神上可謂同聲一氣，在小說批評史的轉折方面，具有指標性意義，是「金聖嘆小說批評的前導」，〔註50〕也代表文人對小說歷史書寫及教化功能之敘事本質投以關注，陳繼儒（1558年～1639年）在〈唐書演義序〉提出：「演義，以通俗爲義也者。」〔註51〕之

〔註47〕〔明〕李開先：《詞謔》，見黃霖、韓同文選注：《中國歷代小說論著選》（修訂本）（上），頁119。

〔註48〕〔明〕天都外臣：〈水滸傳敘〉，見黃霖、韓同文選注：《中國歷代小說論著選》（修訂本）（上），頁129。

〔註49〕〔明〕天都外臣：〈水滸傳敘〉，見黃霖、韓同文選注：《中國歷代小說論著選》（修訂本）（上），頁130。

〔註50〕羅書華：《中國小說學主流》，（上海：上海世紀出版集團上海書店出版社，2007年12月第1版），頁123。

〔註51〕〔明〕陳繼儒：〈唐書演義序〉，見黃霖、韓同文選注：《中國歷代小說論著選》

定義，並且明確點出「演義固喻俗書哉，義意遠矣！」〔註 52〕的小說觀念，而「賬簿說」的敘事命題，打破歷來小說強調資治體、助名教、供談笑、廣見聞等功能論的框架，將關注的目光轉到小說本體的認知，如〈敘列國傳〉曰：

> 《列傳》始自周某王之某年，迄某王之某年，事核而詳，語俚而顯，諸如朝會盟誓之期，征討戰功之數，山川道裡之險夷，人物名號之眞誕，燦若臚列，即野修無係朝常，巷議難參國是，而循名稽實，亦足補經史之所未賅，譬諸有家者按其成簿，則先世之產業厘然，是《列傳》亦世宙間之大賬簿也。如是雖與經史並傳可也。若其存而不論，論而不議，願與世宇間開大眼界也。共揚榷之。〔註 53〕

陳繼儒認爲演義與歷史不同之處只是在「事核而詳，語俚而顯」，並把歷史演義小說稱作「世宙間之大賬簿」，點出演義再現歷史的特色，在此基礎上提升小說可與經史並傳的地位，更加強化小說敘事本體的理論成分，針對創作本體的討論逐漸成爲文人讀者的焦點，如李贄（1527 年～1602 年）〈忠義水滸傳敘〉對創作動機的論述，在於「發憤著書」說取代以往「勸誡」說的見解，他認爲「《水滸傳》者，發憤之所作也。」〔註 54〕作者從太史公與聖賢處找到發憤著書的合理依據，並連結到《水滸傳》創作精神層面——忠義。

胡應麟（1551 年～1602 年）將中國古代小說做了系統的分類，並對小說的歷史進行考定源流的工作，《少室山房筆叢》代表胡應麟對中國古代小說的整體理論思考，將小說列爲儒、道、釋等九流之一，並且視小說與經、史、集並列的子書之流，具有小說史的視野，而對小說類別的劃分構成其小說學整體研究的特色之一：

> 小說家一類，又自分數種。一曰志怪：《搜神》、《述異》、《宣室》、《酉陽》之類是也。一曰傳奇：《飛燕》、《太眞》、《崔鶯》、《霍玉》之類是也。一曰雜錄：《世說》、《語林》、《瑣言》、《因話》之類是也。一

（修訂本）（上），頁 138。

〔註 52〕〔明〕陳繼儒：〈唐書演義序〉，見黃霖、韓同文選注：《中國歷代小說論著選》（修訂本）（上），頁 138。

〔註 53〕〔明〕陳繼儒：〈敘列國傳〉，見黃霖、韓同文選注：《中國歷代小說論著選》（修訂本）（上），頁 141。

〔註 54〕〔明〕李贄：〈忠義水滸傳敘〉，見黃霖、韓同文選注：《中國歷代小說論著選》（修訂本）（上），頁 144。

曰叢談：《容齋》、《夢溪》、《東穀》、《道山》之類是也。一曰辨訂：《鼠璞》、《雞肋》、《資暇》、《辨疑》之類是也。一曰箴規：《家訓》、《世範》、《勸善》、《省心》之類是也。談叢、雜錄二類最易相紊，又往往兼有四家，而四家類多獨行，不可攙入二類者。至於志怪、傳奇，尤易出入，或一書之中，二事併載；一事之內，兩端具存。姑舉其重而已。〔註55〕

胡應麟將文言小說分爲志怪、傳奇、雜錄、叢談、辨訂、箴規六類，並舉出諸多小說爲例，可見其小說類型的整理歸納之識見頗爲深厚，也很清楚分類只是權宜之計，類型間的劃分並非絕對，而是會互相滲透、重疊，一方面視小說爲子書之流，也點出小說「文備眾體」的特點：

小說，子書流也。然談說理道，或近於經；又有類注疏者。記述事蹟，或通於史；又有類志傳者。他如孟棨《本事》、盧瓌《抒情》，例以詩話文評，附見集類，究其體制，實小說者流也。至於子類雜家，尤相出入。鄭氏謂古今書家所不能分有九，而不知最易混淆者小說也。必備見簡編，窮究底裡，庶幾得之。而冗碎迂誕，讀者往往涉獵，優伶遇之，故不能精。〔註56〕

史家在編輯歷史時將小說安排在經、史、子、集的子部之下，《漢書・藝文志》、《隋書・經籍志》皆是如此，胡應麟深切明瞭小說在歷史編纂眼光下的複雜特質，根據對小說整體結構的認知，提出對小說本體性質的歷史詮釋，呈現小說史辯證的多元思考，以海登・懷特（Hayden White）所言說明之：

小說家們或許僅僅處理虛構的事件，而歷史學家處理眞實的事件。但是，將事件（無論是虛構的還是眞實的事件）合併成一個能夠當做再現對象、可理解的整體的過程卻是一個詩性的過程。歷史學家也必須使用轉義策略和再現言語關係的模式，這些策略和模式與詩人和小說家所使用的恰好相同。〔註57〕

〔註55〕〔明〕胡應麟：《少室山房筆叢・九流緒論》（下），見黃霖、韓同文選注：《中國歷代小說論著選》（修訂本）（上），頁148。

〔註56〕〔明〕胡應麟：《少室山房筆叢・九流緒論》（下），見黃霖、韓同文選注：《中國歷代小說論著選》（修訂本）（上），頁149。

〔註57〕〔美〕海登・懷特（Hayden White）：〈事實再現的虛構〉，見氏著，董立河譯：《話語的轉義——文化批評文集》，（鄭州：大象出版社，2011年1月第1版），頁133。

胡應麟的小說史理論視野特殊之處在於，在「文備眾體」的敘事體裁中，拼貼出小說敘事特質的樣貌，建構小說歷史的若干發展階段：

《飛燕》，傳奇之首也。《洞冥》，雜俎之源也。《搜神》，《玄怪》之先也。《博物》，《杜陽》之祖也。魏晉好長生，故多靈變之說。齊梁弘釋典，故多因果之談。〔註 58〕

並且總結唐、宋文言小說作品的概括特色以及創作者身份，同樣在歸納歷代小說風格方面具有獨特見解，亦即「小說，唐人以前，記述多虛，而藻繪可觀。宋人以後，論次多實，而彩豔殊乏。蓋唐以前出文人才士之手，而宋以後率俚儒野老之談故也。」〔註 59〕胡應麟在史家編纂的文學脈絡中，以具體作品的考訂爲依據，建構自己的小說史論述，以海登・懷特（Hayden White）所言說明之：

在未經加工的歷史紀錄中以及在歷史學家從記錄中選取出的編年事件中，事實僅僅是做爲一些連續相關的片段而存在的。這些片段必須被整理在一起，組成一個特殊的而非一般的整體。這裡所使用的整理方式與小說家所使用的相仿，小說家就是用這樣的方式對他們所想像的事物加以整理，從而在只有雜亂和混沌的地方展示出一個有秩序的世界，一個協調的整體。〔註 60〕

明朝萬曆中期是通俗小說由少到多的轉捩點，小說理論受到較多文人讀者關注也在此時，從萌芽於魏晉的小說發展，到明代這一千多年之間，評論家首要之務即是確立小說的地位，以及爲小說「正名」，故胡應麟提出「最易混淆者小說也」的敘事命題，從歷史考訂回顧的角度，對小說的發展脈絡加以提綱挈領：

凡變異之談，盛於六朝，然多是傳錄舛訛，未必盡幻設語。至唐人乃作意好奇。假小說以寄筆端，如〈毛穎〉、〈南柯〉之類尚可，若〈東陽夜怪錄〉稱成自虛，《玄怪錄・元無有》，皆但可付之一笑，其文氣亦卑下亡足論。宋人所記，乃多有近實者，而文采無足觀。

〔註 58〕〔明〕胡應麟：《少室山房筆叢・九流緒論》（下），見黃霖、韓同文選注：《中國歷代小說論著選》（修訂本）（上），頁 149。

〔註 59〕〔明〕胡應麟：《少室山房筆叢・九流緒論》（下），見黃霖、韓同文選注：《中國歷代小說論著選》（修訂本）（上），頁 149。

〔註 60〕〔美〕海登・懷特（Hayden White）：〈事實再現的虛構〉，見氏著，董立河譯：《話語的轉義——文化批評文集》，頁 133。

本朝《新》、《餘》等話，本出名流，以皆幻設，而時益以俚俗，又在前數家下。〔註61〕

由前所述可知，胡應麟乃是站在文言小說的思想立場爲立論基礎，《漢書．藝文志》認爲「諸子十家，其可觀者九家而已。」當時小說家不在列，而胡應麟「更定九流」，視小說爲九流之一，特重文言小說的發展脈絡，而對於通俗小說如《水滸傳》則讚賞之，對《三國志通俗演義》則是提出負面評價：

今世傳街談巷語，有所謂演義者，蓋尤在傳奇雜劇下。然元人武林施某所編《水滸傳》特爲盛行，世率以其鑿空無據，要不盡爾也。餘偶閱一小說序，稱施某常入市肆，紬閱故書，於敝楮中得宋張叔夜禽賊招語一通，備悉其一百八人所由起，因潤飾成此編。其門人羅本，亦效之爲《三國志演義》，絕淺鄙可嗤也。〔註62〕

胡應麟秉持傳統史家目錄學的小說觀念，將「演義」當做街談巷語，以及古今訛謬傳聞的創作，乃「村學究」編造的淺鄙之作，輕視通俗小說的心態昭然若揭，更連帶貶低《水滸傳》寫定者的編創才情：

今世人耽嗜《水滸傳》，至縉紳文士，亦間有好之者，第此書中間用意，非倉卒可窺，世但知其形容曲盡而已。至其排比一百八人，分量重輕，纖毫不爽，而中間抑揚映帶，回護詠歎之工，眞有超出語言之外者。餘每惜斯人，以如是心，用於至下之技。然自是其偏長，假使讀書執筆，未必成章也。〔註63〕

由上述可知《三國志通俗演義》、《水滸傳》在當時盛行不衰的市場榮景，而重視文言小說而輕視通俗小說的立場可謂旗幟鮮明，胡應麟重新爬梳古代小說的發展脈絡與流變，在奠定小說文體意義的基礎上，提出一種「正統」的文言小說觀，與「非正統」的通俗演義觀，形成兩股不同的概念內涵，他將《水滸傳》歸入傳奇雜劇之下的「通俗演義」之中，十分欣賞《水滸傳》獨特的藝術魅力，指本書由「宋張叔夜禽賊招語」一事加以潤飾，並非「鑿空無據」之作，是文人才士之書，而《三國志通俗演義》「絕淺鄙可嗤也」，是

〔註61〕〔明〕胡應麟：《少室山房筆叢．二酉綴遺》(中)，見黃霖、韓同文選注：《中國歷代小說論著選》(修訂本)(上)，頁153。

〔註62〕〔明〕胡應麟：《少室山房筆叢．莊嶽委談》(下)，見黃霖、韓同文選注：《中國歷代小說論著選》(修訂本)(上)，頁153。

〔註63〕〔明〕胡應麟：《少室山房筆叢．莊嶽委談》(下)，見黃霖、韓同文選注：《中國歷代小說論著選》(修訂本)(上)，頁154。

俚儒野老之書，評價一升一降，與胡氏對唐傳奇與宋小說的評價相同，以「幻設藻繪」肯定《水滸傳》，以「近實乏采」貶低《三國志通俗演義》。

謝肇淛（1567年～1624年）從虛幻的角度肯定《水滸傳》、《西遊記》、《華光》等小說，而從「事太實則近腐」的角度貶抑《三國演義》、《錢唐記》、《宣和遺事》、《楊六郎》等小說，如下所述：

> 小說野俚諸書，稗官所不載者，雖極幻妄無當，然亦有至理存焉。如《水滸傳》無論已，《西遊記》曼衍虛誕，而其縱橫變化，以猿爲心之神，以豬爲意之馳，其始之放縱，上天下地，莫能禁制，而歸於緊箍一咒，能使心猿馴伏，至死靡他，蓋亦求放心之喻，非浪作也。《華光》小說，則皆五行生剋之理，火之熾也，亦上天下地莫之撲滅，而眞武以水制之，始歸正道。其他諸傳記之寓言者，亦皆有可采。惟《三國演義》與《錢唐記》、《宣和遺事》、《楊六郎》等書，俚而無味矣。何者？事太實則近腐，可以悅裡巷小兒，而不足爲士君子道也。（卷十五）〔註64〕

從謝肇淛的小說觀可知，以虛幻肯定《水滸傳》，而以近實貶抑《三國演義》的敘事美學鑑賞角度與胡應麟竟是殊途同歸。謝肇淛認爲「自宋以後，日新月盛，至於近代，不勝充棟矣，其間文章之高下，既與世變，而筆力之醇雜，又以人分。然多識畜德之助，君子不廢焉。」〔註65〕（卷十三）小說編創之成就關鍵在於：與世變有關、以人分高下。這裡已經涉及小說創作的社會背景、個人才情的核心命題，但引人注目之處在於提出：「凡爲小說及雜劇戲文，須是虛實相半，方爲遊戲三昧之筆。」〔註66〕（卷十五）面對強大的史官文化傳統，小說創作中對「街談巷語」、「道聽途說」的實錄，努力向「史傳」方向靠攏，胡應麟等開始重視「虛構」在小說編創中的重要性，而謝肇淛提出「虛實相半」的創作美學思維，促使小說的發展逐漸脫離「史」的軌道而尋回自己的本體自覺，以吳士餘的話說明之：

> 具體的說，中國小說自脫胎於其有圖騰意義的神話與傳說，初步建

〔註64〕〔明〕謝肇淛：《五雜組》（選錄），見黃霖、韓同文選注：《中國歷代小說論著選》（修訂本）（上），頁167。

〔註65〕〔明〕謝肇淛：《五雜組》（選錄），見黃霖、韓同文選注：《中國歷代小說論著選》（修訂本）（上），頁167。

〔註66〕〔明〕謝肇淛：《五雜組》（選錄），見黃霖、韓同文選注：《中國歷代小說論著選》（修訂本）（上），頁167。

> 構「殘叢小語，近取譬論」的準小說文體始，歷經唐、宋、明、清的小說實驗，相對完整地建構了不同於記史、講史，也有異於詩賦的，且以人格與社會爲審美對象，借體藝術形象創造，觀照人生與本體社會實存，張揚理想人格價值的穩定的小說文體。在小說敘事藝術上也形成了相應的表述模式。諸如，以虛求實，由幻至眞的藝術虛構；……，如此等等。〔註67〕

謝肇淛發掘虛構與「理」、「情景」之間的聯繫，並提出「虛實相半」的創作策略，進而將小說虛實理論推進了一大步，於此基礎上，從分析《西遊記》「曼衍虛誕」的特色入手，指出它「雖極幻妄無當，然亦有至理存焉」，對《三國演義》等書指出「事太實則近腐」的缺點，雖然評價不甚公允，但對小說虛實問題卻得到初步的解決。李日華（1565年～1635年）的〈廣諧史序〉卻是跳脫以往虛實問題的討論，以不同以往的視野切入：

> 且也因記載而可思者，實者；而未必一一可按者，不能不屬之虛。借形以托者，虛也；而反若一一可按者，不能不屬之實。古至人之治心，虛者實之，實者虛之。實者虛之故不係，虛者實之故不脫，不脫不係，生機靈趣潑潑然，以坐揮萬象將毋忘筌蹄之極，而向所讎校研摩之未嘗有者耶。〔註68〕

李日華提出「虛者實之，實者虛之」虛實結合的理論，並且可以達到「不脫不係，生機靈趣潑潑然」的藝術效果，而且藝術中的虛與實是相互統一，可以轉化的，羅書華認爲：

> 由於他們（李日華和《廣諧史》的作者陳邦俊）沒有具體糾纏在虛實兩端之中，而是跳出虛實之外，站在效果眞實、心理眞實這個更高的平臺上來對虛實加以評判，故能對實與虛的價值看得更爲清楚，而論證也更爲有力，較其他論者更勝一籌。〔註69〕

由明朝嘉靖、萬曆年間興起的演義觀與小說觀論起，可以發現兩股截然不同的概念具有分庭抗禮之勢，演義觀一派以《三國演義》爲代表，講求依傍史傳、重實錄、廣教化、傳播於愚夫愚婦之間的理論主張；小說觀一派以《水

〔註67〕吳士餘：《中國小說美學論稿》，（上海：復旦大學出版社，2006年8月第1版），見氏著〈序〉，頁8。

〔註68〕〔明〕李日華：〈廣諧史序〉，見黃霖、韓同文選注：《中國歷代小說論著選》（修訂本）（上），頁175～176。

〔註69〕羅書華：《中國小說學主流》，頁160。

滸傳》為代表，強調以起源民間、重虛構、娛樂性、受文人雅士欣賞的理論主張。

「演義」發展到後來，已經逐漸脫離高儒、庸愚子、修髯子等人的概念，而固定為「小說」的別名，既包含長篇演義，也包括短篇的話本，與最初的「演義」等同歷史演義的概念有所差異，而胡應麟所代表的文言小說觀，就成為演義觀念外的「不協調音」，他對唐傳奇「記述多虛，而藻繪可觀」似乎青眼有加，肯定文人在事實基礎上的幻設，發展到謝肇淛「事太實則近腐」、「虛實相半」的理論深化，最後李日華主張「實者虛之，虛者實之」的理論完成，在小說創作美學中成為疏離史傳母體的標誌。

第二節　演義觀念的容受

在宋元以來的「小說」發展基礎上，其形式體制基本上包含六個層面：即題目、篇首、入話、頭回、正話、篇尾。「話本」一詞，基本上是說話藝術底本的總稱，而「小說」、「平話」、「詞話」等則是「話本」的分類名稱。章回體制的確立與宋元說話伎藝確有密切關係，無論長篇演義或短篇話本，都是以通俗淺近的語言進行書寫，「小說」一詞，最早見於《莊子．外物》：「飾小說以干縣令，其於大達亦遠矣。」當時的「小說」概念，是指瑣碎的言談、細微的道理。它雖然包含今日所說小說的初始萌芽狀態，但卻不能等同於明清以來所謂的小說概念。而先秦諸子中，《論語．子張》、《荀子．正名》所說的「小道」、「小家珍說」等，都與莊子所說的「小說」意思較為相近，而漢代的桓譚則認為：「若其小說家，合殘叢小語，近取譬論，以作短書，治身理家，有可觀之辭。」〔註 70〕從小說的內容到形式、作用等方面都提出自己的見解，明代的甄偉從「演義」的觀點提出「言雖俗而不失其正，義雖淺而不乖於理」〔註 71〕的創作原則，並從讀者閱讀的角度強調「通俗」的重要性，「西漢有馬遷史，辭簡義古，為千載良史，天下古今誦之，予又何以通俗為耶？俗不可通，則義不必演矣。義不必演，則此書亦不必作矣。」〔註 72〕在「隨

〔註 70〕〔漢〕桓譚：《新論》（選錄），見黃霖、韓同文選注：《中國歷代小說論著選》（修訂本）（上），頁 1。

〔註 71〕〔明〕甄偉：〈西漢通俗演義序〉，見黃霖、韓同文選注：《中國歷代小說論著選》（修訂本）（上），頁 207。

〔註 72〕〔明〕甄偉：〈西漢通俗演義序〉，見黃霖、韓同文選注：《中國歷代小說論著

題取義」的前提下進行通俗演義話語的建構，而袁宏道（1568 年～1610 年）延續通俗演義的觀點加以闡發：

> 及舉《漢書》、《漢史》示人，毋論不能解，即解亦多不能竟，幾使聽者垂頭，見者卻步。噫！今古茫茫，大率爾爾，眞可怪也，可痛也！則《兩漢演義》之所爲繼《水滸》而刻也，文不能通而俗可通，則又通俗演義之所由名也。〔註 73〕

通俗演義經由「文不能通而俗可通」的敘事原則，上至衣冠縉紳，下至村哥里婦皆能「明白曉暢、語語家常」，而《忠義水滸傳》透過李贄（1527 年～1602 年）親自評點，造成演義體小說的傳播擴及社會各階層，達成「通人慧性」、「開人心胸」的教化作用。

而四大奇書之續書在「隨題取義」的書寫前提下，藉由「通俗爲義」的敘事原則究竟呈現出何種編創風貌？考察四大奇書之續書相關的序跋、評論文字，從中分析尋繹演義觀念在小說評論中的文學／文化反映，是筆者所採取的研究進路，再由續書文本敘事，審視演義觀念在小說創作中的實踐，可以得知由明代中葉以來，演義觀念在讀者群中閱讀與接受的傳播過程，實在不應忽視四大奇書之續書的討論，對明清小說學整體創作觀念的建立，具有修正補充的貢獻。

一、創作本體的認知

明代四大奇書的寫定者以「演義」的敘事姿態分別敷演歷史演義、英雄傳奇、神魔幻怪、人情寫實等類型，並在「隨題取義」書寫前提下，進行通俗化的藝術編創，而其後續衍的創作者，在四大奇書經典光環的輝映下，究竟在小說創作觀念的承襲與轉化方面，是否具有內在精神的一致性？首先，對於小說創作本體的認知以及虛構的強調，〈新刻續編三國志引〉提出較爲獨特的見解：

> 客或有言曰：書固可快一時，但事蹟欠實，不無虛誑渺茫之議乎，予曰：世不見傳奇戲劇乎？人間日演而不厭，內百無一眞，何人悅而眾豔也？但不過取悅一時，結尾有成，終始有就爾。誠所謂烏有

選》（修訂本）（上），頁 207。

〔註 73〕〔明〕袁宏道：〈東西漢通俗演義序〉，見黃霖、韓同文選注：《中國歷代小說論著選》（修訂本）（上），頁 184。

先生之烏有者哉。大抵觀是書者，宜作小說而覽，毋執正史而觀，雖不能比翼奇書，亦有感追蹤《前傳》，以解世間一時之通暢，並豁人世之感懷君子云。〔註 74〕

針對《三國演義》等小說創作目的在於娛樂性，並以傳奇戲劇爲例說明小說虛構的必要性，最後提出在當時乃至後來，可說十分進步的觀點，提醒讀者大眾這部續書「宜作小說而覽，毋執正史而觀」，在明代中葉以來，演義觀念的推衍闡釋而言，頗具先行者的視野。西湖釣叟〈續金瓶梅集序〉曰：

今天下小說如林，獨推三大奇書，曰《水滸》、《西遊》、《金瓶梅》者，何以稱？夫《西遊》闡心而證道於魔，《水滸》戒俠而崇義於道，《金瓶梅》懲淫而炫情於色，此皆顯言之，誇言之，放言之，而其旨則在以隱、以刺、以止之間。唯不知者曰怪、曰暴、曰淫，以爲非聖而畔道焉。〔註 75〕

西湖釣叟特地標舉四大奇書之中的《水滸傳》、《西遊記》、《金瓶梅》，獨缺《三國演義》，其義何在？筆者認爲，在話語轉義的意義上，《水滸傳》、《西遊記》、《金瓶梅》較《三國演義》偏離「講史」的敘事規範，並朝向虛構情節的敘事創造，呈現敘述話語與主題傳達的接受落差，也就是敘述「顯言之，誇言之，放言之」的語言表現，而主旨在「以隱、以刺、以止」的隱喻，而讀者鑑賞能力的高下決定是否可以體會作者書中之旨趣，以海登・懷特（Hayden White）的話說明：

轉義行爲（troping）就是從關於事物如何相互關聯的一種觀念向另一種觀念的運動，是事物之間的一種關聯，從而使事物得以用一種語言表達，同時又考慮到用其他語言表達的可能性。話語是一種文類（genre），其中最主要的是要贏得這種表達的權力，相信事物是完全可以用其他方式來表達的。轉義行爲是話語的靈魂，因此，沒有轉義的機制，話語就不能履行其作用，就不能達到其目的。〔註 76〕

〔註 74〕〔明〕佚名：〈新刻續編三國志引〉，見高玉海：《古代小說續書序跋釋論》，頁 6～7。

〔註 75〕〔清〕西湖釣叟：〈續金瓶梅集序〉，見高玉海：《古代小說續書序跋釋論》，頁 127～128。

〔註 76〕〔美〕海登・懷特（Hayden White）：〈轉義、話語和人的意識模式〉，見氏著，陳永國、張萬娟譯：《後現代歷史敘事學》，（北京：中國社會科學出版社，2003年），頁 3。

《三國演義》因淺近文言的語言表現以及近乎「紀實」的創作趨向，與《水滸傳》、《西遊記》、《金瓶梅》在「虛構」本質的敘事轉向，及其隱喻寄託有所不同，也顯見清朝文人在小說虛實命題上，較明代揚《水滸》而薄《三國》，具有更進一步的發展。如雁宕山樵〈水滸後傳序〉曰：

> 若近世之稗官野乘，黃茅白草，一覽而盡，不可咀嚼。豈意復有《後傳》，機局更翻，章句不襲，大而圖王定霸，小而巷事里談，文人之舌，慧而不窮，世道之隆替，人心之險易，靡不各極其致。繪雲漢覺熱，圖峨嵋則寒，非一味銅將軍，鐵綽板，提唱梁山泊人物已也！〔註77〕

又樵餘〔註78〕〈水滸後傳論略〉曰：

> 《後傳》有難於《前傳》處，《前傳》鏤空畫影，增減自如；《後傳》按譜填詞，高下不得；《前傳》寫第一流人，分外出色；《後傳》爲中材以下，苦心表微。

> 有高於《前傳》處，讀《前傳》者，少年子弟，易入任俠一流；讀《後傳》者，名教中人，不敢道豪傑二字。並有勝《前傳》處，如李應柴進關勝等受害，偏有許多機關作用，從萬死一生救出人。嗤《西遊》記唐僧有難，便求南海大士，我亦嫌《前傳》中好漢被陷，除梁山泊救兵，更無別法也。〔註79〕

又〈水滸後傳識語〉曰：

> 今讀《前傳》龍門《史記》也；《後傳》盧陵《五代史》也，而原本忠孝，敦崇道義，其於人心世道之防，尤兢兢致慎焉，世有刪改《前傳》自目爲才子書者，其是非頗謬，使當日遺民見之，定嗤其立言之不倫也。〔註80〕

陳忱（1615年～1670年）在續書創作上，先指出《水滸傳》編創本質是「憤書」，再將《水滸後傳》定調爲「洩憤之書」，在創作意識上取得合法性地位，而〈水滸後傳論略〉明顯受金聖嘆〈讀第五才子書法〉「《水滸傳》一個人出

〔註77〕〔明〕雁宕山樵：〈水滸後傳序〉，見高玉海：《古代小說續書序跋釋論》，頁31。

〔註78〕即雁宕山樵陳忱。

〔註79〕〔明〕樵餘：〈水滸後傳論略〉，見高玉海：《古代小說續書序跋釋論》，頁42～43。

〔註80〕〔明〕佚名：〈水滸後傳識語〉，見高玉海：《古代小說續書序跋釋論》，頁34。

來，分明便是一篇列傳」〔註 81〕影響，如「有一人一傳者，有一人附見數傳者，有數人併見一傳者」〔註 82〕等，根據自己創作《水滸後傳》的經驗與領悟，在〈水滸後傳序〉和〈水滸後傳論略〉提出續書創作的理論見解。在陳忱之前，尚未有人從小說續書的角度進行較具系統的創作批評，高玉海由司馬遷「發憤著書」的史學觀點予以發揮：

> 他在〈水滸後傳序〉中強調續書對於原著來說在藝術上應該做到「機局更翻，章句不襲」，創作的動機則應該是藉殘局而發洩續作者之憤懣情緒，就是說續書創作要求有感而發。〈論略〉進一步論述了《水滸後傳》與《水滸傳》在創作性質上的一致性，認爲二者都是「發憤之作」。自從李贄在〈忠義水滸傳序〉提出「發憤著書說」以來，人們普遍接受了《水滸傳》是「發憤之作」的說法，陳忱在此基礎上認爲創作續書也應是發憤而作，這樣才能稱其爲《水滸傳》的續書。〔註 83〕

陳忱指出續書創作的難處在主題思想、人物情節等方面對前文本的「重寫」，續書既承載原著的訊息，又帶有重寫時歷史文化語境的痕跡，而將《水滸傳》視爲憤書的「前見」，在創作中融入時代、個人因素，借用詮釋學的術語，續書對作者來說正是「視域融合」的產物，漢斯—格奧爾格·加達默爾（Hans-Georg Gadamer，1900～2002）提出「視域融合」的觀念，可供參考：

> 這樣一種自身置入，既不是一個個性移入另一個個性中，也不是使另一個人受制於我們自己的標準，而總是意味著向一個更高的普遍性的提升，這種普遍性不僅克服了我們自己的個別性，而且也克服了那個他人的個別性。「視域」這一概念本身就表示了這一點，因爲它表達了進行理解的人必須要有的卓越的寬廣視界。獲得一個視域，這總是意味著，我們學會了超出近在咫尺的東西去觀看，但這並不是爲了避而不見這種東西，而是爲了在一個更大的整體中按照一個更正確的尺度去更好地觀看這種東西。〔註 84〕

〔註 81〕〔明〕金人瑞：〈讀第五才子書法〉（選錄），見黃霖、韓同文選注：《中國歷代小說論著選》（修訂本）（上），頁 292。

〔註 82〕〔明〕樵餘：〈水滸後傳論略〉，見高玉海：《古代小說續書序跋釋論》，頁 41。

〔註 83〕高玉海：《明清小說續書研究》，（北京：中國社會科學出版社，2004 年 2 月第 1 版），頁 180～181。

〔註 84〕〔德〕漢斯—格奧爾格·加達默爾（Hans-Georg Gadamer）撰，洪漢鼎譯：《眞續書透過「視域融合」的過程進行再創作和詮釋，因而形成四大奇書文本意義的多義性和生成性，而〈水滸後傳識語〉以為「《前傳》龍門《史記》也；《後傳》廬陵《五代史》也」，將《水滸傳》比附《史記》，《水滸後傳》比附《五代史》，隱然有建立小說敘事傳統的宏遠志向。〈後水滸傳序〉以身心隱喻國家，傳達無力回天的興衰意識：

> 天下猶一身也。天下之在一君，猶一身之在一心也。一心不能自主，則元氣消弱，邪氣妄行，遂使四肢百骸，不臃即腫。雖有良醫，莫能救其死。〔註85〕

《後水滸傳》融入時代、個人因素，除了痛斥奸臣群小之外，更將問題核心指向君王，故而曲高和寡而流傳不廣。俞萬春之子俞龍光的〈蕩寇志識語〉，以讀者鑑賞觀點提出見解：

> 嗟乎！耐庵之筆深而曲，不善讀者輒誤解，而復壞於羅貫中之續貂，誠恐盜言孔甘，亂是用彰矣。蓋先君子遺意，雖以小說稗官為遊戲，而於世道人心亦大有關係，故有是作。然非范、邵兩先生不克竟其成；非午橋徐君不能壽諸梨棗也。是書之原委有如此云爾。〔註86〕

除了娛樂性、教化論的強調之外，更提出對原書「正讀」的重要，而意外成為清朝政府鎮壓太平天國的政治宣傳品，應該也是俞萬春始料未及的結果。

二、創作觀念的深化

對於明末清初多小說續書的現象提出批評的論述，自然不能忽略劉廷璣及其所著筆記《在園雜志》。《在園雜志》刻於康熙五十四年（1715年），對「四大奇書」及「近日之小說」做出頗為詳盡的批評論述，並指出康熙五十三年朝廷頒佈禁毀淫詞小說的命令，如《在園雜志》卷二曰：

> 康熙五十三年，禮臣欽奉上諭云：「朕惟治天下以人心風俗為本。而欲正人心，厚風俗，必崇尚經學而嚴絕非聖之書，此不易之理也。近見坊肆間多賣小說淫詞，荒唐鄙俚，瀆亂正理，不但誘惑愚民，即縉紳子弟未免遊目而蠱心焉。敗俗傷風，所係非細，應即通行嚴

理與方法——哲學詮釋學的基本特徵》（第一卷），（臺北：時報文化出版企業有限公司，1993年10月初版），頁399。

〔註85〕〔明〕彩虹橋上客：〈後水滸傳序〉，見高玉海：《古代小說續書序跋釋論》，頁66。

〔註86〕〔明〕俞龍光：〈蕩寇志識語〉，見高玉海：《古代小說續書序跋釋論》，頁76。

禁等。諭九卿議奏，通行直省各官，現在嚴查禁止。」〔註 87〕

身為朝廷官員的劉廷璣認為「演義，小說之別名，非出正道，自當凜遵諭旨，永行禁絕」，〔註 88〕但劉氏也全非將小說續書貶抑到一文不值，他對《後西遊記》、《水滸後傳》等少數續書持肯定態度，甚至對《禪眞逸史》的兩部續書給予「皆大部文字，各有各趣」〔註 89〕的評價，指出續作者大都沒有領會原著的神韻而「妄思續之，亦不自揣之甚矣」，劉廷璣在各別論述以四大奇書為主的小說續書之後，提出自己對續書創作困境的批評：「總之，作書命意，創始者倍極精神，後此縱佳，自有崖岸，不獨不能加於其上，即求媲美並觀亦不可得，何況續以狗尾自出下下耶？」〔註 90〕劉廷璣提出續書「重寫」方式的創造性問題，其實牽涉到「複製」與「原創」觀念的爭辯，祝宇紅針對「重寫」型與「原創」型小說提出以下區分：

> 根據「前文本」的存在與否來判定「重寫型」小說，這看起來很簡單，但是「前文本」概念的引進，可以使我們清楚地看到，「重寫型」小說與「原創型」小說在創作發生學層面、文本理論層面都有根本的區別。從文本理論來看，「重寫型」小說的「重寫」針對的是符號體系，包括政治、歷史、宗教、文學等在內的各種各樣文獻都可以成為前文本，這是已經被整合、提煉的符號化的語言；「原創型」小說則直接對應著紛繁複雜的人類現象本身。〔註 91〕

續書在「複製」經典的敘事過程「重寫」何種樣貌的四大奇書？從中可以分析兩者的相同與差異；四大奇書在以前被如何評價；作者為何這樣重寫，怎樣看待四大奇書，其學術思想背景為何；當時重寫的學術思想語境等，透過考察過程的問題意識，「為何這樣重寫」的答案就會逐漸浮現。清代的劉廷璣基於官方立場對小說續書的負面評價，影響後人對續書的研究，但不可諱言的是，劉氏極早注意到明末清初小說名著多續書的文學現象，並提出對續書創作的個人見解，在陳忱對續書創作經驗的觀念建構上更進一步，《在園雜志》

〔註 87〕〔清〕劉廷璣：《在園雜志》卷二，收入《清代筆記小說大觀》（三）（上海：上海古籍出版社編，2007 年 10 月），頁 2173～2174。

〔註 88〕〔清〕劉廷璣：《在園雜志》卷三，收入《清代筆記小說大觀》（三），頁 2197。

〔註 89〕〔清〕劉廷璣：《在園雜志》卷三，收入《清代筆記小說大觀》（三），頁 2197。

〔註 90〕〔清〕劉廷璣：《在園雜志》卷三，收入《清代筆記小說大觀》（三），頁 2197。

〔註 91〕祝宇紅：《「故」事如何新「編」——論中國現代「重寫型」小說》，（北京：北京大學出版社，2010 年 4 月第 1 版），頁 6。

一書呈現清初閱讀四大奇書及其續書的主流（官方）觀點，成爲歷來小說研究者多所徵引的文獻資料。

乾隆三十五年（1770 年）蔡元放改定陳忱的《水滸後傳》，並撰寫〈評刻水滸後傳敘〉和〈水滸後傳讀法〉兩篇序跋文字，其中〈水滸後傳讀法〉在陳忱〈水滸後傳論略〉的基礎上，在續書人物、情節、結構、語言等方面進一步闡釋續書創作的敘事法則，如〈水滸後傳讀法〉曰：

> 《前傳》之前七十回中，用「大鬧」字者凡十，不特其中事亦不盡合二字之名，亦且數見不鮮矣！其次序亦有不妥處：如私放晁天王、議奪快活林、醉打蔣門神等。題綱與傳內之事次序皆顛倒，亦是小缺陷處。本傳之回目題綱，盡皆工穩妥貼，令讀者於回內之事，一目了然。則本傳之於《前傳》，正如蔗漿煉蜜，不是狗尾續貂也。〔註 92〕

蔡元放提出《水滸傳》回目與情節的編排結構不當提出批判，而在對於前文本形式與內容的修正基礎上，建立《水滸後傳》的主體性，欲藉由評論家的詮釋，使得讀者對續書「狗尾續貂」的負面印象改觀，其次，蔡元放強調《水滸後傳》與原著在人物性格、情節接續上也要有所照應交代：

> 本傳既名《水滸後傳》，則傳中之事，自應從《前傳》生來；但前傳敘過之事，則不應重贅，則本傳之事，又從何處生根？作者因想《前傳》原是從石碣村起手，而後受天文，後又用石碣作結束，則本傳何不仍在此處生根？況阮氏三雄之中，小七現在近在山泊腳下，故作感舊而上山祭奠，引出張幹辦巡察，生出事來，便是因風吹火，用力不多；由此而逐漸生去，便令讀者只覺仍是舊人舊事，並非無故生端矣，最得倚山立柱、縮海通江之妙。〔註 93〕

明清文人用以「四書五經」章句爲題的八股文「代聖賢立言」，恰恰獲得了一種合法的借題發揮的文體，而八股文領域「倚山立柱、縮海通江」的寫作要求轉移到小說領域中，文體不同，思維方式卻是一致的。蔡元放提出「稗官」之體可供參考：

〔註 92〕〔清〕蔡元放：〈水滸後傳讀法〉，見高玉海：《古代小說續書序跋釋論》，頁 53。

〔註 93〕〔清〕蔡元放：〈水滸後傳讀法〉，見高玉海：《古代小說續書序跋釋論》，頁 53。

> 本傳之於宋朝諸正事，有與正史全合者，有全不合者；有半和半不合者。蓋此書原爲山泊諸人作傳，非爲宋朝記事，故其事有與本傳無礙者，悉照正史敷陳。其與本傳稍有齟齬者，不得不曲爲遷就，以求與本傳之事，婉轉聯合。稗官之體，只合如此。〔註94〕

再者，蔡元放從「稗官」之體的角度論《水滸後傳》，說明小說編創的敘事法則，似乎可視爲清代對「稗官」文體的認知，這與古代「稗官」所具有的文吏政治職能產生功能上的連結，陳廣宏認爲：

> 因此，從「稗官」所具有的文吏政治職能去觀照他們採集、著錄的對象，從漢代民間口傳系統向書寫系統轉換的過程去考察「小說」內外形制與標準的形成，當時人們對於「小說」性質的認識還是可以窺見的，那也確與《莊子・外物》的「小說」、《荀子・正名》的「小家珍說」、《論語・子張》的「小道」是一脈相承的。〔註95〕

「稗官」做爲「小說」著錄者〔註96〕的用意，或許有助於重建漢代「小說」的文化語境，考校「稗官」究屬何職，何種官階級別，因第一手資料的缺乏而不易還原歷史情況，可以確定的是，由民間所採集的街談巷語、殘叢小語、訛謬傳聞依賴「稗官」所擁有的書寫權力認可，就成爲由草野進入廟堂的重要關鍵，駱冬青對「稗官」的詮解，可做爲一種觀察角度：

> 所以，「稗官」之說，在古代小說的發展中，既成爲文人接受及創作小說的重要心理依據，又成爲小說創作發展本身的一個重要的制約機制。古人常常把小說稱作稗官野史，實際上就是以「官」與「史」來對小說的政治與文化兩方面的屬性加以體認，消解其「稗」與「野」的一面所帶來的心理重負，並由此兩方面的夾縫中求得一種新的文化生存方式。〔註97〕

小說的發展由強大的史官傳統影響下，對於街談巷議、道聽途說的記錄，往往出於「補正史之闕」的敘事需求，自始就被納入一種史書紀實的傳統之中，

〔註94〕〔清〕蔡元放：〈水滸後傳讀法〉，見高玉海：《古代小說續書序跋釋論》，頁54。

〔註95〕陳廣宏：〈「稗官」考〉，收入譚帆等著：《中國古代小說文體文法術語考釋》，（上海：上海古籍出版社，2013年3月第1版），頁72。

〔註96〕陳廣宏：〈「稗官」考〉，收入譚帆等著：《中國古代小說文體文法術語考釋》，頁67～70。

〔註97〕駱冬青：《心有天遊：明清小說美學》，（南京：南京大學出版社，2008年9月第1版），頁178。

明朝胡應麟更定九流，就提出「說出稗官，其言淫詭而失實，至時用以洽見聞，有足采也」〔註 98〕的小說虛構本質，逐漸偏離講史傳統，更提出小說由紀實向虛構移轉的創作觀念：

> 子之爲類，略有十家。昔人所取凡九，而其一小說弗與焉。然古今著述，小說家特盛；而古今書籍，小說家獨傳。何以故哉？怪力亂神，俗流喜道，而亦博物所珍也；玄虛廣莫，好事偏攻，而亦洽聞所昵也。談虎者矜誇以示劇，而雕龍者閒掇之以爲奇；辯鼠者證據以成名，而捫蝨者類資之以送日。至於大雅君子，心知其妄，而口竟傳之，旦斥其非，而暮引用之，猶之淫聲麗色，惡之而弗能好也。夫好者彌多，傳者彌眾；傳者日眾，則作者日繁。夫何怪焉？〔註 99〕

小說文體承載「怪、力、亂、神」的文化成分，在撰寫文章、考證辯疑、閒談助興等方面具有娛樂消遣功能，而「大雅君子」面對小說的態度產生理智與情感的衝突，無法抗拒其怪誕奇異的敘事魅力，明朝的胡應麟繼承班固《漢書·藝文志》云：「小說家者流，蓋出於稗官，街談巷語，道聽塗說者之所造也。」及唐代《隋書·經籍志》亦云：「小說者，街談巷語之說也。」的觀點，更強調其娛樂性質。楊義更從三個層面上，來闡釋小說的「說」字的語義：

> 首先是文體形態層面，有說故事或敘事之義。……其次的語義屬於表現形態，「說」有解說而趨於淺白通俗之義。……其三的語義屬於功能形態，「說」與「悅」相通，有喜悅或娛樂之義。……由此可見，「小說」名目的確立，是一個博學的學者群進行精心的語義選擇的結果。它包含了這種文體基本特徵的故事性、通俗性和娛樂性。〔註 100〕

楊義的詮釋，點出小說本體的特點，也凸顯了小說的娛樂性，頗具代表性觀點，筆者也同意這樣的見解。

真復居士的〈續西遊記序〉認爲「《前記》謬備譎誑滑稽之雄，大概以心

〔註 98〕〔明〕胡應麟：《少室山房筆叢·九流緒論》（上），見黃霖、韓同文選注：《中國歷代小說論著選》（修訂本）（上），頁 148。

〔註 99〕〔明〕胡應麟：《少室山房筆叢·九流緒論》（下），見黃霖、韓同文選注：《中國歷代小說論著選》（修訂本）（上），頁 148。

〔註 100〕楊義：《中國古典小說十二講》，（香港：三聯書店有限公司，2006 年 6 月香港第 1 版），頁 3。

降魔，設七十二種變化，以究心之用」，〔註 101〕強調《西遊記》的娛樂性太過，認爲原書有「理舛虛無，道乖平等」的缺失，但是重寫之後又變成說教意味濃厚的作品，殊爲可惜。〈讀西遊補雜記〉認爲《西遊補》「此於〈三調芭蕉扇〉後補出十六回之文，離奇惝恍，不可方物」，〔註 102〕成爲具有虛幻性質的續書作品，延續原書荒誕書寫的餘緒。〈後西遊記序〉認爲《後西遊記》「聽有聲，觀有色，雖猶然嬉笑怒罵之文章；精不思，妙不議，實已參感應圓通之道法」，〔註 103〕重寫原書詼諧幽默的趣味化書寫，〔註 104〕寄寓深刻的救世寓言。丁耀亢〈續金瓶梅後集凡例〉提及符合「演義正體」的創作特點值得留意：

> 一、小說以《水滸》、《西遊》、《金瓶梅》三大奇書爲宗，概不宜用之、乎、者、也等字句。近觀時作，半用書簡活套，似失演義正體，故一切不用。兼有採用四、六等句法，仿唐人小說者，亦即時改入白話，不敢粉飾寒酸。〔註 105〕

這段話筆者發現，在筆夢生〈金屋夢凡例〉〔註 106〕幾乎是一模一樣被抄錄下來，《金屋夢》是清初丁耀亢《續金瓶梅》的改編本，值得注意的地方，在於丁氏提出「演義正體」的觀念，一爲強調奇書文體的通俗語言，二爲明代後期以後小說多襲用商業類書「書簡活套」格式，郭孟良指出，明代後期到清代商人或書坊編撰出版的商書，其內容如下所述：

> 做爲日用類書的一個門類，商書的內容可以說是商業知識與社會知識的綜合體，諸如商業理念、職業道德、經營方法、交易技巧、商品貨幣知識及辨僞鑑別、市場行情、商稅關稅、船户腳夫、防盜杜騙、商業算術、天文地理、禁忌風俗、醫藥養生、書信活套、文化

〔註 101〕〔清〕眞復居士：〈續西遊記序〉，見高玉海：《古代小說續書序跋釋論》，頁 102。

〔註 102〕〔清〕佚名：〈讀西遊補雜記〉，見高玉海：《古代小說續書序跋釋論》，頁 113。

〔註 103〕〔清〕佚名：〈後西遊記序〉，見高玉海：《古代小說續書序跋釋論》，頁 120。

〔註 104〕劉勇強：《西遊記論要》，（台北：文津出版社，1991 年 3 月初版），頁 151～187。

〔註 105〕〔清〕丁耀亢：〈續金瓶梅後集凡例〉，見高玉海：《古代小說續書序跋釋論》，頁 132。

〔註 106〕〔民國〕筆夢生：〈金屋夢凡例〉，見高玉海：《古代小說續書序跋釋論》，頁 140。

娛樂、待人接物、歷史典故等，不一而足。〔註107〕

由引文可知，當時小說作品套用書信格式的情形嚴重，而丁耀亢注意到這種氾濫的現象，以及駢文四六句法、仿效唐人小說等文言語法，皆有違演義文體／文類的書寫成規，《續金瓶梅》理所當然就成爲符合「演義正體」的通俗小說。愛日老人的〈續金瓶梅序〉曰：

不善讀《金瓶梅》者，戒癡導癡，戒淫導淫。吳道子畫地獄變相，反爲酷吏增羅織之具，好事不如無矣。五祖演舉小豔詩，説佛祖西來意，頻呼小玉，少年一段風流，克勤便爲上首。〔註108〕

愛日老人提出不善讀《金瓶梅》，以致戒癡導癡，戒淫導淫的讀者鑑賞論，而紫陽道人丁耀亢，才是眞正讀懂《金瓶梅》之人：

續編六十四章，忽驚忽疑，如罵如謔，讀之可以瞿然而悲，燦然而笑矣。《法華・方便品》論曰：「儒詩六義，以思無耶爲指歸；釋教五時，閒佛知見是究竟。天臺智師，性善兼明性惡；六祖七祖，善惡都莫思量。相待義門，強名因果，證窮念絕，何果何因。」善讀是書，檀那只要聞聲；不善讀是書，反怪豐幹饒舌爾。共識文字性空，不妨同德山疏抄一時焚卻。是乃《續金瓶梅》六十四章竟。〔註109〕

這裡指出閱讀《續金瓶梅》要通過文字，悟出背後寄寓的思想，這牽涉到讀者對情色題材的閱讀反應，譬如欣欣子在〈金瓶梅詞話序〉曰：

譬如房中之事，人皆好之，人皆惡之。人非堯舜聖賢，鮮不爲所耽。富貴善良，是以搖動人心，蕩其素志。觀其高堂大廈，雲窗霧閣，何深沈也；金屏綉褥，何美麗也；鬢雲斜嚲，春酥滿胸，何嬋娟也；雄鳳雌凰迭舞，何殷勤也；錦衣玉食，何侈費也；佳人才子，嘲風詠月，何綢繆也；雞舌含香，唾圓流玉，何溢度也；一雙玉腕綰復綰，兩只金蓮顛倒顛，何孟浪也。既其樂矣，然樂極必悲生。〔註110〕

〔註107〕郭孟良：《晚明商業出版》，（北京：中國書籍出版社，2011年1月第1版），頁106。

〔註108〕〔清〕愛日老人：〈續金瓶梅序〉，見高玉海：《古代小説續書序跋釋論》，頁125。

〔註109〕〔清〕愛日老人：〈續金瓶梅序〉，見高玉海：《古代小説續書序跋釋論》，頁126。

〔註110〕〔明〕欣欣子：〈金瓶梅詞話序〉，見黃霖、韓同文選注：《中國歷代小説論著選》（修訂本）（上），頁200～201。

欣欣子所言「房中之事，人皆好之」道出許多讀者的心理需求，貪圖淫欲的後果是「樂極必悲生」，富貴、美色本爲讀者心中欣羨之物事，丁耀亢〈續金瓶梅後集凡例〉指出：「一、坊間禁刻淫書，近作仍多濫穢。茲刻一遵今上頒行《太上感應篇》，又附以佛經、道篆，方知作書之旨，無非贊助聖訓，不系邪說導淫。」〔註 111〕認爲情色小說氾濫的情況容易造成「導淫」的負面影響，而天隱道人就將《續金瓶梅》冠以「奇書」之名：

天隱道人曰：「《續金瓶梅》古今未有之奇書也，正書也，大書也。大海蜃樓，空中梵閣，畫影無形，系風無蹟，《齊諧》志怪，《莊》、《列》論理，借海棗之談，而作菩薩之語，奇莫奇於此。」〔註 112〕

天隱道人認爲《續金瓶梅》與《齊諧》、《莊子》、《列子》一樣，藉由荒誕不經的故事闡述哲理，小說「假飲食男女講陰陽之報復，因鄙夫邪婦推世運之生化」，〔註 113〕強調《續金瓶梅》並非淫書，而在思想上是屬於「正書」，也就是善讀書者能領略這類書的勸誡之旨，這種情形到了訥音居士的《三續金瓶梅》，仍是繼承自《金瓶梅》一貫而下「明人倫，戒淫奔，分淑慝」〔註 114〕的敘事旨趣，如訥音居士〈三續金瓶梅自序〉曰：

雖爲風影之談，不必分明利弊功效，續一部豔異之篇，名《三續金瓶梅》，又曰《小補奇酸志》，共四十回。補其不足，論其有餘。自「幻」字起，「空」字結。文法雖准，舊本一切穢言汙語，盡皆刪去。不過循情察理，發洩世態炎涼，消遣時恨，令人回頭是岸，轉禍爲福。讀者不有淫書續淫詞論。〔註 115〕

由四大奇書之續書的序跋及評論可以得知，演義觀念經由明清文人讀者的詮釋，已經成爲小說編創的共識，在演義觀念的基礎上予以補充論述，並擴及創作經驗的歸納總結，成爲續書序跋關注的面向，由八股文「倚山立柱，縮

〔註 111〕〔清〕丁耀亢：〈續金瓶梅後集凡例〉，見高玉海：《古代小說續書序跋釋論》，頁 133。

〔註 112〕〔清〕天隱道人：〈續金瓶梅序〉，見高玉海：《古代小說續書序跋釋論》，頁 130。

〔註 113〕〔清〕天隱道人：〈續金瓶梅序〉，見高玉海：《古代小說續書序跋釋論》，頁 130。

〔註 114〕〔明〕欣欣子：〈金瓶梅詞話序〉，見黃霖、韓同文選注：《中國歷代小說論著選》（修訂本）（上），頁 200。

〔註 115〕〔清〕訥音居士：〈三續金瓶梅自序〉，見高玉海：《古代小說續書序跋釋論》，頁 143。

海通江」的寫作技法論續書「重寫經典」的共相認知，開啓文人對續書書寫本質的體會，進而將續書歸入稗官之體的「經典化」過程，而丁耀亢並提出「演義正體」的概念，清晰道出符合演義體小說的條件，最後在戒淫導淫的情色書寫中，推展風化勸誡之旨，提出善讀書的讀者鑑賞觀點。

第三節　重寫觀點下的文本實踐

在明代文人的小說觀中，可以觀察到對《水滸傳》的偏愛，但也出現對《三國志通俗演義》的負面評價，可以說四大奇書的評價互有升降，在講史演義盛行的年代裡，《西遊記》和《金瓶梅詞話》的寫定者各自橫跨了「據史演義」的題材框架，爲演義創作開闢新的故事題材，實在是不容忽視的藝術成就，而其後的續書除了繼承原書題材框架之外，也融入宗教框架的努力，在在凸顯續作者尋求呈現情節張力的編創思維，回應了自《西遊記》和《金瓶梅詞話》以來，在敘事形態重要轉向後的文化積澱。現今諸多明清小說序跋文字，多可見評論者對「演義」之作「亦有至理存焉」〔註116〕的觀點，試以夏履先〈禪眞逸史凡例〉提及者陳述之：

> 一、是書雖逸史，而大異小說稗編。事有據，言有倫，主持風教，範圍人心。兩朝隆替興亡，昭如指掌，而一代輿圖土宇，燦若列眉。乃史氏之董狐，允詞家之班馬。
>
> 一、書稱通俗演義，非故諧謔，以傷雅道。理奥則難解，詞葩則不眞。欲期警世，奚取艱深？舊本意晦詞古，不入里耳。茲演爲四十回，回分八卷，卷臚八卦，刊落陳詮，獨標新異。
>
> 一、此書舊本出自内府，多方重購始得。今編訂當與《水滸傳》、《三國演義》永垂不朽，《西遊》、《金瓶梅》等方之劣矣。故其剞劂也，取梨極精，染紙極潔，鐫刻必掄高手，讎勘必悉虎魚，誠海内之奇觀，國門之赤幟也。具眼當自識之，毋爲鴟鳴壟斷者所瞀。〔註117〕

夏履先對《禪眞逸史》的藝術表現或有誇大之嫌，而明顯可見者，在於標榜

〔註116〕〔明〕謝肇淛：〈五雜俎〉，見黃霖、韓同文選注：《中國歷代小說論著選》（修訂本）（上），頁167。

〔註117〕〔明〕夏履先：〈禪眞逸史凡例〉，見黃霖、韓同文選注：《中國歷代小說論著選》（修訂本）（上），頁280～281。

其書與《三國志通俗演義》、《忠義水滸傳》一般優秀，而貶低《西遊記》、《金瓶梅詞話》，似有重紀實而輕虛構的認知，在「通俗爲義」的著述宗旨下，論者刻意強調「補史」和「教化」的文化功能，經由重寫舊本而進行「刊落陳銓，獨標新異」的編創過程，並提醒讀者，勿將其視爲膚淺俗濫的演義之作。

一、《三國演義》續書引史爲證

四大奇書之續書在重寫原書的敘事過程中，除了追摩文學經典的書寫慣例之外，也融入時代、個人因素於其中，明代的文人讀者對紀實與虛構的敘事觀念各有偏好，也影響到諸多小說作品的評價。四大奇書之續書對原書觀念的批駁，如半月老人的〈續刻蕩寇志序〉曰：

> 施耐庵之有《水滸傳》者，其中一百八人，雖極形其英雄豪傑之誼氣，而實著其鴟張跋扈之非爲。不然，當四海一家之時，而雄據一隅以自行其志，名之曰「聚義」，誰非王土，誰非王臣，天下豈有兩義乎？迨至有羅貫中之《後水滸》出，直以梁山之一百八人爲眞英傑、眞忠義，而天下之禍即由是而始。予少時每遇稗官小說諸書，亦嘗喜涉獵，而獨不喜觀前後《水滸》傳奇一書。蓋以此書流傳，凡斯世之敢行悖逆者，無不藉梁山之鴟囂跋扈爲詞，反自以爲任俠而無所忌憚。其害人心術，以流毒於鄰國天下者，殊非淺鮮。〔註 118〕

半月老人以「天下豈有兩義乎？」表達對原書的不滿，認爲《忠義水滸傳》「鴟張跋扈」的江湖倫理並非眞正的忠義爲國，而後世盜賊，往往藉梁山泊綠林好漢「聚義」之舉，行縱恣跋扈之作爲。亦有極少數的續書藉由原書人物、情節框架，編創獨出機杼的演義之作，如天目山樵的〈西遊補序〉曰：

> 予曰：「書不盡言，言不盡意；讀者隨所見之淺深，以窺測古人而已，奚所謂盡者？《西遊》借釋言丹，悟一子因而暢發仙佛同宗之旨，故其言長。南潛本儒者，遭國變，棄家事佛；是書借徑《西遊》，實自述平生閱歷了悟之跡，不與原書同趣，何必爲悟一子之銓解。且讀書之要，知人論世而已。今南潛之人與世，予既考而得之矣，則參之是書，性情趣向，可以默契，得失離合之間，蓋幾希矣。……」〔註 119〕

〔註 118〕〔清〕半月老人：〈續刻蕩寇志序〉，見高玉海：《古代小說續書序跋釋論》，頁 91。

〔註 119〕〔清〕天目山樵：〈西遊補序〉，見高玉海：《古代小說續書序跋釋論》，頁 107。

天目山樵認爲《西遊記》主題在「借釋言丹」，清代評論家陳士斌闡釋仙佛同源之旨，其調和不同信仰的折衷立場，成爲所著《西遊眞詮》的思想立場，天目山樵結合「知人論世」的觀點，論述《西遊補》作者董說的創作背景，也提供了另一種詮釋角度。《續編三國志後傳》在第一四五回〈三大帥平定蘇峻〉結尾引詩爲證：

> 晉室綿遺國禍殃，中原百二隔天壤。
> 御臨無策離西洛，避跡東南寓建康。
> 方賴群賢誅賊敏，重罹敦叛起荊襄。
> 迭逢蘇峻幾移鼎，尚有桓溫在後行。
> 更兼齊趙燕秦宋，後卷猶鮮勝此觀。

> 此書原本共計二十卷，今分作二集而刊，庶使刻者易完，而買者輕易，以成兩便。觀書君子看此完畢，再買下集自十一卷至二十卷，以視晉漢興亡，睹前後始終，方合全觀，幸爲毋吝青趺而棄後史也。（頁1123）

《續編三國志後傳》藉由一系列戰爭事件的敘事建構中，深刻揭示歷史興亡盛衰的變化規律及內在因素，進而從中寄寓風教之思，結尾雖有商業營利的招攬手法，吸引讀者購買下集閱讀，卻無損於作者酉陽野史透過「演義」以傳達「晉漢興亡」的歷史現實，如第十五回〈諸葛宣於別徐光〉引詩曰：

> 蜀遭魏襲走離川，避入羌中冀報冤。
> 群雄破陣如摧霧，眾將攻城似卷煙。
> 設策張姜仇膽落，運籌諸葛敵心寒。
> 直教梁趙諸王懼，請命求和割左賢。（頁118）

《續編三國志後傳》強烈凸顯出「世有興亡，事多反覆，理勢之然」（第十五回）的歷史規律，並在小說敘事中參入史書記載以證其事出有據。如第二十六回〈帝敕張華殺楚王〉，敘述晉惠帝與賈后用太傅張華之計，誅殺楚王司馬瑋而引《晉史》論斷：

> 後《晉史》斷曰：

> 昔高辛撫遠，釁起參商；西周嗣歷，禍纏管蔡。詳觀曩冊，逖聽前古，亂臣賊子，昭鑒在焉。有晉遽興，再崇藩翰；分茅錫瑞，道光恆典；儀古飾袞，禮備彝章。汝南負純和之資，失於無斷；楚瑋籍果敢之性，遂成凶很。或位居朝右，或職參近禁，俱爲女子所詐，

相次受誅，雖曰自貽，良可悲也。（頁 206）

又第三十九回〈齊王滅趙專朝政〉以晉史官干寶總斷趙王司馬倫曰：

倫實庸瑣，見欺孫秀，潛構異圖，煽成奸慝。乃使元良遘於怨酷，上宰陷於誅夷，乾耀以之暫傾，皇綱於焉中圮。遂裂冠毀冕，幸百六之會；綰璽揚纛，竊九五之尊。夫神器焉可偷安，鴻名豈容妄假？而欲托茲淫祀，享彼天年，凶暗之極，未之有也。（頁 299）

作者酉陽野史依傍史傳的寫作心態昭然若揭，而經由「演史取義」傳達「八王之亂」的歷史書寫，成爲作者汲汲營營的創作方向。在第七十四回〈司馬越害長沙王〉結尾，以史官之筆總結「八王之亂」亦可爲證：

晉之史官見司馬氏皆因自相屠戮以致敗亡有斷，斷八王曰：

晉自惠皇失政，難起蕭牆，骨肉相殘，黎元塗炭。胡塵警而天地閉，戎馬振而宮廟隳。支屬肇其禍端，膻羯乘其釁隙。悲夫！《詩》之所謂「誰生厲階，至今爲梗」，其八王自相殘害之謂歟！（頁 571）

《續編三國志後傳》藉由史官所記載的歷史，寓含對「八王之亂」權鬥的針砭，讓讀者在閱讀過程中接受作者傳達的「史識」，進而產生移風易俗的教化作用。

二、《水滸傳》續書重寫俠義的歷史轉向

《後水滸傳》在第四十五回〈岳少保收服么摩　眾星宿各安躔次〉，結尾引歌曲爲證曰：

畫眉序

道長亂天朝，嘯聚湖中作窟巢。賀雲龍參不透仙家妙，袁軍師有才沒料。羞睹那何能舌搖，王摩原是山中盜。今日裡天兵俱到。

啄木鸝

岳家軍奉天征討，元帥胸中智量高。山嶺下岳雲發惱，船兒上岳憲催橈，那莽牛皋殺聲嘯。咚咚戰鼓，上下往來挑，怒吼吼，只恐你水底鰲魚，變做了臭魚乾藁。

月上海棠

失運時，算計鬼也應含笑，無緣那介紹，可知六藝枉勞，空有興雲搊浪蛟。潑天火怎敵秋陽杲，賊眾誰知竅。癡心的，怎避得炎火眉燒。

尾聲

你看那黃佐知機早，才算得是大英豪，不日同升拜聖朝。（頁497.499.500）

《後水滸傳》著重敘寫洞庭湖楊么農民起義事，描寫粗獷明快，藉由歌曲營造出招降納叛的氛圍，也呈現「時不我與」的天命思想。《水滸後傳》第四十回〈薦故觀燈同宴樂　賦詩演戲大團圓〉結尾引詩爲證曰：

儒者空談禮樂深，宋朝氣運屬純陰。

不因奸佞汚青史，那得雄姿起綠林？

報國一身都是膽，交情千載只論心。

無端又續英雄譜，醉墨淋漓不自禁。

其二

鄆城小吏志翩翩，白骨封侯亦可憐。

未到死生休遽信，漫誇富貴不相捐。

古來凡事多曾有，世上如君亦覺賢。

司馬感懷成《史記》，一篇《遊俠》最流傳。（頁327）

《水滸後傳》繼承《史記・游俠列傳》俠義精神的餘緒而加以發揮，〈游俠列傳〉是《史記》名篇之一，記述了漢代著名俠士朱家、劇孟和郭解的史實。司馬遷實事求是地分析了不同類型的俠客，充分肯定「布衣之俠」、「鄉曲之俠」、「閭巷之俠」，在《史記・游俠列傳第六十四》曰：

韓子曰：「儒以文亂法，而俠以武犯禁。」二者皆譏，而學士多稱於世云。至如以術取宰相卿大夫，輔翼其世主，功名俱著於春秋，固無可言者。及若季次、原憲，閭巷人也，讀書懷獨行君子之德，義不苟合當世，當世亦笑之。故季次、原憲終身空室蓬户，褐衣疏食不厭。死而已四百餘年，而弟子志之不倦。今游俠，其行雖不軌於正義，然其言必信，其行必果，已諾必誠，不愛其軀，赴士之阸困，既已存亡死生矣，而不矜其能，羞伐其德，蓋亦有足多者焉。〔註120〕

在中國傳統中的游俠是講究俠義的，而《水滸後傳》塑造一批批的綠林俠客，也同樣延續游俠的歷史任務，《水滸後傳》的作者陳忱藉由忠義敘事的書寫，

〔註120〕〔漢〕司馬遷撰，〔南朝宋〕裴駰集解，〔唐〕司馬貞索隱，〔唐〕張守節正義：《史記》冊五，《四部備要・史部》（據武英殿本校刊）（台北：台灣中華書局，1965～1966年）。

融合歷史事實與史家的主觀視野，當表現俠客的任務由史家轉移到小說家肩上時，俠客形象的主觀色彩更是大大強化，而游俠精神本質上與法律、道德相牴牾，故其最佳活動時空爲「亂世」，陳平原考察清代俠義小說的敘事脈絡可供參考：

> 從唐代豪俠小說中的俠，到清代俠義小說中的俠，最大的轉變是打鬥本領的人間化與思想感情的世俗化。除說書人需要適合市民聽眾的口味外，很大原因是中間隔著《水滸傳》、《楊家將》、《隋史遺文》、《水滸後傳》、《說岳全傳》等一大批英雄傳奇。英雄發跡之後率領千軍萬馬衝鋒陷陣，此前則可能流落江湖，或本身就是綠林好漢，故其打鬥方式與思想感情影響後世的俠義小說，一點也不奇怪。〔註 121〕

《水滸後傳》第三十九回〈丹霞宮三眞修靜業　金鑾殿四美結良姻〉，藉由才子佳人題材的運用，呈現這批綠林游俠思想感情的世俗化傾向，在由唐代豪俠小說到清代俠義小說的敘事脈絡中，《水滸後傳》在「俠義」與「情感」命題的詮釋上，扮演著前驅者的角色。《蕩寇志》在結子〈牛渚山群魔歸石碣　飛天峰天女顯靈蹤〉，結尾作者引詩曰：

> 續貂著集行於世，我道奸賢太不分！只有朝廷除巨寇，那堪盜賊統官軍？翻將僞術爲眞蹟，未察前因說後文。一夢雷霆今已覺，敢將柔管寫風雲。雷霆神將列圜邱，爲輔天朝偶出頭。怒備娉婷開甲冑，功收伯仲紹箕裘。命征師到如擒蜮，奏凱歌回頌放牛。遊戲鋪張多拙筆，但明國紀寫天庥。（頁 802）

從《蕩寇志》的命名，就可以知道作者俞萬春的創作動機何在，從結子的引詩來看，強調國家的禮制法紀及天命運行的軌跡是作者所重視之處，小說另一個題目《結水滸傳》的「結」字，實具有總結《水滸傳》以來「逆天行事」的話語傳統，再從第七十一回〈猛都監興師剿寇　宋天子訓武觀兵〉回目，及開頭敘述盧俊義「驚夢」過後，「聽著更鼓，漸漸五點，正要睡去，忽聽外面人聲熱鬧」：

> 那四個外護頭目道：「忠義堂上火起了，正燒著哩。」盧俊義聽說是火起，倒反放了心，隨那幾個頭目感到忠義堂前，只見蒸天價的通

〔註 121〕陳平原：《千古文人俠客夢——武俠小說類型研究》，（台北：麥田出版股份有限公司，1995 年 4 月初版），頁 84～85。

紅，那面替天行道的杏黃旗，已被大火卷去，連旗竿都燒了。宋江同許多統領立在火光裡，督押火兵軍漢，各執救火器具，亂哄哄的撲救。（頁 1～2）

由「重寫」角度觀之，作者俞萬春藉由小說書寫達成「蕩寇除妖」的創作構思，在情節建構中凸顯盜賊「聚義」行爲的非法性，由天命所歸的雷部三十六神將降凡，逐步取代《忠義水滸傳》所建置的罡煞敘事邏輯，在《水滸傳》的續書群中，融入「國族」的隱喻與「神魔鬥法」的戰爭場面，對清代俠義小說具有深遠的影響，由此翻轉《水滸傳》的忠義敘事，在在顯露俞萬春的不凡識見與決心。如一百七回〈東方橫請玄黃吊掛　公孫勝破九陽神鐘〉曰：

那公孫勝早已披髮仗劍，出馬陣前，口中唸唸有詞，那天地登時昏暗，喝聲道：「疾。」只見大風怒起，彤雲中眾目共見，無數金甲神兵殺奔城上。宋江大喜。忽見城內萬道金光射出，那些神將個個都倒戈控背而退，霎時不見，只見希真披髮持鏡立在城上。希真便將罡氣盡布在乾元鏡上，那萬道金光直射到宋江陣前，耀得宋江人馬眼光瞀亂，不能抬頭。只聽得城內擂鼓吶喊，希真兵馬已開城殺出也。宋江大驚，忙傳令拔陣飛奔。公孫勝忙使個太陰雲道法，就地起了十里祥雲，蔽住金光，宋江兵馬方得歸營。希真亦收兵而回。兩邊各收了符法。（頁 429～430）

《蕩寇志》除了營造神魔鬥法的戰爭場面製造緊湊的敘事氛圍外，也挪用奔雷車、勾股算術等中國、西洋科學知識。如一百十三回〈白軍師巧造奔雷車　雲統制兵敗野雲渡〉火萬城、王良覓得一位西洋歐羅巴國軍師，名喚白瓦爾罕，專能打造戰攻器械，並介紹給宋江認識：

白瓦爾罕道：「我雖西洋人，實是中華出世。我祖上原系淵渠國人，因到歐羅巴國貿易，流寓大西洋。近因國王與中國交好，生意往來，我爹娘也到中國，居於廣州的澳門，方生下了我。我爹名唎啞呢唎，是西洋國有名的巧師，五年前已去世了。我學得爹的本事，廣南制置司訪知了我，將我貢於道君皇帝。我是中國生長，所以中華禮儀、言語、風俗都省得。」（頁 489）

如一百十六回〈陳念義重取參仙血　劉慧娘大破奔雷車〉曰：

天彪道：「你說得雖是，怎能雷子奇奇巧巧都落入他蓋門裡？」慧娘道：「此所以必用算籌也。媳婦會勾股算術，算那雷子落處，遠近尺

> 寸，不爽分毫。前日白瓦爾罕用火鴉，亦是此術。那火鴉如何都落到竹笆上，不飛到別處去。」天彪道：「恐你萬一算錯，豈非白費神思。」慧娘道：「公公不信，媳婦來時，後面軍裝車上現有十架，可取一架來，媳婦算與公公看。」天彪便令軍士拆了一架飛天神雷來。慧娘請天彪隨意指一處，掘個坑潭，如桌面大小。慧娘用標竿線索布在地上，窺望定了，布上算籌。不多時，已是算就，按定遠近步位，定下線道，支起炮架，教軍士放上雷子，不必點火，只拽足了，踏轉杠子發炮。只見那雷子飛去，不偏不倚，正落在那坑潭裡。若是點好火線，發出去方炸響轟打，此刻不過試個樣子。天彪見了大喜道：「吾兒工巧如此，雖周髀、魯班不及也。」這飛天神雷最要緊，便傳令教軍中匠人連夜打造。（頁 528～529）

如一百十七回〈雲天彪進攻蓼兒窪　宋公明襲取泰安府〉，敘述宋江見奔雷車被破，魂飛魄散，棄寨而走，白瓦爾罕並不氣餒，另造有沉螺舟：

> 白瓦爾罕道：「此舟形如蚌殼，能伏行水底。大者裡面容得千百人，重洋大海都可渡得，日行萬里，不畏風浪。人在舟內，裡面藏下燈火，備足乾糧，可居數月。進出之時，用瀝青封口，水不能入。今在內河，只須照樣做小的，藏得百十人足矣。」（頁 536）

處於晚清的俞萬春，其小說的時空場景設定在晚宋，中國十一世紀的內亂居然出現洋人白瓦爾罕，這豈非張冠李戴？其實中國古代敘事傳統不乏年代誤植的例證，做爲晚清對晚宋故事的重寫，《蕩寇志》借來科學幻想奇譚所構築的時間和情節，「演義」了一則國族寓言，小說敘事雜揉英雄傳奇、神魔鬥法、科幻等元素，而俞萬春在小說中似乎想證明，所謂科學新知其實中國老祖宗都已發現，白瓦爾罕造奔雷車、沉螺舟，獻出《輪機經》（第一百十七回）後自然隱退，其背後隱藏在《蕩寇志》科學幻想話語，所浮現的現代性「意識」，回應了當時名士如魏源等「師夷之長技以制夷」的重要共識，王德威對此的詮釋可供參考：

> 在白瓦爾罕這一節，俞萬春將這一思維潛藏的動機發揮得淋漓盡致。白瓦爾罕既是一新十九世紀中國作者／讀者耳目的發明家，又是臣服舊式政治勢力的歸降者。白瓦爾罕既是假中國人，又是非中國人。他不但被描述成中國文化的傾慕者，而且他不可思議的技能也源自華夏。那部有關西方科學祕笈《輪機經》，最終是爲中國人而

> 寫，而且還要贈與中國人的。這段插曲爲中國獲取西方新知的途徑，提供了理想的模式：他以嘗試、探尋爲開端，繼之以占有的渴望，最終以懷柔同化的邏輯爲結果。於是白瓦爾罕在交出其神技的祕訣後便從小說中消失，是再自然不過的了。〔註122〕

《蕩寇志》刻意修正《水滸傳》的結局，重寫宋軍大敗梁山泊綠林好漢的故事，俞萬春將洋人白瓦爾罕與梁山泊好漢加以結合，代表水滸故事在「官」與「盜」交戰中的新變數，以「演義」的角度觀之，《蕩寇志》在整個四大奇書之續書的書寫題材運用上，融入作者個人對新式科技的創造想像，開創了小說演義的創作向度。

三、《西遊記》續書聖與凡的「新詮」

《續西遊記》第一百回〈保皇圖萬年永固　祝帝道億載遐昌〉，從回目的命名上，通過西天取經的敘事過程，其背後所隱含的鞏固政權意圖極爲明顯，而從第三回〈唐三藏禮佛求經　孫行者機心生怪〉開始，孫悟空種下「不淨根因」的八十八種機心，從此踏上心性修煉之旅，藉由一連串的考驗，達成「泯除機心，復還平等」的宗教救贖意義。如第九十七回〈鼉精計畫偷禪杖　行者神通變白煙〉曰：

> 論經文，端正向，僧家何事求三藏？禪機見性與明心，慈悲方便爲和尚。戒貪嗔，無色相，不逞豪梁掄棍棒。如士不動守和柔，人我同觀寬度量。若忿爭，掄寶杖，更誇如意金箍棒，九尺釘鈀利害凶，這點仁慈居何項？去挑經，若打妖魔經文喪！（頁1850）

構成《西遊記》整體敘事框架的九九八十一難，可以說是出於宗教考驗而設置的，在西天取經的路上，無論是唐僧沿路遭遇的磨難，或是收服眾弟子的敘事過程，都是出於心性考驗的敘事需要，而唐僧師徒的降凡、轉世，背後均有爲「贖罪」而往西天取經的存在動機，而佛、道兩教的神祇對唐僧西行的磨難瞭若指掌，並不斷提供訊息解決難題，從敘事學的觀點來看，既扮演故事參與者的角色，也擔任全知全能的敘事權威。

《續西遊記》在八十八種機心的情節建置上，與《西遊記》八十一難並無二致，第七十九回〈玉龍馬長溪飲水　豬八戒石洞誇名〉回首詩有「眞經

〔註122〕王德威撰，宋偉杰譯：《被壓抑的現代性：晚清小說新論》，（台北：城邦文化事業股份有限公司，2003年8月初版），頁345。

豈有阻，機變實生魔。無邪方寸地，到處是婆娑」句，揭示「機變生魔」的敘事命題，而比丘僧到彼、靈虛子優婆塞則是執行如來佛意志的敘事權威，收回唐僧師徒的兵器，只靠菩提數珠、木魚梆子，再也沒有《西遊記》眾天神佛的奧援，《續西遊記》作者設定這樣的敘事編排，也讓整部小說陷入困境，失去降妖伏魔手段的孫悟空，如何憑藉一根禪杖護送眞經回東土？沿路的妖魔不再是神佛世界有意安排下界考驗唐僧師徒心性，《續西遊記》藉由小說闡釋禪宗「明心見性」的宗教實踐，卻也捨棄重寫《西遊記》情節發展的娛樂性。

《後西遊記》第四十回〈開經重講　得解證盟〉結尾引詩曰：

> 前西遊後後西遊，要見心修性也修。
> 過去再來須著眼，昔非今是願回頭。
> 放開生死超生死，莫問緣由始自由。
> 嚼得靈文似冰雪，百千萬劫一時休。（頁 2321）

從第五回〈唐三藏悲世墮邪魔　如來佛欲人得眞解〉，藉由知客一段話道出陳玄奘佛骨、佛牙的來歷：

> 知客道：「這玄奘法師因功行洪深，證了佛果，後來就坐化在我這法門寺，遺下佛骨佛牙，至今尚藏塔中。每三十年一開，開時則時和年豐，君民康泰。今又正當三十年之期，蒙今上憲宗皇帝要遣官迎至長安禁內觀看。旨已下了，只候擇日便要迎去。」唐三藏嘆息道：「這陳玄奘我認得他，何曾坐化？哪有佛骨、佛牙在此塔中？是誰造此妄言誣民惑世？」（頁 1929）

最後唐三藏與孫悟空感嘆：「我與你一番求經度世的苦功，倒做了他們造孽的公案。」（第五回），亦即西天求經之救世宏願，成爲狡僧騙詐牟利之具，作者藉迎佛骨、佛牙的宗教活動，帶出「眞解度世」的寓言框架：

> 世尊答道：「我這三藏眞經，義理微妙，一時愚蒙不識，必得眞解，方有會悟，得免冤愆。可惜昔年傳經時，因合藏數，時日迫促，不及令汝將眞解一併流傳，故以訛傳訛，漸漸失眞。這也是東土眾生造孽深重，以致如此。」（頁 1932）

《後西遊記》透過西天求解重寫《西遊記》，其中隱含「導愚」的教化觀念，由於唐三藏、孫悟空顯聖封經後，唐半偈自告奮勇承擔求解之旅的重責，而小說中不斷的詰問，構成一種本體意義上的對話與交流，漢斯—格奧爾格·

加達默爾（Hans-Georg Gadamer）提出他的理解：

> 談話的特徵……即這裡的語言是在問與答、給予和取得、相互爭論和達成一致的過程中實現那樣一種意義交往，而在文字流傳物裡巧妙地作出這種意義交往正是詮釋學的任務。因此，把詮釋學任務描述爲與文本進行一種談話，這不只是一種比喻的説法——而是對原始東西的一種回憶。進行這種談話的解釋是通過語言而實現，這一點並不意味著置身於陌生的手段中，而是相反地意味著重新產生原本的意義交往。因此，用文字形式流傳下來的東西從它所處地異化中被帶出來而回到了富有生氣的正在進行談話的當代，而談話的原始程序經常就是問與答。〔註 123〕

《後西遊記》透過讀者角色的質問，與《西遊記》之間呈現一種「對話」關係，卻也不給出答案，其對話的情節設計，在四大奇書之續書群中十分醒目。如第十四回〈金有氣塡平缺陷　默無言斬斷葛藤〉曰：

> 妖怪見不答應，因說道：「你這和尚想是半路出家的，故這些古典全不曉得。你既要往西天去求眞解，當年唐三藏取經之事，自然曉得的了。既行方便，若有眞經，就叫孫行者、豬八戒、沙和尚三個徒弟去求未嘗不可，爲何定要唐三藏歷這十萬八千里遠途，究竟爲何？佛法又說慈悲，若果慈悲，就叫唐僧一路平安的往西方，爲何叫他受苦？也不見十分慈悲。」唐半偈聽了他的言語，便合眼默然全不答應。（頁 2012）

沈默的唐半偈與妖魔咄咄逼人的質問，恰形成文本「未定性」的敘事氛圍。如第十九回〈唐長老坐困火雲樓　小行者大鬧五莊觀〉回首詩曰：

> 平平道理沒低高，就是靈山也不遙。
> 既已有人應有鬼，須知無佛便無妖。
> 死生禍福憑誰造，苦樂悲歡實自招。
> 若識此中眞妙義，求經求解亦徒勞。（頁 2054）

《後西遊記》在此似乎是將西天求解背後的寓意點出，筆者以爲本書在詮釋「由色入空」哲理思維的敘事實踐，藉由主角與儒家義理、及佛道二教心性

〔註 123〕〔德〕漢斯—格奧爾格·加達默爾（Hans-Georg Gadamer）撰，洪漢鼎譯：《眞理與方法——哲學詮釋學的基本特徵》（第一卷），（台北：時報文化出版企業有限公司），頁 477。

思想的碰撞，凸顯「求解」而實「未解」的哲學命題。在第二十二回〈唐長老逢迂儒絕糧　小行者假韋陀獻供〉回首詩曰：

畢竟人心何所從，喜新厭舊亂哄哄。

東天盡道西行好，及到西天又想東。

洪福享完思淨土，枯禪坐盡望豐隆。

誰知兩處俱無著，色色空空遞始終。（頁 2094）

又〈後西遊記序〉曰：

蓋聞天何言哉，而廣長有舌，久矣嚼破虛空。心方寸耳，而芥子能容，悠然遍滿法界。造有造無，三藏靈文，繇茲演出；觀空觀色，百千妙義，如是得來。耳之希有，諦聽若雷；目所未曾，靜觀如鏡。〔註 124〕

《後西遊記》在「由色入空」的寓言框架下，進行嘲佛諷儒的敘事過程，透過質疑和沈默，延宕原書的主題，並引導讀者深思西行求解的眞正意涵。

《西遊補》第十六回〈虛空尊者呼猿夢　大聖歸來日半山〉，虛空主人引偈爲證曰：

也無春男女，乃是鯖魚根。也無新天子，乃是鯖魚能。

也無青竹帚，乃是鯖魚名。也無將軍詔，乃是鯖魚文。

也無鑿天斧，乃是鯖魚形。也無小月王，乃是鯖魚精。

也無萬鏡樓，乃是鯖魚成。也無鏡中人，乃是鯖魚身。

也無頭風世，乃是鯖魚興。也無綠珠樓，乃是鯖魚心。

也無楚項羽，也是鯖魚魂。也無虞美人，乃是鯖魚昏。

……

也無蜜王戰，乃是鯖魚哄。也無鯖魚者，乃是行者情。（頁 2411）

《西遊補》在第十六回所點出「虛空」的敘事情境，跳脫了《西遊記》以來神魔幻怪敘事範式的傳統，從敘事學的意義來看，《西遊補》在小說行文中透顯出「不可信的敘述者」特質，以韋恩・布斯（W.C Booth）「隱含的作者」觀念來說明：

對於實際批評來說，這幾類距離中最重要的或許要算這樣一種距離，即難免有誤或不可信的敘述者之間的距離。如果說討論敘述觀點的理由是它如何與文學效果有關，那麼，敘述者的道德和理智性

〔註 124〕〔清〕佚名：〈後西遊記序〉，見高玉海：《古代小說續書序跋釋論》，頁 119。

> 質對我們的判斷來說，顯然比敘述者是否稱之「我」或「他」更重要，也比他是否是不受限制或有所限制的敘述者更爲重要。如果發現敘述者是不可信的，那他傳達給我們的作品的整個效果也就被改變了。〔註 125〕

藉由虛空主人對鯖魚精居於幻部，神通勝孫悟空十倍，進而道出造化三部，即無幻部、幻部、實部，鯖魚精營構的虛幻世界，其實是孫悟空之情欲所生就，作者董說可說深諳小說虛實之理，如年代誤植與置換在《西遊補》裡，並非技術的缺憾，而是促使歷史意識機制得以運作的重要手段，在第五回〈鏤青鏡心猿入古　綠珠樓行者攢眉〉，行者幻化成虞美人：

> 原來古人世界中有一美人，叫做「綠珠女子」，鎮日請賓宴客，飲酒吟詩，當時費了千心萬想，造就百尺樓台，取名「握香台」。剛剛這一日，有個西施夫人、絲絲小姐同來賀新台，綠珠大喜，即整酒筵，擺在握香台上，以敘姊妹之情。正當中坐著絲絲小姐，右邊坐著綠珠女子，左邊坐著西施夫人。一班扇香髻子的丫頭，進酒的進酒，攀花的攀花，捧色盆的捧色盆，擁做一堆。行者在縫裡變生巧詐，即時變作丫頭模樣，混在中間。怎生打扮？洛神髻，祝姬眉；楚王腰，漢帝衣。上有秋風墜，下有蓮花杯。（頁 2354～2355）

沒想到孫悟空所變成的是西楚霸王項羽的姬妾虞美人，加上春秋末越國的西施以及西晉石崇的寵妾綠珠，〔註 126〕三者皆是歷史上著名的「女禍」型人物，做爲重寫《西遊記》情欲層面的主題詮釋，《西遊補》所要寫的，根本就是借來的時間與情節，三人並置在古人世界，就是一種小說修辭的招魂式。這一敘事安排可說是符合《西遊補》的情欲書寫，從三人在握香台吟詩作對來看，以抒發閨思爲主，作者董說在三人「殉情」的歷史謎團中，刻意挪用虞美人、西施、綠珠的歷史典故，挖掘幽微的情思，造成虛實交錯的敘事效果，在中

〔註 125〕〔美〕韋恩·布斯（W.C Booth）撰，華明、胡蘇曉、周憲譯：《小說修辭學》，（北京：北京大學出版社，1987 年 10 月第 1 版），頁 178。

〔註 126〕生雙角山下，西晉石崇寵妾。「美而艷，善吹笛」。西晉太康年間，石崇出任交趾採訪使，路過博白，驚慕綠珠美貌，以三斛明珠聘爲妾，並在皇都洛陽建造金谷園，石崇還在南皮（今古皮城遺址處）爲綠珠建了梳妝樓。晉惠帝永康元年（300 年），趙王司馬倫專權，倫之黨羽孫秀垂涎綠珠，向石崇索要綠珠，石崇拒絕。孫秀領兵圍金谷園，石崇正在大宴賓客，石對綠珠說：「我因你而獲罪」，綠珠泣曰：「妾當效死君前，不令賊人得逞！」綠珠墜樓自盡。孫秀殺石崇全家。

國文學傳統神魔敘事中，融入情欲命題，可說是獨樹一格。

作者董說在《西遊補》與《西遊記》的互文性基礎上，善於使用戲仿（parody）的敘事技巧，造成滑稽、荒謬的敘事效果。如第十五回〈三更月玄奘點將　五色旗大聖神搖〉曰：

> 卻說行者在亂軍中過了三日，早已變做六耳彌猴模樣的一個軍士，聽著叫著「孫悟空」三字，飛身跳出，俯伏於地，道：「小將孫悟空運糧不到，是他兄弟孫悟幻情願替身抵陣，敢犯長老將軍之律令。」唐僧道：「孫悟幻，你是什麼出身？快供狀來，饒你性命。」行者便跳跳舞舞，說出幾句。他道：
>
> 昔日是妖精，
> 假冒行者名。
> 自從大聖別唐僧，
> 便結婚姻親上親。
> 不須頻問姓和名，
> 六耳彌猴孫悟幻大將軍。（頁 2407）

《西遊補》在神魔敘事的藝術創造上可謂別出心裁，往往借用原書人物軀殼，重新加以塑造個人特質，進而產生閱讀上的「陌生化」（Defamiliarization）效果。在第十五回出現的波羅蜜王，自稱是孫悟空四個兒子其中之一，更是襲用《西遊記》第五十九回〈唐三藏路阻火燄山　孫行者一調芭蕉扇〉情節而加以改造，文曰：

> ……徑到芭蕉洞裡，初時變作牛魔王家伯，騙我家母；後來又變作小蟲兒，鑽入家母腹中，住了半日，無限攪抄。當時家母忍痛不過，只得將芭蕉遞與家父行者。家父行者得了芭蕉扇，扇涼了火焰山，竟自去了。到明年五月，家母忽然產下我蜜王，我一日長大一日，智慧越高，想將起來，家伯與家母從來不合，惟家父行者曾走到家母腹中一番，便生了我，其爲家父行者之嫡系正派，不言而可知也。（頁 2408～2409）

《西遊補》第十五回與《西遊記》第五十九回在互文性的基礎上，經由重寫而呈現與原書迥異的敘事意涵。又如第十六回〈虛空尊者呼猿夢　大聖歸來日半山〉敘述木叉領個白面和尚，駕朵祥雲，翩然而下：

> 「唐長老，你收著新徒弟，大聖就來也。」慌得唐僧滾地下拜。木

> 叉道：「觀音菩薩念你西方路上辛苦，又送一個小徒弟在此。只他年紀不多，要求長老照顧照顧。菩薩已取他法名叫做『悟青』。菩薩說：悟青雖是長老第四個徒弟，卻要排在悟空之下、悟能之上，湊成『空青能淨』四字。」唐僧領了菩薩法旨，收了徒弟，送上木叉不題。原來鯖魚精迷惑心猿，只爲要吃唐僧之肉，故此一邊纏住大聖，一邊假做小和尚模樣，哄弄唐僧。那知大聖又被虛空尊者喚醒。（頁2411）

如上所述，《西遊補》打破讀者閱讀《西遊記》的既有認知，並且以「戲仿」的心態呈現滑稽突梯的敘事效果，瑪格麗特・A. 羅斯（Margaret A. Rose）從讀者接受定義「戲仿」（parody）的觀點，可供參考：

> 在關於讀者接受戲仿信號的討論中，有一個基本前提，即模仿（或非反諷、非批評性地將另一文學作品在文本中整體或部分再現）與文學戲仿的區別在於戲仿中原文與它的「模仿」或轉換形式之間存在滑稽的差異或不調和。即使有些人認爲讀者無法完全知道作者意圖，對戲仿文本的滑稽體驗意味著讀者可以尋找結構和其他類似原因解釋文本中的滑稽效果。〔註 127〕

《西遊補》在《西遊記》諧謔風格的影響下，在小說敘事中頗多插科打諢的情節點綴，「諧謔風格的出現，首先意味著一種文學觀念的改變，也體現爲一種敘述態度」，〔註 128〕在《西遊記》續書群中，《續西遊記》、《後西遊記》的敘述態度偏向理性，而到了《西遊補》才又重現原書諧謔風格。如第四回〈一竇開時迷萬鏡　物形現處我形亡〉曰：

> 獨有一班榜上有名之人：或換新衣新履；或強作不笑之面；或壁上寫字；或看自家試文，讀一千遍，袖之而出；或替人悼嘆；或故意說試官不濟；或強他人看刊榜，他人心雖不欲，勉強看完；或高談闊論，話今年一榜大公；或自陳除夜夢讖；或云這番文字不得意。（頁2352）

由天字第一號鏡裡看人放榜，進而鏡中反映「幾家歡樂幾家愁」的考場世情，

〔註 127〕〔英〕瑪格麗特・A. 羅斯（Margaret A. Rose）撰，王海萌譯：《戲仿：古代、現代與後現代》（Parody：Ancient，Modern and Post-Modern），（南京：南京大學出版社，2013 年 5 月第 1 版），頁 36。

〔註 128〕劉勇強：《中國古代小說史敘論》，（北京：北京大學出版社，2007 年 10 月第 1 版），頁 279。

具有反諷技法及諷刺類型，作者董說一度熱中功名科舉，寫作《西遊補》之際，正是其落第之時。〔註 129〕又如第九回〈秦檜百身難自贖　大聖一心皈穆王〉曰：

> 行者又叫：「秦檜，你挾金人的時節，有幾百斤重呢？」秦檜道：「我挾金人卻如鐵打泰山一般重。」行者道：「你知泰山幾斤？」秦檜道：「約來有千萬斤。」行者道：「約來的數不確，你自家等等分厘看！」叫五千名銅骨鬼使，抬出一座鐵泰山壓在秦檜背上，一個時辰，推開看看，只見一枚秦檜變成泥屑。行者又叫吹轉，再勘問他。（頁2378～2379）

以唐代取經故事爲主的《西遊記》，竟然出現北宋力主對金求和與陷害岳飛而惡名昭著的秦檜，年代誤植與置換的現象在《西遊補》頗爲常見，前已述之，《西遊補》八至十回，行者在未來世界即陰司中主審奸相秦檜，透過行者權充閻羅天子半日，對秦檜當面痛斥、詈罵，以洩千古之憤。對於時空錯亂的手法，楊義認爲「以時空錯亂的幻想方式，與歷史、歷史人物進行對話、或發言，似乎是明初傳奇的的興趣所在，早在瞿佑寫《剪燈新話》時，這種歷史反省意識就相當濃郁了。」〔註 130〕到了明末的《西遊補》，技巧的運用更加純熟，書中行者看冊子寫道：「和議已決，秦檜挾金人以自重。」秦檜卻說挾金人如鐵打泰山一般重，於是行者遣人抬出鐵泰山壓在秦檜背上，則是「諧音雙關」的反諷修辭。

《西遊補》經由「戲仿」科舉亂象、秦檜誤國的挪用情節，造成原書「心性修煉」的主題轉變，既有諷刺（satire），又有反諷（irony），凸顯文學／文化語境解讀上的歧義，《西遊補》在情緣夢幻的敘事氛圍中，開展出「戲仿文本」的創作向度，瑪格麗特・A. 羅斯（Margaret A. Rose）區分反諷、諷刺、戲仿概念可爲論證：

> 大多數反諷包含一個代碼，其中又隱藏了兩個信息；大多數諷刺通過單一代碼向讀者傳遞一個在很大程度上十分明確的關於諷刺目標的信息；戲仿則不但包括兩個代碼，還很有可能既反諷又諷刺，因

〔註 129〕金鑫榮：《明清諷刺小說研究》，（南京：鳳凰出版社，2007 年 12 月第 1 版），頁 161。

〔註 130〕楊義：《中國古典小說史論》，（北京：中國社會科學出版社，1995 年 12 月第 1 版），頁 304。

爲它的攻擊目標既是戲仿的一部份，又是反諷性的多重信息的一部份，這個目標與其說是反諷的對象，不如被定義爲一個單獨的對象。而且戲仿與諷刺和反諷（以及其他技巧）的區別還在滑稽地並置具體的語言或藝術材料。〔註 131〕

《西遊補》藉由「戲仿」技巧呈現出諧謔的風格，在情欲命題的開展中，也寓含作者董說個人對科舉取士、紹興和議的歷史回應，呈現小說敘事的多元解讀。

四、《金瓶梅》續書的權威敘事與道德擺盪

《續金瓶梅》第六十四回〈三教同歸感應天　普世盡成極樂地〉，結尾藉白居易訪烏巢禪師的一段典故曰：

白公請問佛法，師曰：「諸惡莫作，眾善奉行。」白公大笑說：「這兩句話，三歲孩兒也道得，八十老翁還行不得。」白公乃爲之作禮。我今講一部《續金瓶梅》，也外不過此八個字，以憑世人參解，才了得今上聖明，頒行《感應篇》勸善錄的教化，才消了前部《金瓶梅》亂世的淫心。（頁 494）

《續金瓶梅》充滿宗教式的道德勸說，其用意無非是藉此消除《金瓶梅》的淫書印記，在重寫的認知模式上，融入「勸善教化」主題的觀念性寫作，「重寫」的基礎是作者對前文本的閱讀和理解，而對作者思想傾向和寫作語境的深刻認識，掌握作者運用宗教意識「演義」勸世寓言的苦心，應是一個值得努力的嘗試。如第一回〈普淨師超劫度冤魂　眾孽鬼投胎還宿債〉引《華嚴經》曰：

眾生愚癡起諸見，煩惱如流及火然。
導師方便悉滅除，普集光幢於此見。
諸見愚癡爲暗蓋，眾生迷惑常流轉。
佛爲開闡妙法門，光照方神能悟入。
爲令一切劫海中，如來種性常不斷。
爲令一切世界海，顯示諸法眞實性。
爲令一切眾生欲，摧破一切障礙山。

〔註 131〕〔英〕瑪格麗特·A. 羅斯（Margaret A. Rose）撰，王海萌譯：《戲仿：古代、現代與後現代》，頁 88。

　　一切國土心分別，種種光明而照現。

　　斯由業海不思議，諸流轉法常如是。（頁 5）

《續金瓶梅》努力融攝佛教經典、道教善書宗教話語於小說敘事，猶如一個叨叨絮絮的說書老人，企圖以宗教說法勸人為善。如第二回〈欺主奴謀劫寡婦財　枉法贓貽累孤兒禍〉引《太上感應篇》曰：

　　費盡機謀百種心，安知天道巧相尋。

　　東鄰竊物西鄰得，江上私船海上沉。

　　暗室可能辭豔色，道旁誰肯返遺金！

　　由來鴆脯難充飽，割肉填還苦更深。（頁 11）

作者丁耀亢以《華嚴經》、《太上感應篇》等經典形塑的權威敘事，扭轉《金瓶梅》世情書寫所建構的文化語境，以因果報應的天道觀念對治「七情八欲六賊」的貪淫人性，而不光只是導正《金瓶梅詞話》的「淫書」標誌，以第四回〈西門慶望鄉台思家　武大郎酆都城告狀〉，作者現身說法的長篇大論為例：

　　今日單講《感應》前四句說：「天地有司過之神，依人所犯輕重，以奪人算。算減則貧耗，多逢憂患，人皆惡之，刑禍隨之；算盡則死。又有二台北斗星君在人頭上，錄人罪惡，奪人紀算。又有三尸神在人身中，逢庚申日上詣天曹，言人罪惡，利人速死。月晦之日，灶神亦然。」此等言語，分明勸善戒惡。那聖賢是天性慈祥，不待鬼神監察，自然是善的；那惡人天性奸貪，百計害人，那肯信這迂闊無憑的話？他說道：「我心裡害人的事，機巧深藏，鬼神那裡測度？暗室虧心，鬼神那裡得見？這四海九州多少人煙？如果鬼神處處察記，也有到有不到的。況人命一定，我該享這些富貴，一似天教我下來行這惡的一般。那些官祿、錢財、女色、宅產，俱是他該送來與我享用的，就取之不義，亦是當然。況人一死，那口氣散了，那裡有甚形質，有甚衙門？那有死鬼還來索報的理？這因果的話頭，不過假此騙人施捨罷了，那討真正鬼神。過了百十年的事，還有人對證不成？」（頁 22～23）

《續金瓶梅》以「司過之神」、「北斗星君」、「三尸神」、「灶神」為個人行為的考察神，賦予其錄人罪惡、上達天聽的權力，藉此宗教向度的道德言說，規範罪行與自由之間的鏈結，丁耀亢要告訴讀者的是，人間律法之外尚有天罰的因果懲戒，透過保羅・里克爾（Paul Ricoeur）論述西方基督教神學，對「惡」與「自由」的討論，可以發現相通的道德觀念：

> 宗教性話語深刻地改變了惡之意識的內容。道德意識中的惡本質上是種逾犯，也就是，違反律法；大部分虔誠的人們都跟著據此以考量罪。然而，在上帝面前，惡在性質上已被改變；它不在於律法之違犯，而是存在於人之意欲成爲自己的主人的這種驕傲之中。希望根據律法來生活的意志因而也是惡的一種表現——甚至是最要命的，因爲它是最虛飾的：自己的正義比不義還要壞。〔註 132〕

《續金瓶梅》以宗教說法進行勸善目的的背後，同樣也指出惡的性質的改變，「它不在於律法之違犯，而是存在於人之意欲成爲自己的主人的這種驕傲之中」，無視於三尺神明的「奪人紀算」，「算盡則死」的下場，眞正的惡，惡中之惡，在於「藐天蔑地」而「肆無忌憚」的貪淫心態，可以說《續金瓶梅》在重寫《金瓶梅》的認知基礎上，融合「因果」、「空」的宗教意識，爲飽受戰亂的塵世闇夜，「演義」一則輪迴果報的寓言。

《三續金瓶梅》第四十回〈完宿債藍屛爲尼　赴任所團圓重會〉，結尾引詩爲證曰：

> 後來西門孝探母，月娘受了封誥，春梅受福，喬大户攀親，二人撫養幼子成名不表。
>
> 一部《三續金瓶梅》完結，全始全終，有詩爲證：
>
> 夙緣了卻萬慮空，向善回心在卷中。
>
> 二降塵寰人不識，倐然悔過便超升。（頁 332）

作者訥音居士不滿《續金瓶梅》、《隔簾花影》給西門慶、春梅死後挖眼、下油鍋、三世之報的殘酷報應，便在《三續金瓶梅》中給他們改過向善的機會，第一回〈普靜師幻活西門　龐大姐還魂托夢〉，敘述普靜長老同情西門慶原有善根，而且夙緣未盡，故讓西門慶還陽，稍後也讓龐春梅還魂：

> 春梅淚流滿面説：「自從離了娘，嫁到周家，因癆病身死。他兄弟將奴合葬周統制墳墓。不想周爺大怒，説奴不守本分，欺哄於他，施陰法將我的屍首拋於荒郊野外，天不收，地不管，苦不可言。幸虧普靜禪師路過，大發慈悲，著土地老爺指引永福寺的道堅和尚，用

〔註 132〕〔法〕保羅・里克爾（Paul Ricoeur）撰，林宏濤譯：《詮釋的衝突》，（台北：桂冠圖書股份有限公司，1995 年 5 月初版），頁 487～488。

仙丹一粒救活屍首，現在永福寺安身，無投無奔。陽魂見娘，可憐收留，感激不盡。再雪澗長老指引，知爹已回陽世。望娘念舊日之情，求爹憐憫，情願疊被鋪床。」（頁 6）

從《金瓶梅》出版後所引領的議題在於，越界出軌行爲和強調勸懲之間求得恰當平衡這一個問題變得更爲迫切，〔註 133〕丁耀亢的《續金瓶梅》的出版，回應了《金瓶梅》提出而未充分討論的「越軌」與「懲罰」的議題，進而採取嚴峻的高道德標準，到了清道光元年（1821 年）訥音居士完成《三續金瓶梅》，反倒是採取寬鬆的道德標準。如第三十九回〈散資財日配三姻　大覺悟功成了道〉，敘述西門慶在五十歲生日過後，一心悟道，普靜禪師在第三十三回點化西門慶，送了《參同契》、《悟眞篇》給他參悟：

卻說西門慶這日下了床，到了上房，與月娘說：「這幾日沒有看你，我悟的有了設驗了。」說著，藍姐、屏姐看月娘。大家坐下，官人說：「你來的好，別人不懂得，你等大娘還明白這個道理。自古道：『苦海無邊，回頭是岸。』想人生機同一夢，好夢菜華惡夢貧，若是癡迷不悟，到了那臥病著床，悔之晚矣。就是你們婦人也要一心向善，不可失了本來面目。」吳月娘好善，自然明白，幾句話把藍姐、屏姐醒悟了，說：「爹說得不錯，明日我們學行好了，發免一生之罪。」官人甚喜。（頁 316）

西門慶由《金瓶梅》裡的情場浪子，到了《續金瓶梅》裡陰間審判受刑，經三世之報，最終在《三續金瓶梅》裡還陽，了卻前生夙緣，在重享人間富貴後參悟出家，呈現出自我懺悔的宗教意識，保羅・里克爾（Paul Ricoeur）提出倫理學的佈道性本質，可做爲《三續金瓶梅》倫理與道德擺盪間延伸的價值參考：

就我而言，我將保留倫理學之人類學成素：我會重新統合價值的觀念，與在無限性之原理（與欲求存有有關）和有限性之原理（與作品、制度、以及經濟、政治、文化生活之結構有關）之間的辯證關係。我不想把價值投射在天界，在那裡它會變成偶像。假如價值是一事件，假如它是個開端或起源，假如它是歷史性的神話、只有在見證的原理下才能被宣示或證明，那麼價值便是佈道的事件，它把

〔註 133〕〔美〕黃衛總撰，張蘊爽譯：《中華帝國晚期的欲望與小說敘述》，（南京：江蘇人民出版社，2010 年 12 月第 1 版），頁 57。

人—人與律法，人與倫理——重新定位在救贖之歷史裡。〔註 134〕

在家庭倫理與個人欲求之間，《三續金瓶梅》裡的西門慶選擇出家，實在是具有宗教救贖的個人價值存在，情場浪子西門慶經過陰間審判，還陽回到人間享樂，經過普靜禪師的度脫，選擇出家，散盡資財濟貧救苦，結束酒、色、財、氣四泉並湧的貪淫生活，無異是重寫《金瓶梅》的一記當頭棒喝。

總的來說，由明清演義觀念的考察來看，明代文人讀者的小說觀念分爲通俗演義及文言小說兩種，從庸愚子〈三國志通俗演義序〉開啓通俗演義的討論開始，隨著個人理解、補充，逐漸形成明清演義觀念，進而在綠天館主人提出「史統散而小說興」的命題，以及發揮《春秋》義法擴展到忠孝節義、日用人倫，明人的小說觀，由長篇演義擴及到《三言》、《二拍》爲主的短篇演義，形成演義之作的創作譜系，而另一股文言小說觀則是以胡應麟《少室山房筆叢》所論爲主，胡應麟在史家編纂的文學脈絡中，以具體作品的考訂爲依據，建構自己的小說史論述，將小說重定爲九流之一，對小說虛實命題的提出，經過謝肇淛、李日華等人在理論上的加強、補充，在小說創作美學中成爲疏離史傳母體的標誌。

四大奇書之續書在明代演義觀念的影響下，在創作本體的認知及創作觀念的深化，在娛樂性、虛構本質的敘事轉向、視域融合、讀者鑑賞等方面，都具有不可忽視的理論意義，續書從八股文領域「倚山立柱、縮海通江」的寫作要求進行創作鏈結，在「稗官」之體、「演義正體」概念的提出，爲明清演義觀念提供更清晰的創作認知，最後回歸到重寫觀點下的文本實踐，分別就《三國演義》續書引史爲證、《水滸傳》續書重寫俠義的歷史轉向、《西遊記》續書聖與凡的「新詮」、《金瓶梅》續書的權威敘事與道德擺盪等角度，分析小說文本如何面對四大奇書所遺留的文學／文化課題，在演義觀念的影響下進行歷史回應。

〔註 134〕〔法〕保羅・里克爾（Paul Ricoeur）撰，林宏濤譯：《詮釋的衝突》，頁 385。

第八章　結　論

明代四大奇書之續書由明代萬曆年間酉陽野史的《續編三國志後傳》揭開序幕，刊本卷首有「晉平陽侯陳壽史餘雜紀，西蜀酉陽野史編次」，作者不詳，署名酉陽野史，聲稱取材自陳壽的「史餘雜紀」。描述蜀國國亡後，後人易名四散逃逸，劉備庶子劉理之子劉璩，易名劉淵，連同蜀國後人在匈奴起義，翦滅西晉的故事。原書有十卷一百四十五回，沒有結局，作者聲稱整篇有二集二十卷，至今不見，可能是作者來不及完成，或已散佚，現存有明萬曆三十七年（1609 年）刊本。如果按照四大奇書出版順序來推算，成書於清道光元年（1821 年）訥音居士的《三續金瓶梅》理應是四大奇書之續書的尾聲餘響，但在道光六年（1826 年）這年，俞萬春開始提筆創作《蕩寇志》，最後寫成於道光二十七年（1847 年），中間凡「三易其稿」，歷經二十二年，時序已進入晚清，成爲四大奇書之續書最後完成的一部，從最早到最晚的續書，其時間跨幅將近二百四十年。本書鎖定「四大奇書之續書」做爲研究對象，主要基於續書如何透過「重寫」經典產生的互文性對話以參與「歷史」，其敘事話語的續衍、出版又與明萬曆至晚清之間的歷史文化語境，具有息息相關的對話關係。

經由前人的研究啓發，闡發四大奇書之續書的「演義」文體／文類觀念，挖掘其內在共相性質的橫向聯繫，並藉由研究視野的開拓，將四大奇書之續書做爲研究取樣，經由筆者研究發現，明代四大奇書之續書作者以「演義」爲基本創作型態，與四大奇書之間具有承衍與轉化的關係，以「適俗」、「導愚」、「娛樂」需求爲編創前提，因此在「說話虛擬情境」的程式運用和「隨題選義」的話語展演方面，均有吸引讀者參與的文化功能。而四大奇書之續書各自的話語實踐上，均可見其著述意識更加通俗化的大眾取向，而從歷史演義、英雄傳奇、神魔幻怪、人情寫實等不同類型或流派觀之，續書嘗試在既定的敘事範式中展現跨類型的形式實驗，提供後續通俗小說在編創上珍貴的創作經驗，自然不能等閒視之，而這也是在奇書文體典範的影響下，在小說敘事形式上的突圍與合流。

明末清初是小說續書發展史上第一個高峰，在此政治與文化產生巨變的時期，四大奇書都有續書產生，美國學者浦安迪（Andrew H. Plaks）一反五四以來論者視四大奇書爲通俗小說典範的共識，從「文人小說」創作觀點提出「奇書文體」的概念，而受限於寫定者身分因現存文獻資料不足，至今無法釐清明代四大奇書的創作屬性，但透過四大奇書之續書「演義」文體／文類的話語考察，筆者發現文人精神在四大奇書之續書有逐漸消退之勢，而回歸世俗成爲續書創作的歸趨，其話語（discourse）〔註 1〕與社會中的其他話語系統、「前文本」敘事話語進行對話，形成眾聲喧嘩的文學現象，歷來論者一般不考慮從共時性的基礎，探究「演義」觀念在四大奇書之續書的敘事本質和美學內涵，筆者除了借助新的理論視野重新闡釋之外，根據四大奇書之續書「重寫經典」的視角切入，經過深入探討之後，基本上確立幾項重要的研究觀點，今據研究所見予以統整，以爲本書最後的結論。

〔註 1〕在文學與文化理論中，話語（discourse）是當代文學批評中一個相當重要的術語，從二十世紀六 O 年代開始，話語的這種「可個體化和被調節的實踐」奠定了這個主要用於語言學領域的術語，在人文社會科學領域成爲備受重視的中心概念。「換言之，在廣義上，一切擁有意義的陳述，不論是口頭還是書面的，均可視爲話語。其次，話語也同時成爲意義結構的組成方式。所以，在狹義上，話語亦可是個人或群體在歷史時段中或某一領域中的特定表述。」參王曉路等著：《文化批評關鍵詞研究》，（北京：北京大學出版社，2007 年 7 月第 1 版），頁 199。從米歇爾・福柯（Michel Foucault）的話語理論來看，「在與意識形態的關係上，福柯所用的『話語』接近巴赫金所用的『話語』：從所體現的信仰、價值、範疇看，話語就是言語或書寫，它們構成了看待世界的一種方式，構成了對經驗的組織或再現，構成了用以再現經驗及其交際語境的語碼。毋寧說，話語構成了一種意識形態，把這些信仰、價值和範疇或看待世界的特定方式強加給話語的參與者，而不給他們留有其他選擇。」參趙一凡、張中載、李德恩主編：《西方文論關鍵詞》，（北京：外語教學與研究出版社，2006 年 1 月第 1 版），頁 226。

第一節　文化轉向：經典轉化與讀者詮釋

在文學發展史上，一種文類的經典名著，由於長時間被不同時代的讀者，以各自審美角度進行理解，同時又不斷被文人評點者以不同角度進行詮釋與批評，因此文學經典如何被接受、內化、傳播的歷程，本身即具有豐富、複雜的內涵，足以成爲後繼研究者不斷探究的學術議題。在中國文學史上，明代小說毫無疑問當以《三國演義》、《水滸傳》、《西遊記》、《金瓶梅》四部作品爲藝術頂峰，當時文人以「奇書」、「才子書」來指稱這四部小說，是寓有深意的，將通俗小說稱之爲「奇書」者，如張無咎〈批評北宋三遂平妖傳敘〉曰：

> 小說家以眞爲正，以幻爲奇。然語有之：「畫鬼易，畫人難。」《西遊》幻極矣，所以不逮《水滸》者，人鬼之分也。鬼而不人，第可資齒牙，不可動肝肺。《三國志》，人矣，描寫亦工；所不足者幻耳。然勢不得幻，非才不能幻，其季孟之間乎？嘗辟諸傳奇：《水滸》，《西廂》也；《三國志》，《琵琶記》也。《西遊》，則近日《牡丹亭》之類矣。他如《玉嬌梨》、《金瓶梅》另辟幽蹊，曲中奏雅，然一方之言，一家之政，可謂奇書，無當巨覽，其《水滸》之亞乎！〔註2〕

而用「才子書」一詞評價通俗小說或許是金聖嘆首創，金氏擇取歷史上各體文學之典範，名之爲「六才子書」，曰《莊子》、《離騷》、《史記》、《杜詩》、《水滸》、《西廂》。自從《第五才子書水滸傳》刊行之後，「才子書」便成爲清代指稱小說的普遍定見，四大奇書的成書本身，即充滿文人編創意識與審美文化理想。因此，浦安迪將四大奇書稱爲「文人小說」（scholar novel），但這樣的看法是從四大奇書的「修訂本」和晚明諸多評點家意見做爲參考依據：

> 上述這四種修訂本一問世，便立即成爲隨後小說（國外漢學通常稱作傳統中國的『novel』）發展的範本。事實上，我還可以進一步宣稱：正是這四部書，給明、清嚴肅小說的形式勾畫出了總的輪廓。這四部作品構成小說文類本源的重要地位，恰恰由於作品本身的卓越超群而有點被人忽視，因爲它們無比豐富的內容和精巧絕倫的寫作手法，同類作品中很少有能與之媲美者，因而，這四部「奇書」在一個半世紀裡一直鶴立雞群，自成一體，直到《儒林外史》與《紅

〔註2〕〔明〕張無咎：〈批評北宋三遂平妖傳敘〉，收入黃霖編：《金瓶梅資料彙編》，（北京：中華書局，1987年3月第1版），頁233。

樓夢》問世之後，才形成所謂「六大古典小說」。〔註3〕
但是就四大奇書早期版本而言，這樣的看法卻可能忽略「演義」在早期發展階段，大體上迎合庶民文化在閱讀趣味與審美感受爲主的情形，從筆者研究四大奇書之續書，透過文本的分析可知，四大奇書之續書融合士人與庶民意識的文化價值，並沿襲著前文本「通俗爲義」的創作定勢繼續發展，四大奇書之續書的創作發生，基本上呈現「史官文化」與「市民文化」相互交融的創作意識，面對四大奇書的經典地位，續書以讀者之姿進行詮釋與批評，經由重寫經典的文本實踐，體現對經典神聖性與權威性的質疑與解構，續書作者對四大奇書的「前理解」（fore-understanding）各自不同，因而在敘事開端產生不同的「預述性敘事框架」，王瓊玲以「消費文化」的角度看待文學經典意義的轉化，可做爲四大奇書之續書「重寫」的文化觀點：

> 消費文化按照自身內在的邏輯與動力，將經典的神聖性與權威性腐蝕，對文學經典進行翻譯、戲擬、拼貼、改寫。這使得追求經典文本的通俗性，逐漸成爲消費文化對文學經典所採取的態度。此種文化經典神聖性的消解與消費化趨勢，體現著現代性中的世俗化需求，而經過戲仿（parody）、改編後的文學經典，其實已不復是原初意義上的文學經典，充其量，原作與改作兩者間，也僅祇是保持著可辨識的互文性（intertextuality）關係而已。事實上，消費文化正是以一種社會機制的方式，無意識地通過戲仿及改寫等滑稽方式，來瓦解傳統經典文本其在歷史中的尊貴地位，以彌合高雅與通俗、菁英與大眾之間的鴻溝。〔註4〕

四大奇書之續書出版動機背後隱藏的娛樂性及商業機制，透過小說序跋的推薦、評論，甚至在文本（《續編三國志後傳》）結尾作者現身招攬讀者購買，均可視爲一種消費心態的反映，四大奇書之續書對前文本抱持的態度可說複雜而多元，從接納理解前文本的文化語境，到質疑否定前文本的意識形態；從憤世嫉俗的抗爭姿態，到歸順天命的心靈安頓，莫不與當時創作時空的歷史文化語境、思想價值觀念相呼應，筆者發現這與當代文化研究的兩個重要

〔註3〕〔美〕浦安迪（Andrew H. Plaks）撰，沈亨壽譯：《明代小說四大奇書》，（北京：生活・讀書・新知三聯書店，2006年9月北京第1版），頁1～2。

〔註4〕王瓊玲：〈重寫文學史——「經典性」重構與明清文學之新詮釋〉，收入王瓊玲、胡曉真主編：《經典轉化與明清敘事文學》，（台北：聯經出版事業股份有限公司，2009年8月初版），頁2～3。

特徵，即是：「非菁英化」與「去經典化」（de-canonization），具有理論上的參照可供借鏡：

> 它通過指向當代仍有著活力，仍在發生著的文化事件來冷落在書頁中的經過歷史積澱的並有著審美價值的菁英文化產品，另一方面，它又通過把研究的視角指向歷來被精英文化學者所不屑的大眾文化甚或消費文化來對以往的既定經典提出質疑。這樣一來，文化研究對經典文化產品——文學藝術產生的打擊就是致命的：它削弱了精英文化及其研究的權威性，使精英文化及其研究的領地日益萎縮，從而爲文學經典的重新建構鋪平了道路。〔註5〕

四大奇書之續書透過對文學經典的轉化與詮釋，充分體現「非菁英化」與「去經典化」的「通俗文化」傾向，如〈新刻序編三國志引〉曰：

> 但不過取悅一時，結尾有成，終始有就爾。大抵觀是書者，宜作小說而覽，毋執正史而觀，雖不能比翼前書，亦有感追蹤《前傳》，以解世間一時之通暢，並豁人世之感懷君子云。〔註6〕

樵餘〈水滸後傳論略〉以「定勿使施羅專美於前也」的創作心態指出：

> 文人著述，固有幸不幸焉，《前傳》膾炙海內，雖至屠沽負販，無不千口成誦，而此稿近三百年，無一知者。聞向藏括蒼民家，又遭傖父改竄，幾不可句讀。余懸重價久而得之，細加紬繹，匯訂成編，倘遇有心人，剞劂傳世，定勿使施羅專美於前也，跂予望之。〔註7〕

蔡元放在〈水滸後傳讀法〉以《水滸傳》對地煞人物刻劃不足指出：

> 本傳雖是將《前傳》山泊殘剩諸人重加渲染，但《前傳》諸人，雖是寫出許多英雄豪傑，而論其大體，只不過是山泊爲盜，則好煞亦不足爲重輕。況《前傳》只於天罡諸人加意描寫，至於地煞如樂和、穆春、樊瑞等諸人，不過順帶略敘，殊爲不見所長。〔註8〕

〔註5〕王寧：《文化翻譯與經典闡釋》，（北京：中華書局，2006年4月北京第1版），頁99。

〔註6〕〔明〕佚名：〈新刻序編三國志引〉，見高玉海：《古代小說續書序跋釋論》，（北京：中國社會科學出版社，2007年5月第1版），頁6。

〔註7〕〔清〕樵餘：〈水滸後傳論略〉，見高玉海：《古代小說續書序跋釋論》，頁43。

〔註8〕〔清〕蔡元放：〈水滸後傳讀法〉，見高玉海：《古代小說續書序跋釋論》，頁51。

忽來道人肯定《水滸傳》前七十回，而否定七十回後的主題思想，在〈蕩寇志引言〉指出：

> 乃有羅貫中者，忽撰出一部《後水滸》來，竟說得宋江是眞忠眞義，從此天下後世做強盜的無不看了宋江的樣：心裡強盜，口裡忠義。殺人放火也叫忠義，打家劫舍也叫忠義，戕官拒捕、攻陷城邑也叫忠義。看官你想，這喚做甚麼說話？眞是邪說淫辭，壞人心術，貽害無窮。此等書若容他存留人間，成何事體！〔註9〕

眞復居士在〈續西遊記序〉指出：

> 作者猶以荒唐毀褻爲憂，兼之機變太熟，擾攘日生，理舛虛無，道乖平等。繼撰是編，一歸鏟削，俾去來各有根因，眞幻等諸正覺。起魔攝魔，近在方寸，不煩剿打撲滅，不用彼法勞叨；即經即心，即心即佛。〔註10〕

〈讀西遊補雜記〉以虛構情節提出「幻境皆空」的敘事命題：

> 綠玉殿，見帝王富貴之幻；廷對秀才，見科名之幻；握香台，見風流兒女之幻；項王平話，見英雄名士之幻；閻羅勘案，功名事業、忠佞賢奸之幻。幻境也，鬼趣也，故以閻羅王終之。〔註11〕

丁耀亢以遊戲心態創作續書，在〈續金瓶梅後集凡例〉指出：

> 一、茲刻以因果爲正論，借《金瓶梅》爲戲談。恐正論而不入，就淫說則樂觀。故於每回起首先將《感應篇》鋪敘評說，方入本傳。客多主少，別是一格。〔註12〕

訥音居士在〈三續金瓶梅自序〉批評《金瓶梅》情色語言指出：

> 文法雖准，舊本一切穢言污語，盡皆刪去。不過循情察理，發洩世態炎涼，消遣時恨，令人回頭是岸，轉禍爲福。讀者不有淫書續淫詞論。若看錯了題目，不惟失去本來面目，而更辜負了作者之心。〔註13〕

〔註9〕〔清〕忽來道人：〈蕩寇志引言〉，見高玉海：《古代小説續書序跋釋論》，頁71。

〔註10〕〔清〕眞復居士：〈續西遊記序〉，見高玉海：《古代小説續書序跋釋論》，頁102。

〔註11〕〔清〕佚名：〈讀西遊補雜記〉，見高玉海：《古代小説續書序跋釋論》，頁114。

〔註12〕〔清〕丁耀亢：〈續金瓶梅後集凡例〉，見高玉海：《古代小説續書序跋釋論》，頁132。

〔註13〕〔清〕訥音居士：〈三續金瓶梅自序〉，見高玉海：《古代小説續書序跋釋論》，

在《三國演義》、《水滸傳》、《西遊記》、《金瓶梅》四部奇書所建立的敘事範式中，續書文本建立起一種批評語境，經由思想內容、故事情節、人物形象、藝術形式、藝術手法和語言文字等方面的創造性加工處理，展現對四大奇書經典敘事的個人式解讀，四大奇書之續書透過不同類型演義之作的話語表現，基本上皆秉持儒家本位的中心思想，以宗教思想做爲修辭手段，藉由互文性對話進行歷史闡釋。

總體而言，四大奇書之續書通過文化的「闡釋」或「翻譯」，呈現對前文本的「重寫」，《續編三國志後傳》面對既定史實，藉復興漢業傳達「興滅國，繼絕世」、「四海困窮，天祿永終」的歷史教訓，《後水滸傳》則是暗諷「君王不德，使一體之人，皆成敵國」的妖魔轉世傳奇，《水滸後傳》則是寄託作者海外乾坤的政治烏托邦理想，《蕩寇志》在「嚴世道人心之防」的教化心態上，凸顯忠義與盜賊之辨，《續西遊記》在取經心態上，強調「機變生魔」之微旨，《後西遊記》以嘲佛諷儒的遊戲之筆，質疑求解之有效性，《西遊補》以情緣夢幻的敘事框架，寄託作者家國身世之感懷，《續金瓶梅》以善書因果報應觀念，闡釋前文本勸懲教化之旨，《三續金瓶梅》以還陽償債的因果報應，宣揚度脫出世的觀念。因此，面對文學經典的挑戰，四大奇書之續書各有相對應的轉化與詮釋，具有一種審美意義上的對話美學。

第二節　話語實踐：創作認知與歷史回應

透過四大奇書之續書的書寫，我們認識到每個續書作者心目中的四大奇書，特過特定意指的話語表現，續書作者在書寫過程中，除了融入個人對前文本的「前理解」以外，此外，續書作者閱讀四大奇書後，也形成了言人人殊的意識形態呈現，更在書中建構「世變」的歷史背景，續書作者嘗試在小說敘事中與原書人物、情節產生連結，也透過「演義」的創作觀念抵抗四大奇書的深刻影響，然而，要如何在小說文本重塑故事題材，以建立虛構世界與時空體，同樣也是續書創作過程必須面對的課題，米哈伊爾·巴赫金（Mikhail Mikhailovich Bakhtin，1895～1975）認爲：

> 在人類發展的某一歷史階段，人們往往是學會把握當時所能認識到的時間和空間的一些方面；爲了反映和從藝術上加工已經把握了的

頁 143。

現實的某些方面，各種體裁形成了相應的方法。文學中已經藝術地把握了的時間關係和空間關係相互間的重要聯繫，我們將之稱爲時空體。〔註 14〕

四大奇書之續書作者以「世變」情境爲書寫對象，因而小說文本各自創造出反映特定歷史現實的時空體形式，而每一部續書也因爲創作者的歷史觀念與審美意識的差異，在小說文本呈現出不同樣貌的世界圖景，高小康認爲：

就中國敘事文化傳統而言，在具體的敘述活動中，這種所謂的意識形態實際上並不總是以觀念體系的形式通過敘述的內容顯現爲「宏大敘述」，而更多的是滲透在敘述者所構造的社會與自然環境、人物的性格和行爲、人與人的關係以及蘊含在敘述中的情感態度與審美趣味等等。這一切凝聚、整合成爲敘事中的內在統一結構，可以被稱作敘事中的世界圖景。〔註 15〕

每一部續書建構出一個小說世界，四大奇書之續書敘事結構的背後呈現的世界圖景，均蘊含了天道運行下的歷史道德秩序，而個人命運的興衰有時臣服於天命，有時取決於個人性格，但作者往往從敘事開端就爲人物定下基調，而與最後的結局相呼應，四大奇書之續書的人物形象，通常都不是作者所戮力刻劃的重心，四大奇書寫定者以超常的創作才華傾注在人物形象、性格塑造上，給予續書作者發揮的空間較爲有限，因而通過特定的話語實踐以維護作品的意識形態，以批判性視角對四大奇書的敘事意圖提出不同的詮解，是自我意識在自我與他者對話互動的形成過程。處於明末清初續書創作第一次高峰的文化轉型與裂變時期，四大奇書之續書敘事意識到底呈現何種樣貌？米哈伊爾・巴赫金（Mikhail Mikhailovich Bakhtin）提出複調小說理論，足以詮釋四大奇書之續書敘事生成的文化現象：

各種獨立的不相混合的聲音與意識之多樣性、各種有充分價值的聲音之正的複調，這就是陀思妥耶夫斯基小說的基本特徵。但這並不是多種性格和命運在他的作品裡在統一的作者意識這層意義上的統

〔註 14〕〔俄〕米哈伊爾・巴赫金（Mikhail Mikhailovich Bakhtin）撰，白春仁、曉河譯：〈長篇小說的時間形式與時空體形式——歷史詩學概述〉，見錢中文主編：《巴赫金全集》第三卷，（石家莊：河北教育出版社，2009 年 9 月第 2 版），頁 269。

〔註 15〕高小康：《中國古代敘事觀念與意識形態》，（北京：北京大學出版社，2005 年 9 月第 1 版），頁 3。

> 一客體世界裡被展開，而這正是多種多樣的具有其世界的平等意識結合成某種事件的統一，同時這些意識有保持著自己的不相混合性。正是在藝術家的創作構思中，陀思妥耶夫斯基的主要主人公們實際上不僅僅是作者話語的客體，而且也是自身的、直接具有意義的話語之主體。〔註 16〕

四大奇書之續書正是透過與前文本的對話，逐步建立起自身敘事話語的主體性，劉康對複調小說理論產生的背景，可做爲補充說明：

> 在複調小說中，巴赫金發現陀思妥也夫斯基創造出了主體之間的全新關係，即互相對話、相互補充、同時共存的關係。這種關係的歷史條件，是深刻的社會危機、文化斷裂和轉型，是歷史的轉折點和命運的門檻。巴赫金指出，俄國資本主義發展的「災難性」過程，是產生複調小說的最佳土壤。在社會矛盾和衝突互相衝撞、碰擊、滲透，在大一統中心神話話語解體後爭奪話語權。文化上呈現百家爭鳴、眾聲喧嘩的局面。在這樣的社會歷史氛圍中，主體最強烈地意識到他者的聲音的存在和確立起自我主體的必要性。〔註 17〕

四大奇書之續書身處明末清初的「世變」之際，與續書群敘事創造的共通性，主要在「世變」情境的關注，形成現實與虛構敘事之間的「指涉性」，而明清易代之際小說的因革，體現在作家主體意識的增強、小說傳統流派有所變化、各小說流派之間相互影響，出現了兼容化趨勢、話本小說的創作出現繁榮面貌等方面，〔註 18〕經由四大奇書之續書的考察，從明末清初到晚清近二百四十年的創作跨限，大致呈現此一發展趨勢，在中國小說史上，明末清初是一個承先啓後的關鍵時期。

考察四大奇書之續書創作認知的生成，就必須顧及作家群體意識中的審美心理結構，從發揮《春秋》以降「史學經世」的敘事傳統，進而在「亂世」做爲故事主體的時空背景中，重整天地間的政治秩序與道德邏輯，藉由「演

〔註 16〕〔俄〕米哈伊爾・巴赫金（Mikhail Mikhailovich Bakhtin）撰，劉虎譯：〈陀思妥耶夫斯基的複調小說及評論界的有關闡述〉，見氏著：《陀思妥耶夫斯基的詩學問題》，（北京：中央編譯出版社，2010 年 6 月第 1 版），頁 3。

〔註 17〕〔美〕劉康：《對話的喧聲——巴赫金的文化轉型理論》，（北京：北京大學出版社，2011 年 1 月第 1 版），頁 4。

〔註 18〕朱萍：《明清之際小說作家研究》，（北京：中國傳媒大學出版社，2009 年 4 月第 1 版），頁 16～19。

義」形式進行特殊的歷史詮釋，在經世致用思想所呈現的政治圖景中，隱含了烏托邦或意識形態的雙重性質，在天命思想做爲人們安頓生命意識的一種精神需要中，其作用在表現先天稟賦的賦予，以及後天遭際的變化上，常具有不可搖撼的權威特質。在考察人物在「亂世」中的「機遇」問題時，卻可看見續書作者對天命移轉的意圖，往往透過小說人物之「德」的自我修養、謫凡神話、讖語等，在敘事中暗示通過重寫機制可能扭轉天命對自我主宰的事實。

承上所言，舉例證之，我們可以從《金瓶梅》續書《三續金瓶梅》努力扭轉前文本人物後天遭際的變化上，在重寫《續金瓶梅》的結局基礎上，如何從挖眼、下油鍋、三世之報的殘酷報應獲得「重生」的契機？作者訥音居士提出的解決之道，就是在敘事編排中讓普靜禪師點化西門慶，意欲透過道教經典《參同契》、《悟眞篇》的自我修煉，擺脫前文本加諸在西門慶身上的道德桎梏，因而移轉天命權威的主宰而獲得超拔飛升的歸宿。《後西遊記》在重寫《西遊記》取經故事的基礎上，提出求取經解的必要性，塑造後天石猴經由定心、養氣的心學修煉，獲得七十二般變化的神通，而唐半偈超凡入聖的敘事流程，與「清靜無爲，佛教之正也；莊嚴奢侈，佛教之魔也」（第十回）求解初衷具有暗合之處。《蕩寇志》在重寫《水滸傳》的忠義敘事上，接續金聖嘆評點的七十回本，《蕩寇志》從七十一回續起便可知其思想立場，如何從「官逼民反」到「招安」的宿命中翻轉？作者俞萬春提出「清流權作綠林豪客」（第八十三回）的折衷策略，並透過道教謫凡神話，解構罡煞降凡敘事的「合法性」，在蕩寇滅妖、天下太平之後，兼顧出世修道與政治倫常的意識形態下，修正「英雄沒世」的悲劇性結局。《續編三國志後傳》企圖在世變的歷史時空中，塑造英雄出世弭平戰亂，重建清平盛世的政治理想，接收三國以來「尊劉」民意的思想傾向，以「代漢之興，有兆堪徵」的讖語，扭轉天命意志之歸趨，全書以亂起，以平亂結，在晉漢興亡中寄寓作者特殊的歷史意識。

關於四大奇書之續書的個人創作形式，與《三國演義》、《水滸傳》、《西遊記》、《金瓶梅》長期在民間集體創作的基礎上的發展有所不同，續書作者在敘事中，除了營造出與前文本對話的文化語境，也融入自身回應歷史或現實的情感信念、意識形態和價值觀念，續書創作的出現，使得所謂市場意義的「讀者」具有參與閱讀與批評的位置，可視爲讀者「文本化」的具體表現，深植在文本中的「批評意識」與「讀者意識」，以及續書透過分化「評論者」、「讀者／觀眾」與「創作者」，四大奇書之續書的敘事話語整體，呈現出一種「批評語境」的詩學企圖。

參考文獻

壹、明代四大奇書版本

1. 〔元〕施耐庵、羅貫中著，凌賡、恆鶴、刁寧校點：《容與堂水滸傳》，（上海：上海古籍出版社，1988 年）
2. 〔元〕施耐庵著，陳文新、王同舟導讀，陳衛星校點：《水滸傳》（上）（下）（容與堂本），（長沙：岳麓書社，2008 年 8 月第 1 版）。
3. 〔元〕羅貫中著，陳文新導讀，申龍校點：《三國演義》（上）（下）（嘉靖本），（長沙：岳麓書社，2008 年 8 月第 1 版）。
4. 〔元〕羅貫中編次：《三國志通俗演義》（嘉靖本），收入古本小說集成編委會編：《古本小說集成》（上海：上海古籍出版社，1994 年）。
5. 〔明〕華陽洞天主人校：《西遊記》（世德堂本），收入古本小說集成編委會編：《古本小說集成》（上海：上海古籍出版社，1994 年）
6. 〔明〕蘭陵笑笑生著，梅節校注：《金瓶梅詞話》（夢梅館本）（臺北：里仁書局，2007 年）
7. 〔明〕蘭陵笑笑生著，陶慕寧校注：《金瓶梅詞話》（上）（下），（北京：人民文學出版社，2000 年 10 月北京第 1 版）。
8. 汪原放校點：《三國志通俗演義》，（上海：上海古籍出版社，1980 年 4 月第 1 版）。
9. 閆昭典、王汝梅、孫言誠、趙炳南校點：《新刻繡像批評金瓶梅》（會校本・重訂版），（香港：三聯書店有限公司，2011 年 10 月香港重訂版）。
10. 陳曦鐘、宋祥瑞、魯玉川輯校：《三國演義會評本》，（北京：北京大學出版社，1986 年）。
11. 陳曦鐘、侯忠義、魯玉川輯校：《水滸傳會評本》（上）（下），（北京：北京大學出版社，1987 年 9 月第 2 版）。

貳、四大奇書之續書版本

1. 〔明〕酉陽野史著，余芳、興邦、雲彤校點：《續三國演義》（上）（下）（濟南：齊魯書社，2006 年）。
2. 〔明〕青蓮室主人著，沈伯俊校點：《後水滸傳》（《明代小說輯刊・第二輯・4》，侯忠義主編）（成都：巴蜀書社，1995 年）。
3. 〔明〕陳忱著，李忠良校點：《水滸後傳》（北京：中華書局，2004 年）。
4. 〔清〕丁耀亢著，禹門三校點：《續金瓶梅》（濟南：齊魯書社，2006 年）。
5. 〔清〕丁耀亢著，陸合、星月校點：《金瓶梅續書三種》，（濟南：齊魯書社，1988 年 8 月）。
6. 〔清〕俞萬春著，俞國林校點：《蕩寇志》（上）（下）（北京：中華書局，2004 年）。
7. 〔清〕訥音居士著，徐毅蘇校點：《三續金瓶梅》（鄭州：中州古籍出版社，1993 年）。
8. 李前程校注：《《西遊補》校注》，（北京：昆侖出版社，2011 年 1 月第 1 版）。
9. 楊愛群主編，郭明志副主編：《西遊記大系》（貳）（《續西遊記》《後西遊記》《西遊補》）（哈爾濱：黑龍江人民出版社，1996 年）。

參、其他專書

一、古籍

1. 〔周〕左丘明傳，〔晉〕杜預注，〔唐〕孔穎達疏：《《春秋左傳》正義》，〔清〕阮元校勘：《十三經注疏》6（臺北：藝文印書館，1985 年）。
2. 〔南朝宋〕范曄，〔唐〕章懷太子賢注：《後漢書》冊六，《四部備要・史部》（據武英殿本校刊）。
3. 〔漢〕司馬遷：《史記》，（北京：中華書局，1959 年）。
4. 〔漢〕司馬遷撰，〔南朝宋〕裴駰集解，〔唐〕司馬貞索隱，〔唐〕張守節正義：《史記》冊八，《四書備要・史部》（據武英殿本校刊）
5. 〔漢〕趙岐注，〔宋〕孫奭疏：《《孟子》注疏》，〔清〕阮元校勘：《十三經注疏》8（臺北：藝文印書館，1985 年）。
6. 〔漢〕趙岐注，〔宋〕孫奭疏《《孟子》注疏》，〔清〕阮元校勘：《十三經注疏》8（臺北：藝文印書館，1985 年）。
7. 〔漢〕趙岐注，〔宋〕孫奭疏《《孟子》注疏》，〔清〕阮元校勘：《十三經注疏》8（臺北：藝文印書館，1985 年）。

8. 〔漢〕鄭玄注，〔唐〕孔穎達疏：《禮記》，〔清〕阮元校勘：《十三經注疏》5（臺北：藝文印書館，1985 年）。
9. 〔戰國〕莊周著，〔晉〕郭象注，〔唐〕陸德明音義：《莊子》（卷十），收入《四部備要・子部》，（北京：中華書局，1936 年版第 4 冊）。
10. 李漁：《閒情偶寄》，（杭州：浙江古籍出版社，1985 年），卷三，〈聲容部〉，〈習技〉第四。
11. 李學勤主編：《十三經注疏・周易正義》卷 7〈繫辭上〉，（北京：北京大學出版社，1999 年版）。
12. 魏象樞：《寒松堂全集》，（太原：山西人民出版社，1992 年），卷十二，〈庸言〉。

二、近人論著

1. 〔比利時〕喬治・布萊（Geoges・Poulet）著，郭宏安譯：《批評意識》，（南昌：百花洲文藝出版社，2010 年 5 月 2 版）。
2. 〔法〕保羅・里克爾（Paul Ricoeur）撰，林宏濤譯：《詮釋的衝突》，（臺北：桂冠圖書股份有限公司，1995 年 5 月初版）。
3. 〔美〕弗雷德里克・詹姆遜（Fredric R. Jameson）著，王逢振、陳永國譯：《政治無意識——作爲社會象徵行爲的敘事》（The Political Unconscious：Narrative as a Socially Act），（北京：中國社會科學出版社，1999 年 8 月第 1 版）。
4. 〔美〕哈羅德・布魯姆（Harold Bloom）著，徐文博譯：《影響的焦慮——一種詩歌理論》（南京：江蘇教育出版社，2006 年 2 月第 1 版）。
5. 〔美〕韋恩・布斯（W.C Booth）撰，華明、胡蘇曉、周憲譯：《小説修辭學》，（北京：北京大學出版社，1987 年 10 月第 1 版）。
6. 〔美〕韋恩・布斯（Wayne Booth）著，傅禮軍譯：《小説修辭學》，（桂林：廣西人民出版社，1987 年 2 月）。
7. 〔美〕浦安迪（Andrew H. Planks）：《中國敘事學》，（北京：北京大學出版社，1996 年 3 月第 1 版）。
8. 〔美〕浦安迪（Andrew H. Planks）撰、沈亨壽譯：《明代小説四大奇書》，（北京：生活・讀書・新知三聯書店，2006 年 9 月第 1 版）。
9. 〔美〕勒内・韋勒克（Rene Wellek）、奧斯丁・沃倫（Austin Warren）著，劉象愚、邢培明、陳聖生、李哲明譯：《文學理論》（南京：江蘇教育出版社，2005 年 8 月第 1 版）。
10. 〔美〕商偉撰、嚴蓓雯譯：《禮與十八世紀的文化轉折：《儒林外史》研究》，（北京：生活・讀書・新知三聯書店，2012 年 9 月第 1 版）。
11. 〔美〕黃衛總撰，張蘊爽譯：《中華帝國晚期的欲望與小説敘述》，（南京：江蘇人民出版社，2010 年 12 月第 1 版）。

12. 〔美〕劉康：《對話的喧聲——巴赫金的文化轉型理論》，（北京：北京大學出版社，2011 年 1 月第 1 版）。
13. 〔美〕魯曉鵬著，王瑋譯，馮雪峰校：《從史實性到虛構性：中國敘事詩學》，（北京：北京大學出版社，2012 年 12 月第 1 版）。
14. 〔英〕艾恩・瓦特（Ian Watt）著，魯燕萍譯：《小說的興起》，（臺北：桂冠圖書股份有限公司，1994 年 7 月初版）。
15. 〔英〕瑪格麗特・A. 羅斯（Margaret A. Rose）撰，王海萌譯：《戲仿：古代、現代與後現代》（Parody：Ancient，Modern and Post-Modern），（南京：南京大學出版社，2013 年 5 月第 1 版）。
16. 〔德〕H.R 姚斯（Hans Robert Jauss）、〔美〕R.C 霍拉勃（Robert C. Holub）著，周寧、金元浦譯，滕守堯審校：《接受美學與接受理論》（瀋陽：遼寧人民出版社，1987 年 9 月第 1 版）。
17. 〔德〕司馬濤（Thomas Zimmer）撰，顧士淵、葛放、吳裕康、丁偉祥、梁黎穎譯：《中國皇朝末期的長篇小說》，（上海：華東師範大學出版社，2012 年 8 月第 1 版）。
18. 〔德〕沃爾夫岡・伊瑟爾（Wolfgang Iser）著，朱剛、谷婷婷、潘玉莎譯：《怎樣做理論》，（南京：南京大學出版社，2008 年 10 月第 1 版）。
19. 〔德〕漢斯—格奧爾格・加達默爾（Hans-Georg Gadamer）撰，洪漢鼎譯：《眞理與方法——哲學詮釋學的基本特徵》（第一卷），（臺北：時報文化出版企業有限公司，1993 年 10 月初版）。
20. 卞良君、李寶龍、張振亭著：《道德視角下的明清小說》，（長春：吉林大學出版社，2010 年 1 月第 1 版）。
21. 王寧：《文化翻譯與經典闡釋》，（北京：中華書局，2006 年 4 月北京第 1 版）。
22. 王齊洲：《圖說四大奇書》，（海口：南方出版社，2011 年 7 月第 1 版）。
23. 王德威：《想像中國的方法：歷史・小說・敘事》，（北京：生活・讀書・新知三聯書店，1998 年 9 月北京第 1 版）。
24. 王德威撰，宋偉杰譯：《被壓抑的現代性：晚清小說新論》，（台北：城邦文化事業股份有限公司，2003 年 8 月初版）。
25. 朱萍：《明清之際小說作家研究》，（北京：中國傳媒大學出版社，2009 年 4 月第 1 版）。
26. 吳光正：《中國古代小說的原型和母題》，（北京：社會科學文獻出版社，2004 年 7 月第二版）。
27. 吳光正：《神道設教：明清章回小說敘事的民族傳統》，（武昌：武漢大學出版社，2012 年 5 月第 1 版）。
28. 李志宏：《「演義」——明代四大奇書敘事研究》，（台北：大安出版社，

2011年8月第1版)。
29. 李桂奎:《元明小說敘事形態與物欲世態》,(上海:上海古籍出版社,2008年4月第1版)。
30. 李舜華:《明代章回小說的興起》,(上海:上海古籍出版社,2012年9月第1版)。
31. 林雅玲:《余象斗小說評點及出版文化研究》,(臺北:里仁書局,2009年2月初版)。
32. 金鑫榮:《明清諷刺小說研究》,(南京:鳳凰出版社,2007年12月第1版)。
33. 段春旭:《中國古代長篇小說續書研究》,(上海:上海三聯書店,2009年1月第1版)。
34. 胡衍南:《金瓶梅到紅樓夢——明清長篇世情小說研究》,(臺北:里仁書局,2009年2月初版)。
35. 胡適:《中國章回小說考證》,(上海:上海書店,1980年2月第1版)。
36. 孫述宇:《水滸傳:怎樣的強盜書》,(上海:上海古籍出版社,2011年3月第1版)。
37. 孫述宇:《金瓶梅:平凡人的宗教劇》,(上海:上海古籍出版社,2011年3月第1版)。
38. 徐岱:《小說敘事學》,(北京:商務印書館,2010年6月第1版)。
39. 祝宇紅:《「故」事如何新「編」——論中國現代「重寫型」小說》,(北京:北京大學出版社,2010年4月第1版)。
40. 袁世碩:《文學史學的明清小說研究》,(濟南:齊魯書社,1999年12月第1版)。
41. 袁新:《文學翻譯審美問題研究》,(北京:中國社會科學出版社,2011年1月第1版)。
42. 馬幼垣:《中國小說史集稿》,(臺北:時報文化出版公司,1987年)。
43. 高小康:《中國古代敘事觀念與意識形態》,(北京:北京大學出版社,2005年9月第1版)。
44. 高玉海:《明清小說續書研究》,(北京:中國社會科學出版社,2004年1月第1版)。
45. 高辛勇:《形名學與敘事理論——結構主義的小說分析法》,(臺北:聯經出版事業公司,1987年11月)。
46. 高桂惠:《追蹤躡跡——中國小說的文化闡釋》,(臺北:大安出版社,2005年9月)。
47. 張同勝:《水滸傳詮釋史論》,(濟南:齊魯書社,2009年12月第1版)。

48. 曹炳建：《《西遊記》版本源流考》，（北京：人民出版社，2012 年 10 月第 1 版）。
49. 許麗芳：《傳統書寫之特質與認知：以明清小說撰者自序爲考察中心》，（高雄：高雄復文圖書出版社，2000 年 12 月）。
50. 郭洪雷：《中國小說修辭模式的嬗變——從宋元話本到五四小說》，（上海：上海三聯書店，2008 年 4 月第 1 版）。
51. 陳大康：《明代小說史》，（上海：上海文藝出版社，2000 年 10 月第 1 版），〈導言〉。
52. 陳文新、魯小俊、王同舟：《明清章回小說流派研究》，（武昌：武漢大學出版社，2003 年 7 月第 1 版）。
53. 陳文新：《中國小說的譜系與文體形態》，（北京：中國社會科學出版社，2012 年 10 月第 1 版）。
54. 陳文新：《傳統小說與小說傳統》，（武昌：武漢大學出版社，2005 年 5 月第 1 版）。
55. 陳文新：《傳統小說與小說傳統》，（武昌：武漢大學出版社，2007 年 8 月第 2 版）。
56. 陳平原：《千古文人俠客夢——武俠小說類型研究》，（台北：麥田出版股份有限公司，1995 年 4 月初版）。
57. 陳平原：《小說史：理論與實踐》（北京：北京大學出版社，1993 年 3 月第 1 版）。
58. 楊義：《中國古典小說十二講》，（香港：三聯書店有限公司，2006 年 6 月香港第 1 版）。
59. 董乃斌主編：《中國文學敘事傳統研究》，（北京：中華書局，2012 年 3 月第 1 版）。
60. 鄔國平著：《中國古代接受文學與理論》，（哈爾濱：黑龍江人民出版社，2005 年 11 月第 1 版）。
61. 趙園：《明清之際的思想與言說》，（上海：復旦大學出版社，2010 年 8 月第 1 版）。
62. 劉勇強：《中國古代小說史敘論》，（北京：北京大學出版社，2007 年 10 月第 1 版）。
63. 劉勇強：《中國古代小說史敘論》，（北京：北京大學出版社，2007 年 10 月第 1 版）。
64. 劉勇強：《西遊記論要》，（台北：文津出版社，1991 年 3 月初版）。
65. 劉相雨：《儒學與中國古代小說關係論稿》，（北京：中國社會科學出版社，2010 年 10 月第 1 版）。

66. 劉曉軍：《章回小說文體研究》，（上海：華東師範大學出版社，2011 年 3 月第 1 版）。
67. 樓含松：《從「講史」到「演義」——中國古代通俗小說的歷史敘事》，（北京：商務印書館，2008 年 7 月第 1 版）。
68. 鄧新華著：《中國古代接受詩學史》，（上海：上海人民出版社，2012 年 3 月第 1 版）。
69. 魯迅：《魯迅小說史論文集——中國小說史略及其他》（臺北：里仁書局，1992 年 9 月初版）。
70. 駱冬青：《心有天遊：明清小說美學》，（南京：南京大學出版社，2008 年 9 月第 1 版）。
71. 羅書華：《中國小說學主流》，（上海：上海世紀出版集團上海書店出版社，2007 年 12 月第 1 版）。
72. 龔鵬程：《中國小說史論》，（北京：北京大學出版社，2008 年 6 月第 1 版）。

三、工具書

1. 《清代筆記小說大觀》（三）（上海：上海古籍出版社編，2007 年 10 月）。
2. 丁錫根編著：《中國歷代小說序跋集》（中）（北京：人民文學出版社，1996 年 7 月第 1 版）。
3. 王清源、牟仁隆、韓錫鐸編纂：《小說書坊錄》，（北京：北京圖書館出版社，2002 年 4 月第 1 版）。
4. 王曉路等著：《文化批評關鍵詞研究》，（北京：北京大學出版社，2007 年 7 月第 1 版）。
5. 朱一玄、劉毓忱主編：《三國演義資料彙編》，（天津：南開大學出版社，2003 年 6 月第 1 版）。
6. 朱一玄、劉毓忱編：《西遊記資料彙編》，（天津：南開大學出版社，2002 年 12 月第 1 版）。
7. 朱一玄主編：《金瓶梅資料彙編》，（天津：南開大學出版社，2002 年 6 月第 1 版），。
8. 朱一玄編、朱天吉校：《明清小說資料選編》（上），（天津：南開大學出版社，2006 年 9 月第 1 版）。
9. 朱一玄編：《金瓶梅資料彙編》，（天津：南開大學出版社，2002 年 6 月第 1 版）。
10. 高玉海：《古代小說續書序跋釋論》，（北京：中國社會科學出版社，2007 年 5 月第 1 版）。
11. 黃霖、韓同文選注：《中國歷代小說論著選》（上）（南昌：江西人民出版社，2000 年 9 月第 3 版）。

12. 黃霖主編：《金瓶梅資料彙編》，（北京：中華書局，1987 年 3 月第 1 版）。
13. 黃霖編，羅書華撰：《中國歷代小說批評史料匯編校釋》，（南昌：百花洲文藝出版社，2009 年 10 月第 1 版）。
14. 蔡鐵鷹編：《西遊記資料彙編》（下冊），（北京：中華書局，2010 年 6 月第 1 版）。

肆、論文

一、專書論文

1. 〔俄〕米哈伊爾・巴赫金（Mikhail Mikhailovich Bakhtin）撰，白春仁、曉河譯：〈長篇小說的時間形式與時空體形式——歷史詩學概述〉，見錢中文主編：《巴赫金全集》第三卷，（石家莊：河北教育出版社，2009 年 9 月第 2 版）。
2. 〔俄〕米哈伊爾・巴赫金（Mikhail Mikhailovich Bakhtin）撰，劉虎譯：〈陀思妥耶夫斯基的複調小說及評論界的有關闡述〉，見氏著：《陀思妥耶夫斯基的詩學問題》，（北京：中央編譯出版社，2010 年 6 月第 1 版）。
3. 〔美〕海登・懷特（Hayden White）：〈作爲文學製品的歷史文本〉，見氏著，董立河譯：《話語的轉義——文化批評論集》，（鄭州，北京：大象出版社，北京出版社，2011 年 1 月第 1 版）。
4. 〔美〕海登・懷特（Hayden White）：〈事實再現的虛構〉，見氏著，董立河譯：《話語的轉義——文化批評文集》，（鄭州：大象出版社，2011 年 1 月第 1 版）。
5. 〔美〕海登・懷特（Hayden White）：〈歷史中的闡釋〉，見氏著，陳永國、張萬娟譯：《後現代歷史敘事學》，（北京：中國社會科學出版社，2003 年）。
6. 〔美〕海登・懷特（Hayden White）：〈轉義、話語和人的意識模式〉，見氏著，陳永國、張萬娟譯：《後現代歷史敘事學》，（北京：中國社會科學出版社，2003 年）。
7. 〔美〕海登・懷特（Hayden White）：〈轉義學、話語和人類意識的模式〉，收入氏著，董立河譯：《話語的轉義——文化批評文集》，（鄭州，北京：大象出版社，北京出版社，2011 年 1 月第 1 版）。
8. 〔美〕海登・懷特（Hayden White）：〈作爲文學仿製品的歷史文本〉，見氏著，陳永國、張萬娟譯：《後現代歷史敘事學》，（北京：中國社會科學出版社，2003 年）。
9. 王瓊玲：〈重寫文學史——「經典性」重構與明清文學之新詮釋〉，收入王瓊玲、胡曉眞主編：《經典轉化與明清敘事文學》，（台北：聯經出版事業股份有限公司，2009 年 8 月初版）。

10. 吳興明：〈從消費關係座架看文學經典的商業擴張〉，收入童慶炳、陶東風主編：《文學經典的建構、解構和重構》，（北京：北京大學出版社，2007 年 11 月第 1 版）。
11. 竺洪波：〈異軍突起的《西遊記》版本研究〉，見氏著：《四百年《西遊記》學術史》，（上海：復旦大學出版社，2006 年 12 月第 1 版）。
12. 胡適：〈《西遊記》考證〉，收入陸欽編：《名家解讀《西遊記》》，（濟南：山東人民出版社，1998 年 1 月第 1 版），頁 33～34。
13. 徐朔方：〈論《金瓶梅》〉，收入氏著《小說考信編》，（上海：上海古籍出版社，1997 年 10 月第 1 版）。
14. 郭豫適：〈論儒教是否爲宗教及中國古代小說與宗教的關係〉，收入黃子平主編：《中國小說與宗教》，（香港：中華書局有限公司，1998 年 8 月初版）。黃子平：〈「革命歷史小說」中的宗教修辭〉，收入氏編：《中國小說與宗教》，（香港：中華書局有限公司，1998 年 8 月初版）。
15. 陳才訓：〈從英雄傳奇到「洩憤之書」——論陳忱《水滸後傳》創作的主體意識〉，收入傅承洲主編：《中國古代敘事文學國際學術研討會論文集》，（北京：中央民族大學出版社，2011 年 12 月第 1 版）。
16. 陳文新：〈《水滸傳》闡釋中的兩種路數——兼評李贄的政治索隱〉，收入氏著：《傳統小說與小說傳統》，（武昌：武漢大學出版社，2007 年 8 月第 2 版）。
17. 陳廣宏：〈「稗官」考〉，收入譚帆等著：《中國古代小說文體文法術語考釋》，（上海：上海古籍出版社，2013 年 3 月第 1 版）。
18. 馮仲平：〈金聖嘆《水滸傳》評點的理論價值〉，收入氏等著：《中國古代小說理論名家研究》，（桂林：廣西師範大學出版社，2010 年 2 月第 1 版）。
19. 蔡亞平：〈讀者與明清時期通俗小說續書〉，見氏著：《讀者與明清時期通俗小說創作、傳播的關係研究》，（廣州：暨南大學出版社，2013 年 3 月第 1 版）。
20. 蘇興：〈「四大奇書」名稱的確立與演變〉，見氏著，蘇鐵戈、蘇銀戈、蘇壯歌編選：《蘇興學術文選》（上海：上海古籍出版社，2011 年 5 月）。

二、期刊論文

1. 王增斌、李衍明：〈《續西遊記》主題探奧〉，山西大學學報（哲學社會科學版）2001 年 10 月，第 24 卷第 5 期，頁 53～56。
2. 李志宏：〈「演義」：明代四大奇書書寫性質探析〉，《中國學術年刊》第 32 期（秋季號），頁 159～190。

3. 李忠昌：〈論歷史演義小說的歷史流變〉，《社會科學輯刊》（總第九十四期），1994 年第 5 期，頁 139～145。
4. 李舜華：〈「小說」與「演義」的分野——明中葉人的兩種小說觀〉，《江海學刊》，2004 年第 1 期，頁 191～196。
5. 洪哲雄、紀德君：〈明清小說家的「演義」觀與創作實踐〉，《文史哲》，1999 年第 1 期，頁 78～82。
6. 紀德君：〈明清歷史演義小說生成論〉，《北京師範大學學報》（社會科學版）總第 144 期，1997 年第 6 期，頁 80～86。
7. 紀德君：〈論明清歷史演義小說作家的創作思想〉，《海南大學學報》（社會科學版）第 14 卷第 4 期，1996 年 12 月，頁 54～60。
8. 胡曉眞：〈《續金瓶梅》——丁耀亢閱讀《金瓶梅》〉，《中外文學》第 23 卷第 10 期，1995 年 3 月，頁 96～97。
9. 徐中偉：〈不可等量齊觀的兩部「三國」——嘉靖本與毛本「擁劉反曹」之不同〉，《文學遺產》1983 年第 2 期。
10. 陳翔華：〈毛宗崗生平與《三國志演義》毛評本的金聖嘆序問題〉，《文獻》1989 年第 3 期。
11. 陳維昭：〈論歷史演義的文體定位〉，《明清小說研究》，2000 年第 1 期，頁 33～43。
12. 傅承洲：〈董斯張《西遊補》原本十五回考〉，《文獻》2006 年第 1 期，頁 127～130。
13. 黄霖、楊緒容：〈「演義」辨略〉，《文學評論》，2003 年第 6 期，頁 5～14。
14. 楊緒容：〈「演義」的生成〉，《文學評論》，2010 年第 6 期，頁 98～103。
15. 楊緒容：〈事・文・義——從歷史到演義〉，《貴陽學院學報》（社會科學版），2013 年第 1 期，頁 55～60。
16. 劉雪眞：〈交織的文本記憶——《西遊補》的互文語境〉，收入《東海中文學報》第 19 期，2007 年 7 月，頁 111～138。
17. 劉麗華：〈《後西遊記》與晚明文人價值觀的變化趨勢〉，收入《絲綢之路》2009 年第 18 期，頁 56～59。
18. 蔡愛國：〈明清歷史演義演義觀中文史定位之分歧與走向〉，《明清小說研究》，2005 年第 4 期，頁 33～37。
19. 譚帆：〈「演義」考〉，《文學遺產》，2002 年第 2 期，頁 102～112。
20. 蘇興遺著，蘇鐵戈整理：〈《西遊補》中破情根與立道根剖析〉，《北方論叢》1998 年第 6 期，頁 45～50。

三、學位論文

1. 丁豫龍：《史筆文心與庶人之議：明代小說四大奇書敘事研究》，(彰化：彰化師範大學國文系博士論文，2010 年)。
2. 劉靜怡：《歷史演義：文體生發與虛實論爭》，(桃園：中央大學中國文學系博士論文，2009 年)。